Regen

268

MANUEL DE LA CONVERSATION

FRANÇAIS-BASQUE.

GUIDE ou MANUEL

DE LA CONVERSATION

ET DU STYLE ÉPISTOLAIRE

FRANÇAIS-BASQUE

utile

AUX ÉTRANGERS ET AUX BASQUES EUX-MÊMES.

Guidaria edo Escu liburua

FRANTSESEZ ETA ESCUARAZ

MINTZATCEN ETA LETRA EGUITEN IKHASTECO,

ona

BAI ARROTCENTZAT,

BAI ESCUALDUNENTZAT BERENTZAT.

L. ANDRÉ, LIBRAIRE-ÉDITEUR,

A Bayonne, Place du Réduit. | A Biarritz, Place Neuve.

—

1861.

MANUEL DE LA CONVERSATION

FRANÇAIS-BASQUE

AVANT-PROPOS.

Des hommes érudits ont publié dans la langue euscarienne d'excellents ouvrages, tels que : livres de piété, dictionnaires, grammaires, poésies, etc. ; mais aucun n'a songé jusqu'ici à faire un *livre pratique*, un *Manuel de la Conversation et du Style épistolaire Français-Basque*, utile à la fois, soit aux étrangers qui fréquentent les Eaux Thermales et les bains de mer, soit aux Basques eux-mêmes, particulièrement aux enfants qui commencent à apprendre le français ; un livre où les uns et les autres puissent trouver, dans un ordre facile à saisir, les termes qu'ils devraient savoir pour s'en-

AINCIN – SOLASA.

Guizon yakintsunec arguitara eman dituzte, escuarazco mintzaian, liburu guciz on batzu, hala nola : debocionezco liburu, hitztegui, grammatica, bertsu eta bertce asco ; bainan, nehori ez zaio, orai-dino, gogoratu obratcea *liburu cheche bat, Esculiburu bat, Frantsesez eta escuaraz mintzatcen eta letra eguiten ikhasteco*, ona, oroz batean, nahiz Ur-Onetan eta itsas-mainhuetan dabiltzan Arrotcentzat, nahiz Escualdunentzat berentzat, bereciki, frantsesaren ikhasten hasten diren haurrentzat ; liburu bat zointan batzuec ala bertcec edirein bailitzazkete, molde errech batean, yakin behar lituz-

tendre dans les choses les plus nécessaires de la vie.

C'est pour eux que, profitant de quelques moments de loisir et à la prière d'un ami, nous avons composé ce *Petit Manuel ;* il sera le complément des *Guides Polyglottes* ou *Manuels de Conversation et de Style épistolaire* qui ont déjà paru, et nous avons l'espoir qu'il sera bien accueilli dans nos contrées.

En publiant ce modeste travail, nous nous sommes efforcé de lui donner un caractère d'utilité pratique.

Nous donnons d'abord, et d'après les meilleurs auteurs, les règles de la *prononciation* si difficile de la langue; puis un *Vocabulaire,* disposé par ordre de matières : nombres, temps, noms propres, substantifs, pronoms, adjectifs, verbes adverbes, etc., avec les exercices qui leur sont propres.

Avec ce vocabulaire et en se familiarisant avec ces exercices, l'étranger

keten hitzcuntzac bicico gauza beharrenetan elgar-aditceco.

Hekientzat dugu, gure asti-arte batzuez baliatuz eta adichkide batec othoitzturic, *Escu liburutto hau* obratu ; betheco du, yadanic, hertce lengayoetan aguertu izan diren, *mintzatcen eta letra eguiten ikhasteco, Guidarien* edo *Escu-liburuen* aldean eguiten zuen hutsa, eta badugu esperantza gure herrietan ongui hartua izanen dela.

Obratto hau arguitara emaitean, enseyatu gare, ahalaz cheheki, gauza premiatsuenen ezartcera :

Hastetic eta autor hoberenen arabera, emaiten dugu, ikhasteco hambat nekhe dena, Escuarazco hitcen erraiteco moldea ; seguidan, *Hitztegui,* bat, suyeten araura eguina : deithura, icen, verbo eta bertce asco..., bakhotchari behatcen zaizcon molde bereciekilan.

Hitztegui horrekin eta molde horietan trebatuz, arrotzac eta haur

et l'enfant basque apprendront à modifier les phrases usuelles selon les circonstances.

Enfin, des *Dialogues* sur cinquante sujets l'initieront dans l'art de s'exprimer avec précision et netteté. Mais l'étranger comme l'indigène n'a pas seulement besoin de la parole parlée ; l'usage de la parole écrite ne lui est pas moins précieux et nécessaire. A cet effet, un *Manuel épistolaire* lui offrira une trentaine de sujets et modèles de billets ou lettres, à l'aide desquels chacun peut faire sa correspondance sans avoir recours à autrui.

L'ouvrage se termine par quelques *Proverbes* et par des *Poésies basques* prises dans chaque dialecte et choisies avec attention, qui donneront tout à la fois au lecteur une idée du génie de la langue et le récréeront dans ses moments de loisir.

Ce court exposé des matières que renferme notre *Manuel* suffit pour démontrer de quelle uti-

escualdunac ikhasico dute solasean maicenic heldu diren hitcen erraiten behar orduen arabera.

Azkenic, *Bitarteco solas batzuec*, berrogoi eta hamar suyeten gainean, erakhutsico diote chuchen eta garbiki mintzatcen Bainan, arrotzac nola herritarrac ez du choilki solas eguiten yakin behar ; ez da gutiago balios eta premiatsu, harentzat, izkirioz mintzatcen trebatcea ; hortaracotz, *letra eguiteco Guidari* batec emanen diozca hogoi eta hamar bat billet edo letra guei eta molde, zoinen laguntzarekin batean, bakhotchac egor baititzazke, izkirioz, bere mezuac nehor behartu gabe.

Ondarrean, causitcen dire *Escualdunen hitz-zuhur eta cantu batzu*, herrietaco mintzaia bakhotchean hartuac eta arthoski berechiac, zoinec, oroz batean, emanen baitiote iracurtzaileari lengayoaren ezagutzacha bat eta bere asti-artetaco yostagailu bat. Gure *Escu liburu* hunec

lité il peut être entre les mains des touristes qui viennent visiter nos côtes ou nos montagnes et des enfants de nos écoles.

Il pourra servir aussi bien, quelquefois, au jeune prêtre et à l'instituteur, au maître ou au serviteur, et à tous ceux qui ont besoin d'acheter ou de vendre.

dakharzken gauzac laburzki aincinerat ezartcea aski da erakhustera emaiteco zoin ona daitekeien bai gure itsas bazterren edo gure mendien ikhustera heldu diren ibilcarien bai eta gure escoletaco haurren escuetan.

Balia daiteke hoin ongui, zombait aldiz, yaun aphez gazteari eta errientari, nagusiari eta sehiari, bai eta erosi edo saldu behar duten gucieri.

(Voir, à la fin, les ERRATA *.)*

AVANT-PROPOS.

—

Des hommes savants ont mis au jour divers ouvrages basques, tels que Livres de Piété, Dictionnaires, Poésies, etc.; mais aucun n'a songé à faire un livre pratique, un *Manuel de la Conversation*, utile, à la fois, soit aux étrangers qui fréquentent les Eaux-Bonnes, les Bains de Mer et les marchés du Pays Basque, soit à tous les Basques, et particulièrement aux enfants qui veulent apprendre à parler le français.

C'est donc pour eux que nous faisons paraître ce petit livre. Les uns et les autres y trouveront les termes qu'il faut connaître pour s'entendre et se comprendre dans les choses les plus nécessaires de la vie.

AINCIN-SOLASA.

—

Guizon yakintsunec arguitara eman dituzté asko liburu escuara, hala nola, debocionezco liburu, hitztegui, berxu eta bertce frango. Bainan, nehorc ez du asmatu liburu chehe bat, escu liburu bat, ona, oroz batean, bai, escual herrico ur onetan, itsas mainuetan eta merkatuetan dabiltzan arrotcentzat, bai eta Escualdun gucienzat, bereciki, Frantsescz mintzatcen ikhasi nahi duten haurrentzat.

Hekientzat dugu beraz liburutto hau arguitara emaiten. Batzuec ala bertcec, hemen, edireinen dituzte yakin behar diren hitzcuntzac, elgar aditceco eta endelgatceco, bicico gauza beharrenetan.

RÈGLES DE LA PRONONCIATION

DE LA LANGUE BASQUE,

A L'USAGE DES FRANÇAIS.

Les Basques se servent des lettres romaines comme les Français. Mais les règles de la prononciation sont différentes ; car, autant le système phonique de la langue française est difficile et composé, autant celui de la langue basque est simple et naturel.

La seule règle de prononciation en basque consiste à dire les mots exactement, tels qu'on les voit écrits, sans rien omettre ni rien ajouter. Il suffit d'épeler fidèlement et, en parlant, d'ouvrir la bouche naturellement, sans jamais serrer les dents et sans pincer les lèvres.

La langue basque a six dialectes : le Biscayen, le Guipuscoan, le Navarrais, le Bas-Navarrais, le Souletin et le Labourdin. Le plus beau et le plus pur de tous, est, sans contredit, le Labourdin. C'est dans ce dialecte que nous nous sommes efforcé d'écrire ce *Manuel de la Conversation*, évitant avec le même soin et autant que possible les mots français qu'un malheureux usage a implantés dans la langue basque, et les mots basques tombés en désuétude et qui ne seraient compris par personne.

Cela dit, déterminons la valeur des lettres, surtout de celles qui exigent une prononciation particulière.

A. La prononciation de cette lettre est toujours la même, ouverte plutôt que fermée

E. L'E basque n'est jamais muet comme en français; il est moyen, plutôt fermé qu'ouvert. Il ne prend jamais le son de l'A devant M, N, comme en français.

I. Cette lettre est longue comme pénultième, au nominatif défini des mots dont le radical est en I. Elle remplace l'I français double, l'Ï et l'Y, au milieu et à la fin des mots. Ainsi AI fait AÏ, AY, et non E.

O. La prononciation de cette lettre est toujours grave.

U. L'U se prononce comme OU dans tous les dialectes basques, à l'exception de la Soule où on le prononce comme l'U français.

B. Ce caractère remplace le plus souvent le Y.

C. Le C basque a le même son que le C français devant E, I. Le C, devant A, O, U, a le même son que le K. Le son articulatif de G et de Z étant le même, on peut employer indistinctement l'un et l'autre devant A, O, U.

D. Rien à dire sur cette consonne, si ce n'est que quelques dialectes ont le D mouillé comme s'il y avait un Y à la place du D.

F. Le F est rarement employé dans la langue basque ; certains dialectes le remplacent par H et P aspiré.

G. Certains auteurs disent que le basque n'admet que le G guttural ; néanmoins, on met devant cette consonne la voyelle U, pour écrire GUE, GUI, comme dans le français ; dans ce cas seulement, la voyelle U ne devrait pas faire OU.

H. L'H est toujours aspiré, dans les dialectes Souletin, Navarrais et Labourdin ; il est doux en Biscayen et Guipuscoan. Le C devant l'H, CH, se prononce comme s'il était suivi d'un E, CHE.

J. Le J est remplacé par G dans certains mots et par Y dans d'autres. Les Souletins seuls conservent la *Jota* espagnole comme dans Yaincoa, *Jincoa*.

K. Cette lettre remplace le Q. L'ancienne articulation KH est reçue dans la langue basque.

L, **M.** Rien à dire.

N. Cette consonne est toujours forte au milieu et à la fin des mots ; toutes les syllabes finales en N, comme en TS, S, Z, se prononcent comme s'il y avait un E muet à la fin. On n'admet guère le ñ espagnol dans le basque, mais bien, le GN français.

P. Rien de particulier. L'ancienne articulation PH, reçue dans le basque, ne doit jamais prendre le son de F comme en français.

Q. Cette lettre est bannie du basque et est toujours remplacée par le K.

R. Cette consonne est toujours douce entre deux voyelles et dure à la fin des mots.

S. La prononciation du s basque ne ressemble en rien à celle du s français ; voilà pourquoi il est toujours mal prononcé par les Français. Pour bien prononcer la sifflante du s basque, au son plein et nourri, il faut appuyer le bout de la langue derrière les dents supérieures, sur la gencive, vers le palais de la bouche et la faire siffler dans cette position.

T. Le T aspiré s'écrit TH ; mouillé, c'est TT.

V. Cette lettre est en général remplacée par le B.

X. Se prononce comme TS et non CS et peut être remplacé par TS.

Y. Cette lettre n'est guère employée qu'au commencement des mots.

z. Cette consonne remplace très-bien le ç et le double ss. Elle a la sifflante douce et non aiguë comme le z français.

Dans la langue basque, presque tous les mots sont terminés en A. Cette voyelle a la même valeur que l'article français.

Cette langue ne connaît guère de quantité et de prosodie. Cependant il est bon de savoir que les voyelles qui suivent les diphtongues PH, KH, TH ainsi que la pénultième voyelle ou syllabe des mots sont longues.

Enfin, la langue basque renferme un grand nombre de mots et de tournures analogiques; s'il nous arrive, parfois, de les reproduire dans ce *Manuel*, nous aurons soin, pour l'intelligence du lecteur, de les séparer par une barre.

MANUEL DE LA CONVERSATION

FRANÇAIS-BASQUE.

Ire PARTIE.	LEHEN PHARTEA.
VOCABULAIRE.	HITZTEGUIA.

CHAPITRE I.	I. CAPITULUA.
LES NOMBRES.	NOMBREAC.

1. *Noms des nombres.*	1. *Nombreen icenac.*

1	un.	I	bat.
2	deux.	II	biga.
3	trois.	III	hirur.
4	quatre.	IV	laur.
5	cinq.	V	bortz.
6	six.	VI	sei.
7	sept.	VII	zazpi.
8	huit.	VIII	zortci.
9	neuf.	IX	bederatci.
10	dix.	X	hamar.
11	onze.	XI	hameca.
12	douze.	XII	hamabi.
13	treize.	XIII	hama-hirur.
14	quatorze.	XIV	hama-laur.
15	quinze.	XV	hama-bortz.
16	seize.	XVI	hama-sei.
17	dix-sept.	XVII	hama-zazpi.
18	dix-huit.	XVIII	heme-zortci.

19	dix-neuf.	XIX	hemeretci.
20	vingt.	XX	hogoi.
21	vingt-un.	XXI	hogoi eta bat.
22	vingt-deux.	XXII	hogoi eta biga.
23	vingt-trois	XXIII	hogoi eta hirur.
24	vingt-quatre.	XXIV	hogoi eta laur.
25	vingt-cinq.	XXV	hogoi eta bortz.
26	vingt-six.	XXVI	hogoi eta sei.
27	vingt-sept.	XXVII	hogoi eta zazpi.
28	vingt-huit.	XXVIII	hogoi eta zortci.
29	vingt-neuf.	XXIX	hogoi eta bede-ratci.
30	trente.	XXX	hogoi eta hamar
40	quarante.	XL	berrogoi.
50	cinquante.	L	berrogoi eta ha-mar.
60	soixante.	LX	hiruretan - hogoi — hirur-hogoi.
70	soixante-dix.	LXX	hirur - hogoi eta hamar.
80	quatre-vingts.	LXXX	lauretan-hogoi— laur-hogoi.
90	quatre - vingt-dix.	XC	laur - hogoi eta hamar.
100	cent.	C	ehun.
500	cinq cents.	D	bortz ehun.
1000	mille.	M	mila.
2000	deux mille.	MM	bi mila
5000	cinq mille.	VM	bortz mila.
10000	dix mille.	XM	hamar mila.
100000	cent mille.	CM	ehun mila.
1000000	un million.	X͞m	milliun bat.
10000000	un milliard.	C͞m	milliar bat.

2 Nombres ordinaux. *2 Nombreac lerroca.*

premier. lehena.
second. bigarrena.

troisième.	hirurgarrena.
quatrième.	laurgarrena.
cinquième.	bortzgarrena.
sixième.	seigarrena.
septième.	zazpigarrena.
huitième.	zortcigarrena.
neuvième.	bederatci garrena.
dixième.	hamargarrena.
onzième.	hamecagarrena.
douzième.	hamabigarrena.
treizième.	hamahirurgarrena.
quatorzième.	hamalaurgarrena.
quinzième.	hamabortzgarrena.
seizième.	hamaseigarrena.
dix-septième.	hamazazpigarrena.
dix-huitième.	hemezortcigarrena.
dix-neuvième.	hemeretci garrena.
vingtième.	hogoi garrena.
vingt et unième	hogoi eta bat garrena.
trentième.	hogoi eta hamar garrena
quarantième.	berrogoi garrena.
cinquantième.	berrogoi eta hamargar- rena.
soixantième.	hiruretan hogoigarrena.
soixante-dixième.	hiruretan hogoi eta ha- mar garrena.
quatre-vingtième.	lauretan hogoigarrena.
quatre-vingt-dixième.	lauretan hogoi eta ha- margarrena.
centième.	ehungarrena.
millième.	milagarrena.
millionième.	milliungarrena.
l'avant-dernier.	azkhen aincinecoa.
le dernier.	azkhena.
le moyen.	artecoa.

5. Nombres fraction-naires.

5. Nombreac puske-tan.

la moitié.	erdia.
le tiers.	herena.
le quart.	laurdena.
les trois quarts.	hirur laurdenac.
les deux tiers.	bi heren.
une quantité.	sasta bat — aphur bat — andana bat.
une paire.	pare bat.
une douzaine.	dotcena bat.
une quinzaine.	hamabortz bat.
une vingtaine.	hogoi bat.
une soixantaine.	hiruretan hogoi bat.
une centaine.	chun bat.
un millier.	mila bat.
unique.	bakharra.
simple, singulier.	bakhuna.
en double.	doblezca.
une fois--(en).	aldi bat—behin.
deux fois –(en).	bi aldiz- -bietan.
dix fois— (en).	hamar aldiz—(tan).
cent fois—(en).	chun aldiz—(tan).
mille fois—(en).	mila aldiz—(tan)
un chacun.	bana.
deux chacun.	bira.
trois chacun.	hirurna.
quatre chacun.	laurna.
cinq chacun.	bortzna.
six chacun.	seira.
sept chacun.	zazpira.
huit chacun.	zortcira.
neuf chacun.	hederatcira.
dix chacun.	hamarna.
vingt chacun.	hogoira.
par douzaine.	dotcenaca.
par centaine.	chunca.

par mille.	milaca.
un-à-un.	bederazca.
deux-à-deux.	birazca.
trois-à-trois.	hirurnazca
dix-à-dix.	hamarnazca.
vingt-à-vingt.	hogoirazca.

CHAPITRE II.   II. CAPITULUA

DU TEMPS.   DEMBORAZ.

1. Division du temps.   *1. Demboraren phartimenaz.*

l'éternité.	bethiericacoa — eternitatea.
la durée.	iraupena.
l'avenir.	ethorkizuna.
le passé.	iragana.
un an.	urthe bat.
l'année dernière.	yoanden urthean—tchas
l'année prochaine.	helduden urthean.
cette année.	aurthen.
un mois.	hilabete bat.
une quinzaine.	hamabortz bat.
une semaine.	aste bat.
un jour.	egun bat.
une heure.	oren bat,—ordu bat.
une demi-heure.	oren erdi bat, — ordu-erdi bat.
un quart d'heure.	oren laurden bat.
une heure et demie.	oren bat eta erdi.
une minute.	minuta bat.
le matin.	goiza.
la matinée.	goiztiria.
midi.	eguerdi.
l'après-midi.	arrats-aldea.
le soir.	arratsa.
la soirée.	ilhunteiria.

la nuit.	gaua.
nuit.	ilhun.
minuit.	gau-erdi.
aujourd'hui.	egun.
ce soir.	gaur.
hier.	atzo.
avant-hier.	herenegun.
la veille.	bezperan.
l'avant-veille.	bezperagoan.
demain.	bihar.
après-demain.	etci.
le lendemain.	biharamunean—bihar damu.
le surlendemain.	biharamun-ondoan—etci damu.
le commencement.	hastea—hastapena.
le milieu.	erdia.
la fin.	akhabantza.

2. Les Saisons.   2. Sasoinac.

le printemps.	primadera.
l'été.	uda.
l'automne.	uda-azkena.
l'hiver.	negua.
la belle saison.	sasoin ederra.
la bonne saison.	sasoin ona.
la mauvaise saison.	sasoin-gachtoa.
un printemps frais.	primadera frescoa.
un été chaud.	uda beroa.
un hiver rigoureux.	negu borthitza.

3. Les Mois.   3. Hilabeteac.

janvier.	urtharrila.
février.	otsaila.
mars.	marchoa.
avril.	aphirila.
mai.	maiatza.

juin.	ekeina,—erearoa.
juillet.	uztaila.
août.	agorrila,—aboztua.
septembre.	buruila.
octobre.	urria.
novembre.	hacila,—hazaroa.
décembre.	abendoa.

4. Les Jours de la Se- maine.	Asteco Egunac.
lundi.	astelehena.
mardi.	asteartea.
mercredi.	asteazkena.
jeudi.	orteeguna.
vendredi.	orteiralea.
samedi.	larunhatea—ebiacoitza.
dimanche.	igandea.

5. Les Fêtes Principales.	Besta Bereciac.
Premier de l'An.	Urthatse.
l'Epiphanie.	Trufania.
la Chandeleur.	Ganderailu.
le Carnaval.	Ihauteria.
les Cendres.	Hauste.
le Carême.	Garizuma.
les Rameaux.	Erramu.
la Semaine Sainte.	Aste Saindua.
Pâques.	Bazco.
l'Ascension.	Salbatore.
la Pentecôte.	Mendecoste.
la Fête-Dieu.	Besta-Berri.
la Saint-Jean.	Yondoni Yoane.
la Saint-Pierre.	Yondoni Beliri.
l'Assomption.	Andredena Maria.
la Saint-Etienne.	Yondon Estebe.
la Saint-Martin.	Yondoni Martine.

la Saint-Vincent.	Bichintcho.
la Toussaint.	Umia Saindu.
le Jour des Morts.	Hilen eguna.
la Noël.	Eguerri.
l'Avent.	Abendoa.
les Quatre-Temps.	Garthac.

CHAPITRE III.	III. CAPITULUA.
DES NOMS PROPRES.	DEITHUREZ.

1. Déclinaison des noms propres.

1. Deithuren moldatceaz

Noms de villes. Id. de Maisons.

Hirien deithurac. Orobat, etchenac.

nominatif	Bayonne.		Baiona.
actif	Bayonne.		Baionac.
médiatif	de Bayonne.		Baionaz.
positif	dans		Baionan.
datif	à		Baionari.
génitif	de	Ba-yonne.	Baionaco.
unitif	avec		Baionarekin.
destinatif	pour		Baionacotzat.
ablatif	de		Baionatic.
approx. à vers.			Baionarat.

Noms d'hommes et de femmes.

Guizon emazten deithurac.

nominatif	Pierre.		Piarres.
actif	Pierre.		Piarresec.
médiatif	de par		Piarresez.
positif	dans		Piarres baithan.
datif	à		Piarresi.
génitif	de	Pierre.	Piarresen.
unitif	avec		Piarresekin.
destinatif	pour		Piarresentzat.
ablatif	de		Piarresen-ganic.
approxim. vers.			Piarresen-gana.

nominatif	Jeanne.		Yoana.
actif	Jeanne.		Yoanac.
médiatif	de, par		Yoanaz.
positif	dans		Yoana baithan.
datif	à		Yoanari.
génitif	de	Jeanne	Yoanaren.
unitif	avec		Yoanarekin.
destinat	pour		Yoanarentzat.
ablatif	de		Yoanaren-gatic.
approximat.	vers		Yoanaren-ganat.

2. *Noms de quelques nations.*

2. *Yendeki eembaiten icenac.*

l'Europe.	Europa.
un Européen.	Europana bat.
l'Asie.	Asia.
un Asiatique.	Asiaticobat.
l'Afrique.	Africa.
un Africain.	Africano bat.
l'Amérique.	America.
un Américain.	Americano bat.
l'Allemagne.	Alamania.
un Allemand.	Alamano bat.
l'Angleterre.	Angleterra.
un Anglais.	Angueles bat.
l'Autriche.	Autrichia.
un Autrichien.	Autrichiano bat.
l'Espagne.	Espagnia.
un Espagnol.	Espagnol bat.
la France.	Frantcia.
un Français.	Frantses bat.
l'Italie.	Italia.
un Italien.	Italiano bat.
le Portugal.	Portugale.
un Portugais.	Portugues bat.
la Prusse.	Prussia.
un Prussien.	Prussiano bat.

la Russie.	Russia.
un Russe.	Russiano bat.
la Turquie.	Turkia.
un Turc.	Turko bat.

5. *Noms de quelques villes.*	3. *Hiri cembaiten icenac.*
Alger.	Algerre.
le Hâvre.	Havre-Gracia.
Bayonne.	Baiona.
Bordeaux.	Bordele.
Lyon.	Lione.
Paris.	Parise.
Toulouse.	Tolosa.
Rome	Erroma.
Madrid.	Madrile.
Irun.	Irune.
Pampelune.	Irugna.
St-Sébastien.	Donestia.
Urdache.	Urdazuri.
Dax.	Akice.
Biarritz.	Biarritze.
Oloron.	Olorone.
Orthez.	Orthese.
Pau.	Pabe.
Bidache.	Bidachune.
Navarrenx.	Nabarrengose.
Sauveterre.	Salvatarre.

4. *Noms des communes Basques.*	4. *Escual herrien Icenac.*

ARRONDISSEMENT DE BAYONNE.

Canton de Bayonne.

Arcangues.	Arcangoiz.

Bassussarry.	Basusarri.
Eliçaberry.	Elizaberri.
Saint-Pierre d'Irube.	Hiriburu.
Lahonce.	Lehouza.
Mouguerre.	Muguerre.
Urcuit.	Urketa.

Canton d'Espelette.

—

Ainhoa.	Ainhoa.
Cambo.	Cambo.
Espelette.	Ezpeleta.
Itxassou.	Itsasu.
Louhossoa.	Luhoso.
Sare.	Sara.
Souraïde.	Zuraide.

Canton de Hasparren.

—

Hasparren.	Ahazparne.
Saint-Martin d'Arberoue	Donamartihiri.
Saint-Esteben.	Donestehiri—Donestebe.
Greciette.	Guerecieta.
Bonloc.	Lekhuine.
Macaye.	Makaia.
Méharin.	Mehaine.
Meadionde.	Mendiondo.
Urcuray.	Urkhurai.

Canton de Labastide-Clairence.

—

Ayherre.	Aiherre.
Bardos.	Bardoce.
Briscous.	Bezkoitce.
Isturi.z.	Isturitce.

Canton de Saint-Jean-de-Luz.

Ascain.	Azkaine.
Bidart.	Bidarte.
Biriatou.	Biriatu.
Saint-Jean-de-Luz.	Donibane-Lohizun.
Hendaye.	Hendaia.
Urrugne.	Urrugna
Béhobie.	Pausu.
Ciboure.	Ciburu.
Guéthary.	Guethari.

Canton d'Ustaritz.

Ahetze.	Ahetce.
Arbonne.	Arbona.
Halsou.	Haltsu.
Larressore.	Larresoro.
Villefranque.	Milafranca.
Saint-Pée.	Sempere.
Ustaritz.	Uztaritce.
Arraunts.	Arruntza.
Jatxu.	Yatsu.

ARRONDISSEMENT DE MAULÉON

Canton d'Iholdy.

Arhansus.	Arhantsuse.
Armendarits.	Arbendaritce.
Bunus.	Bunuce.
Saint-Just, Ibarre.	Donaisti, Ibarra.
Helette.	Heleta.
Hoste.	Hozta.
Ibarrolle.	Ibarrola.
Iholdy.	Iholdi.
Irissarry.	Irisarri.

Ostabat.	Izura.
Lantabat.	Landiharre.
Larceveau, Arros, Cibits, Uziat.	Larzabale, Arroce, Cibit-ce, Uteieta.
Suhescun.	Suhuskune.
Juxue.	Yutsia.

Canton de Mauléon.

Ainharp, Oyherq.	Aignarbe, Oihergui.
Aussurucq.	Alzuruku.
Roquiague.	Arrokiaga.
Barcus.	Barkoche.
Berrogain.	Berrogaine.
Viaudos, Abense-de-Bas.	Bildoce, Onicepia.
Garindein.	Garindagne.
Gotein, Libarrenx.	Gotagne, Iribarne.
Esprès, Idaux.	Ezpeice, Idauce.
Mauléon, Licharre.	Maule, Lestarre.
Mendy, Mendibien.	Mendi, Mendibile.
Menditte, Moncayole.	Mendikota, Mentikile.
Musculdy, Ordiarp.	Muskuldi, Ordignarbe.
Hôtel St-Blaise, Ossas.	Ospitalia, Ozace.
Charitte, Laruns.	Sarrikota, Larunce.
Charitte-de-Bas, Unda-rain.	Sarrikotapia, Unduragne
Arrast, Larrori, Larre-bieu, Suharc.	Urrustoia, Larrori, Lar-rebile, Zuhara.

Canton de Baïgorry.

Aldudes, La Fonderie.	Aldude, Banka.
Anhaux, Irouléguy.	Anhauce, Iroulegui.
Ossès, Saint-Martin d'Ar-rossa.	Orzaice, Arrosa.
Baïgorry.	Baigorri.
Bidarray.	Bidarrai.
Lasse, Ascarat.	Lasa, Azkarate.

Canton de Saint-Jean-Pied-de-Port.

Ahaxe , Alciette-Bascas- | Ahatsa , Alcieta - Barka-
san. | zane.
Aincille - Harriette, Ain- | Aincille-Harrieta, Ainhi-
hice-Mongelos. | ce-Monyolose.
Arneguy , Ondarolle, Be- | Arnegui, Ondarolla, Be-
horleguy. | horlegui.
Bustince-Iriberry. | Buztince-Iriberri.
Bussunaritz,Sarrasquette | Buzunaritce , Sarasketa.
Saint - Jean - le - Vieux, | Donazaharre , Madalena.
Magdeleine.
Saint-Jean-Pied-de-Port. | Donibanegaraci.
Saint-Michel, Caro. | Eiheralarre, Zaro.
Esterençuby, Jaxu. | Ezterenzubi, Yatsou.
Lacarre, Gamarthe. | Lakharra, Gamarte
Ispoure, Uhart-Cize. | Izpura, Uhartchiri.
Lecumberry, Mendive. | Lekhunberri, Mendibe.

Canton de Saint-Palais.

Saint-Palais, Aiciritz. | Donaphalen, Aiciritce.
Amorots, Succos. | Amorotce, Sokuece.
Arberats, Sillègue, Su- | Arberatce, Silhecoa, Su-
hart. | hasti.
Arbouet, Camou, Sus- | Arboti, Camu, Sosueta.
saute.
Aroue, Etcharry. | Arue, Etcharri.
Arraute, Charitte. | Arrueta, Sarrikota.
Beguios, Somberaute. | Behauce, Alzumarte.
Béhasque, Lapiste, Ber- | Behaskane, Lapitzketa,
raute. | Berrhueta.
Beyrie, Orsanco. | Bithirine, Ostankoa.
Domezain, Gabat, Amen- | Dominchaine , Gabadi,
denix. | Amenduce.
Garris, Luxe, Oneix. | Garruce, Lukuce, Onaso.

Ithorots, Ilharre, Labets.	Ithorotce, Ilharre, Labetce.
Lohitzun, Sorhapuru.	Lohitzune, Sorhapuru.
Masparraute, Orègue.	Marchueta, Orabarre.
Pagole, Uhart, Larribar.	Pagola, Uharte, Larribarre.

Canton de Tardets.

Tardets, Sorholus.	Atharratce, Sorholuce.
Abense-de-Haut.	Onice-Gainecoa.
Alçay, Alçabehetty, Sunharette.	Alzai, Alzabcheti, Zunharreta.
Alos, Sibas.	Aloce, Ciboroce.
Camou, Sihigue.	Gamu, Cihiga.
Lacarry, Charritte-de-Haut, Arrau.	Lakharri, Sarrikota gaina, Arhaue.
Larrau.	Larrague.
Lichans.	Lechauzu.
Etchebarre, Sunhar.	Etchebarre, Zunharre.
Licq.	Ligui.
Laguinge, Restoue.	Liguinagua, Astue.
Sainte-Engrâce.	Santa-Araci.
Atherey.	Atherei.
Haux, Trois-Villes.	Hauce, Hirurhiri.
Sauguis.	Zalguice.

5. Noms de quelques maisons du Pays Basque et leur signification.	3. Escual herrico cembait etcheen icenac.
D'Amestoy, maison au milieu d'un bois de charmes.	Amestoia.
Arampé, id. sous le prunier.	Aranpea.

Artayet, *id*. au milieu   Artaieta.
du bois taillis.
Artetche, *id*. au défilé.   Artetchea.
Basart, *id*. dans les lieux   Basartea.
sauvages.
Barnetche, *id*. enfoncée.   Barnetchea.
Baratçart, *id*. entre les   Baratz artea.
jardins.
Basterretche, *id*. à l'é-   Bazteretchea.
cart.
Bidart, *id*. entre les che-   Bidartea.
mins.
Bidegain, *id*. sur le che-   Bidegaina.
min.
Bustingorry, *id*. sur l'ar-   Buztingorria.
gile rousse.
Eyheralde, *id*. près du   Eiheraldea.
moulin.
Elissalde, *id*. près de   Elizaldea.
l'église.
Etchebarne, *id*. enfon-   Etchebarnea.
cée.
Etchart, *id*. au défilé.   Etchartea.
Etcheberry, *id*. neuve.   Etcheberria.
Etcheçahar, *id*. vieille.   Etchezaharra.
Etchegaray, *id*. sur le   Etchegaraia.
haut.
Etchegoyen, *id*.   *id*.   Etchegoienea.
Etchemendy, *id*. sur ou   Etchemendia.
comme une montagne.
Goyetche, *id*. sur le haut   Goietchea.
Goyenetche, *id*.   *id*.   Goihenetchea.
Harispe, *id*. au milieu   Harizpea.
des chênes.
Harismendy, *id*. *id*. sur   Harizmendia.
la montagne.
Haramboure, *id*. à l'ex-   Haramburua.
trémité de la vallée.

Intchauspé, *id*. sous le Intchauspea.
noyer.

Ithurralde, *id*. près de Ithuraldea.
la fontaine.

Jauretche, *id*. château. Jauretchea.

Curutçalde, *id*. près de Khurutzaldea.
la croix.

Landalde, *id*. près du Landaldea.
champ.

Landart, *id*. au défilé Landartea.
d'un champ.

Landabure, *id*. à l'extré- Landaburua.
mité d'un champ.

Larralde, *id*. près de la Larraldea.
lande.

Larrart, *id*. au défilé Larrartea.
d'une lande.

Larrabure, *id*. à l'extré- Larreburua.
mité d'une lande.

Larre, *id*. dans la lande. Larria.

Landeretche, *id*. champ Landerretcha.
facile à cultiver.

Menditéguy, *id*. au mi- Menditeguia.
lieu des montagnes.

Mendiboure, *id*. à l'ex- Mendiburua.
trémité de la montagne

Mendionde, *id*. au pied Mendiondoa.
de la montagne.

Oyhenart, *id*. au milieu Oihanartea.
des bois.

Oyhamboure, *id*. à l'ex- Oihanburua.
trémité des bois.

Oyhambéhère, *id*. au bas Oihanbchera.
des bois.

Orcasberro, *id*. fourré du Orcasberroa.
daim.

Teillerie, *id*. tuilerie. Teilaria.

Uhalde, *id*. près de l'eau Uhaldea.

Uralde, *id*.   *id*. Uraldea.

Uhart, *id.* entre deux Uhartia.
  eaux.
Urrutia, *id.* près des Urrutia.
  sources.

---

6. Noms de quelques di- *6. Kargudun cembaiten*
  gnitaires. *icenac.*

---

l'Empereur Emperadorea.
l'Impératrice. Emperatriza.
le Roi. Erreguea.
le Reine. Erreguina.
la cour. gortea.
le règne. erreinua.
le royaume. erresuma.
l'infant. infantsoa.
le marquis. martrisa.
le comte. contea.
le vicomte. bizcundea.
le gentilhomme. aitoren semea.
le duc. dukea.
le ministre. minichtroa.
l'ambassadeur. embachadorea.
l'officier. aincindaria.
le juge de paix. bakhezco yuyea.
le chef. buruzaguia.
le maire. auzo-apheza.
le pape. aita-saindua.
le cardinal. cardinalea.
l'archevêque. archaphezpicua.
l'évêque. aphezpicua.
le prêtre. apheza.
le curé. erretora.
le vicaire. bicarioa.
le régent. erreienta.
la benoîte. serora.
le marguillier. clabera,—guilzaina
l'enfant de chœur. beretterra.

le chanoine.	kalonyea.
le confesseur.	cofesora.
le missionnaire.	misionesta.
le moine.	fraidea.
l'abbé.	abadea.

7. *Noms de baptême les plus usités.* 7. *Bathaioan, maicenic, emaiten diren icenac.*

NOMS D'HOMMES. GUIZONEN ICENAC.

Pierre.	Piarres, — Betiri, — Predo, — Peillo.
Jean.	Yan, — Yoanes, — Manech, — Cadet, -- Ganich
Bertrand.	Bertrand, — Pettan.
Raimond.	Erramun.
François.	Frantches.
Guillaume.	Guilamu, — Guillen.
Vincent.	Bichente, — Bichintcho.
Félix.	Felix, — Felitch.
Victor.	Bittor.
Ignace.	Inacio.
André.	Andres.
Thomas.	Tomas, — Tomach.
Joseph.	Yosep, — Yosepe.
Benoît.	Begnat.
Philippe.	Filipe.
Charles.	Charles, — Carlos.
Pascal.	Pascal, — Pachcal.
Sauveur.	Sobur, — Chalbat.
Jacques.	Yakes, — Yacobe.
Etienne.	Estiene, — Ichtebe, — Estebe.
Cyprien.	Ciprien, — Chiprien.
Michel.	Michel, — Mikhelle.
Simon.	Chimun
Denis.	Denis.
Martin.	Martin, — Chemartin.

Laurent.	Laurench,—Laurendi.
Dominique.	Domingo,—Dominiche.
Bernard.	Bernat.
Augustin.	Agustin.
Antoine.	Anton,—Antonio.
Valentin.	Balentin.
Mathieu.	Mathiu.
Gratien.	Gratien,—Gachien.

NOMS DE FEMMES.	EMAZTEN ICENAC.
Marie.	Maria,—Mariun.
Marianne.	Mariena, — Magnegna,—Mariagno.
Jeanne.	Yuana,—Gnagna.
Jeanne-Marie.	Yana-Marie.
Anne.	Anna,—Agna.
Catherine.	Catalin,—Caterina.
Gracieuse.	Graciosa, — Gachucha,—Guerechene.
Dominique.	Dominica.
Marguerite.	Margaita,—Marguerita.
Magdeleine.	Madalen,—Madalena.
Thérèse.	Teresa.
Victoire.	Bitoire,—Bitoria.
Françoise.	Franchizca, — Frantche-cha.
Marceline.	Marchalina,—Marzalina.
Elisabeth.	Elichabet.
Stéphanie ou Etiennette.	Estefana.
Victorine.	Bittorina.

CHAPITRE IV.	IV. CAPITULUA.

Noms des substantifs les plus usités.

Maicenic, aiphatçen diren gauzen icenac.

1° *Déclinaison des noms de choses inanimées.*

1° *Gauza hilen icenen moldatceaz.*

SINGULIER.

nominatif	la montagne.	mendia.
actif	la montagne.	mendiac.
médiatif	de, par la	mendiaz.
positif	dans	mendian.
datif	à la	mendiari.
génitif	de la	mendiaren.
unitif	avec la	mendiarekin.
destinatif	pour la	mendico.
ablatif	de la	menditic.
approxim.	à, vers la	mendirat.

(montagne.)

PLURIEL.

Nominatif	les montagnes.	mendiac.
actif	les montagnes.	mendiec.
médiatif	des, par les	mendiez.
positif	dans les	mendietan.
datif	aux	mendici.
génitif	des	mendien.
unitif	avec les	mendiekin.
destinatif	pour les	mendietaco.
ablatif	des	mendietaric.
approxim.	aux, vers les	mendietarat.

(montagnes.)

Déclinaisons des noms de choses animées.	Gauza bicien hitcen moldaiceaz.

SINGULIER.

le fils.	semea.
le fils.	semeac.
de, par	semeaz.
dans le	semean.
au	semeari.
de	semearen.
avec le	semearekin.
pour le	semearentzat.
du	semearen-ganic.
au, vers le	semearen-ganat.

fils.

PLURIEL.

les fils.	semeac.
les fils.	semeec.
des, par	semeez.
dans les	semeetan.
aux	semeei.
des	semeen.
avec les	semeekin.
pour les	semeentzat.
des	semen-ganic.
aux, vers les	semen-ganat.

fils.

2º Dieu, la Religion, l'Eglise.	2º Yaincoa, Erligionea, Eliza.
Dieu.	Yaincoa.
Le Très-Haut, le Maître d'en haut.	Yaungoicoa.
Jésus-Christ.	Yesu-Christo.
le Christ.	Christo.

le Saint-Esprit.	Izpiritu Saindua.
le Créateur.	Creatzailea.
le Rédempteur.	Eroslea, Erresketatzaiela.
le Médiateur.	Araretcoa.
un pur esprit.	izpiritu huts bat.
le Paradis.	Pharabisua.
la gloire éternelle.	bethicricaco loria.
l'ange.	ainguerua.
l'archange.	arkanyelua.
les saints.	sainduac.
les bienheureux.	dohatsnac.
les apôtres.	apostoluac.
la Sainte Vierge.	Birjina Saindua.
le refuge des pécheurs.	bekhatorosen iheslekua.
le Purgatoire.	Purgatorjoa.
l'Enfer, — le séjour des méchants.	Ifernua, — gachtoen lekua.
le Diable.	Debrua.
les réprouvés.	errefrogatuac.
les malheureux damnés.	damnatu dohacabeac.
les âmes justes.	arima justuac.
la rédemption.	erospena.
la croix.	khurutcea.
la résurrection.	phiztea.
la communion des saints	sainduen phartelierta-suna.
les dix commandements.	hamar manamenduac.
le serment.	cina.
le vœu.	botua.
le péché.	bekhatua.
la prière.	othoitza.
les sacrements.	sacramenduac.
le baptême.	bathaioa.
la confirmation.	confirmacionea.
l'eucharistie.	gorphuts saindua.
la pénitence.	penitentcia
l'extrême-onction.	anontcioa, — oliodura, — azkhen ganzudura.

l'ordre.	ordena.
le mariage.	ezkontza.
la noce.	ezteia.
le jeûne.	barura.
le maigre.	mehea.
le gras.	guicena.
la dîme.	detchima.
la fête solennelle.	besta hurua.
la paroisse.	parropia.
l'église.	eliza.
la fête locale.	eliza besta.
les chrétiens.	guiristinoac, christauac.
le temple.	templua.
les juifs.	juduac.
la chapelle.	kapera.
l'autel.	aldarea
le maître autel.	aldare nausia.
le chœur.	khoroa.
le lutrin.	khantorea.
la messe.	meza.
la grand-messe.	meza nausia.
la messe basse.	meza ichila.
le calice.	kalitza.
les reliques.	erlekiac.
le devant d'autel.	aldare aincina.
l'entablement.	erretaula,
la table sainte.	mahai saindua.
l'élévation.	sagara.
le sermon.	predicua.
la chaire.	predikalkia.
l'eau bénite.	ur benedicatua.
l'encens.	isentsua.
les fonds baptismaux.	bathaioco harria.
le porche.	aphirico azpia.
l'appel.	deia.
le clocher.	ezkila dorrea,—ceinutea.
le carillon.	errepika.
la flèche.	tuturrutua.

le son de cloche.	danga,—ceinua.
la cloche.	ezkila.
les prières des morts.	otsakioac.
l'enterrement.	hil ehorstea.
les funérailles.	phoroguac.
le cercueil.	kutcha.
le suaire.	hil oihala.
la tombe.	hobia
le convoi.	ahokia.
le cierge.	thorcha,—chirioa,—gandela.
les orgues.	orguinac,—organoac.
le tocsin.	deiadarra.
l'appel.	deia.
le contr'ordre.	desmezua.

2. *Les œuvres de Dieu.* 2. *Jaincoaren obrac.*
   Le Ciel.   *Cerua.*

le ciel ou firmament.	cerua.
les astres ou étoiles.	izarrac.
le soleil.	iguzkia,—ekia.
le lever du soleil.	iguski yalguitcea.
le coucher du soleil.	iguski sartcea.
les rayons du soleil.	iguskiaren arraioac.
la lumière.	arguia.
l'aurore.	argui hastea.
les ténèbres.	ilhumbeac.
la lune.	hil arguia.
le clair de lune.	arguizaria, — hilargui churia.
la nouvelle lune.	hil argui berria.
la pleine lune.	hil argui bethea.
du premier quartier à la pleine lune.	gorapena
de la pleine lune au dernier quartier.	beherapena.

3

3. La terre.   ### 3. Lurra.

—

l'argile.	buztina.
la marne.	lapitza.
le sable.	harea, — salbia, — harigna.
le gravier.	legorra,—legarra,—graba.
un grain de sable.	salbe pilcor bat.
un banc de sable.	salbe mundoi bat.
les cailloux.	harrichcac.
la pierre.	harria.
la carrière.	harrobia.
le rocher.	harroca.
la poussière.	erhautsa.
le sol.	lurra.
la terre végétale.	lur achala.
le champ.	landa.
la prairie.	phentcea,—sorroa.
le carreau de jardin.	baratce alhurra.
la lande.	larria.
un enclos de lande.	larraina.
la barthe.	errepia.
la forêt.	oihana.
un bois de chênes.	hariztegui bat.
un bois de châtaigniers.	gastaindegui bat.
le tauzinet.	amesteguia.
le bois taillis.	chara,—arteguia
la pépinière.	mindeguia.
la plaine.	celhaya.
la montagne.	mendia.
le volcan.	sumendia.
le plateau.	ordokia.
l'étendue.	hedadura.
l'écho.	oiharzuna.
le désert.	desertua.
la colline.	lur bizcarra.
la côte.	patarra.

le chemin escarpé.	bide chuta.
la route.	bidea.
le sentier.	bidechka.
le bas-fond.	cepo ciloa.
le ravin.	erreca.
le précipice.	lecea.
le souterrain.	laupia.
la grotte.	harpia.
les frontières.	mugac,—bortuac.
les quatre points cardi- naux.	munduaren laur bazter- rac.
le nord.	iphar - aldea , — negu- aldea.
le midi ou sud.	hego - aldea, — eguerdi- aldea.
l'est ou levant.	iguzki-aldea.
l'ouest ou couchant.	mendeal-aldea.

4. L'eau.

4. Ura.

la vapeur.	bafada,—baporea.
l'eau de mer.	itsas ura.
l'eau de source.	ur hotcha.
la source.	ithurburua,—ur beguia.
la rivière.	hibaia.
le fleuve.	uraitza.
le tourbillon.	chirimola,—tulumbioa.
la fontaine.	ithurria.
le canal ou chute d'eau de fontaine.	churruta.
le filet d'eau ou petit ruisseau.	ur chirripa.
le puits.	ciphua,—putzua.
le bourbier.	lohi ciloa.
la boue.	lohia, — balsa, — barta, pharta.
le limon.	ichtila.
l'ornière.	intha.

le déluge, l'inondation.	tulubioa,—uholdea.
la mer.	itsasoa.
la haute marée.	itsasoa gora.
la basse marée.	itsasoa behera.
le port.	portua.
la baie.	baia.
la terre ferme.	leihorra.
les ondes.	ur pompoilac.
les vagues.	uhinac.
le rivage.	itsas bazterra.
le navire.	untcia,—barkua.

5. L'air.

5. Airea.

le vent.	haicea
le bruit du vent,—le sif-flement.	haicearen harrabotsa,—azantza,—histua.
le vent du nord.	iphar haicea.
le vent du sud.	haice hegoa.
le vent d'est.	iguzki haicea.
le vent d'ouest.	mendeal haicea.
vent contraire.	haice contra.
vent favorable.	haice alde.
beau temps.	dembora ederra.
mauvais temps.	dembora gaichtoa.
sec.	idorra.
humide.	umia.
le serein.	gau airea.
la brise de mer.	itsas airea.
la rosée.	ihitza.
la gelée.	izotza,—ihitz hotza.
le brouillard.	lanhoa.
la brume.	lantchurda,—lantzerra.
les nuages.	hedoïac.
l'arc-en-ciel.	horz–adarra.
le tonnerre.	ortzantza,—durunda,—ihurciria,—ortcia.
les éclats du tonnerre.	ortci karrascac.

les tremblements de terre	lur ikharac.
la pluie.	uria.
les gouttes.	chortac.
la gouttière.	ithachura,- cithoitza.
une éclaircie.	atheria,—ather artea.
l'éclair.	chimista.
la foudre.	ozpina, — aire gaichtoa.
l'averse.	uharra.
la bourrasque.	eraunsia.
la tourmente.	zopherna.
la tempête.	kalerna.
le torrent ou cascade.	turrusta.
la chaleur.	beroa.
la sécheresse.	idortea.
l'ombre.	itzala.
le froid.	hotza.
la glace.	horma,—karroina.
le dégel.	urtcea,—guesaltcea.
la neige.	elhurra.
le grésil.	barazutza,—chitcherra.
la grêle.	harria,—harri erauntsia.

6. Le feu.   6. Sua.

l'incendie.	suhalama.
le feu de joie.	suberria.
le combustible.	sugaia.
le bois à brûler.	errekina.
la bûche.	egurra.
le charbon.	ikhatza.
la braise	hauts ikhatza.
la cendre.	hautsa.
les copeaux.	ezpalac.
les branches.	abarrac.
le fagot.	egur,—abar zama.
l'étincelle.	phindarra.
la flamme.	garra
la fumée.	khea.

le tison.	itchindia.
la houille.	lur ikhatza.

---

7. *Métaux et substances chimiques ou végétales.*	7. *Metale eta lurreco gauza urthu, erre edo chouc.*

---

l'or.	urrhea.
l'argent.	cilharra.
le mercure.	cilhar bicia.
le cuivre.	cobrea.
l'étain.	ezteinua.
le fer.	burdina.
le fer-blanc.	burdin churia.
la fonte.	burdin urthua.
l'acier.	halceirua
la chaux.	guisua.
le mortier.	morteroa.
le plâtre.	iguelsua.
la brique.	adailua,—adarailua.
du verre.	basokia.
la vitre.	berina.
le plomb.	plomua.
la poudre.	bolbora.
le soufre.	sofrea.
la tuile.	teila.
le sel.	gatza.
la cire.	escoa.
l'huile.	olioa.
le miel.	eztia.
la poix.	bikhea.
le sucre.	sucrea.
la résine.	arrachina.
le noir de fumée.	arrachina khea.
le savon.	salboina.
la farine.	irina.
le son.	zahia.
la fécule de pomme de terre.	lur sagar irina.

le baume. balsama.

---

8. *L'homme, ses âges et ses vicissitudes.* 8. *Guizona, haren adinac eta gorabeherac.*

---

homme.	guizon.
l'homme.	guizona.
devenir homme.	guizontcea.
devenu homme.	guizondua.
de l'espèce d'homme.	guizonkia.
homme de rien.	guizachca,--guizagachoa
bon homme.	guizontoa.
plus homme.	guizonago.
un peu plus homme.	guizonchago.
le plus homme.	guizonena.
l'enfant.	haurra.
le nouveau-né.	yayoa.
un petit enfant.	haurtto bat.
le garçon.	muthicoa.
le jeune homme.	guizon gaztea.
les jeunes gens.	muthil gazteac.
le monsieur.	yauna.
la fille.	nescatcha.
la femme.	emastea.
la demoiselle.	donceila.
la dame.	andrea.
garçon, fille à marier.	ezkont guzia.
hommes, femmes, mariés	ezkonduac.
le vieux célibataire.	donadoa.
la vieille célibataire.	mutchurdina.
la vieille femme.	atsoa.
le veuf.	alharguna.
la veuve.	alharguntsa.
l'orphelin.	umezurtza.
le nain.	gnagnoa
le géant.	gigantea.
la naissance.	sortcea.
l'enfance.	haurtasuna.

la jeunesse.	gaztetasuna.
la vieillesse.	zahartasuna.
la mort.	herioa.
le trépas.	heriotcea.
le défunt.	ohia,—cena.
la multitude.	yende,—ostea,--andana.
au milieu de la foule.	yendepean.
le peuple, la nation.	yendekia.
le travail.	lana.
les vacances.	lanarteac.
les amusements.	yostetac.
les sujets d'amusement.	yostagailuac.
les affaires.	eguitecoac.
le hazard.	estropua.
l'événement.	guerthacaria.
le passé.	iragana.
le présent.	oraicoa.
l'avenir.	elhorkizuna,—gueroa.
le bonheur.	zoriona.
le malheur.	zorigaitza.
le gain.	irabacia.
la dépense.	gastua.
la richesse.	aberaztasuna.
le droit.	dretchoa.
la rente.	arranda.
la dot.	dotea.
l'héritage.	primantza.
l'héritier.	primua.
l'héritière.	andre gaya.
les impôts.	cergac.
le don.	emaitza.
le legs.	legata.
la jouissance.	gozamena.
la pauvreté.	pobrecia,—behartasuna.
le besoin.	beharra.
la misère.	escasia, — errumeskeria.
la douleur.	oinhacea.
la souffrance.	pairacuntza.

l'affliction.	atsekabea.
le chagrin.	grigna.
le désespoir.	etsimendua.
la tristesse.	goibeltasuna,—tristecia.
la contrariété.	nahigabea.
la peine.	hersua,—pena.
les angoisses.	cinac eta minac.
l'adversité.	trebesia.
la fatalité.	ecinberteca.
la surprise.	lastima.
la joie, la jubilation.	boza,—bozcarioa,—boz-calentcia.
la gaieté.	alegueratasuna.
le plaisir.	atseguina.
le nom.	deithura.
le prénom.	icena.
le renom.	omena.
la renommée.	aiphamena.
la réputation.	fama.
le domicile.	egoitza.
la résidence.	biciteguia.
l'indigène.	herricoa.
l'étranger.	arrotza.
l'enseignement.	erakuspena.
la science.	yakitatea.
l'instruction.	irakaspena.
l'action, l'œuvre.	eguintza,—eguitatea.
l'effet.	eguincundea.
le mérite.	merecimendua.
la récompense.	saria.
le châtiment.	gastigua.
le procès.	aucia.
les témoins.	lekhucoac.

9. La parenté. 9. Ahaidetasuna.

la famille.	familia.
l'origine.	ethorkia.

la naissance.	sorcuntza.
le rang.	herrunca.
la noblesse.	yende handia.
le peuple.	yende chehea.
les ancêtres.	aincinecoac.
les aïeux.	arbasoac.
grand-père.	aitaso.
grand-mère.	amaso.
les père et mère.	burhasoac.
le père.	aita.
la mère.	ama.
petite mère.	amatto.
les parents.	ahaideac.
les descendants.	ondocoac.
le fils.	semea.
la fille.	alaba.
la sœur, pour frère.	arreba.
la sœur, pour sœur.	ahizpa.
le frère.	anaya.
l'aîné.	guchiena.
le cadet.	ondocoa.
les consanguins.	haurhideac.
les jumeaux.	sabel aldi berecoac.
le petit-fils.	ilobasoa.
l'oncle.	oseba.
la tante.	izaba.
le neveu, la nièce.	iloba.
le cousin, la cousine.	cusia,—cusina.
le cousin-germain.	lehen cusia.
le petit cousin.	cusi ttipia.
le futur.	guizon gueia.
la future.	emazte gueia.
le mari.	senharra.
la femme.	emaztea.
la compagne.	laguna.
l'époux, l'épouse.	esposa.
le beau-père.	aitaguinareba.
la belle-mère.	amaguinareba.

le parrain.	aita itchia,—eguzaita.
la marraine.	ama itchia,—eguzama.
le tuteur.	aita ordea.
la tutrice.	ama ordea.
le parâtre.	aitazuna.
la marâtre.	amaizuna.
le gendre.	suhia.
la belle-fille.	errena.
le beau-frère, la belle-sœur.	koinata.
le filleul.	semeatchia.
la filleule.	alla bitchia,—eguzalaba.
la nourrice.	amagno.
en nourrice.	unhidetan.
le berceau.	ohacoa,—sehasca.
le légitime.	zucenbidecoa.
le bâtard.	bastarta.
les gens de la maison.	etchecoac.
les voisins.	auzoac.

10. Les facultés, vertus et vices de l'âme.	*10. Arimaco donu, berthute eta bicioac.*
l'âme.	arima.
l'esprit.	izpiritua.
l'entendement.	adimendua.
l'intelligence.	ezagutza.
le génie.	ancea, — inguinioa, — maina.
la mémoire.	orhoitzapena, — memorioa.
la volonté.	gogoa,—borondatea.
la raison.	arrazoina.
le bon sens.	zentzu ona.
le caractère.	yitea.
la vertu.	berthutea.
l'amour.	amodioa.
la foi.	fedea.
l'espérance.	esperantza.

la charité.	caritatea.
la force.	indarra.
la prudence	zuhurtcia.
la sagesse.	prestutasuna,—zuhurtasuna,
la douceur.	estitasuna.
la tendresse.	beratasuna.
la loyauté.	leialtasuna.
la crainte.	beldurtasuna.
la paix.	bakhea.
la tranquillité.	sosegua.
le repentir.	damua,—urrikia.
la bonté.	ontasuna.
la pitié.	urrikalmendua.
la pureté.	garbitasuna.
la honte.	ahalguea.
la reconnaissance.	eskherona,—ezagutza.
l'amitié.	adiskidantza.
l'inimitié.	etsaitasuna.
la haine.	herracundea.
le vice.	bicioa.
l'habitude.	haztura.
le penchant.	yaidura.
la folie.	erhokeria.
la stupidité.	zorokeria.
le soupçon.	chuzpitcha.
l'horreur.	icigarrikeria.
la ruse.	amarrua.
l'envie.	yelosia,—bekhaiztia.
le mensonge.	guezurra.
l'ingratitude.	eskhergachtoa,—eskhergabia.
l'orgueil.	urgulua.
l'impureté.	lohikeria,—paillardiza,--lizunkeria.
le vol.	ohointza.
la révolte.	errebolta.
la méchanceté.	gaichtakeria.

l'aveuglement.	itsumendua.
l'endurcissement.	gogortasuna.
l'effronterie.	atrebentcia.
la gourmandise.	gormandiza.
la négligence.	lazakeria.
l'insouciance	antsigabetasuna.
la paresse.	alferkeria.

11. Les sens du corps. | **11. Gorphutzeco sentsuae**

la vue.	bista,—bichta.
l'ouïe.	aditcea.
l'odorat.	usna,—usantsa.
le goût.	gostua.
le toucher.	hunkitcea.
le regard.	soa ,—behacuntza ,—behatcea.
le son.	soinua,—ocena.
l'odeur.	usaina.
la sensibilité.	minberatasuna.
la mollesse.	gurikeria.

12. Les membres du corps. | **12. Gorphutzeco aldeac, membroac.**

la tête.	burua.
les cheveux.	biloac,—ileac.
la cervelle.	fugnac.
la tempe.	loloa.
le front.	copeta,—belarra.
les rides.	chimurrac.
l'œil.	beguia.
la prunelle.	gnignia,—beguininia.
l'œillade.	begui ukaldia , — begui colpea.
les sourcils.	bephurnac.
les paupières.	betespalac,—beguispalac.
le visage.	ahurpeguia,—bisaia.

les joues.	mathelac.
les oreilles.	beharriac.
le nez.	sudurra.
nez camus.	sudur taloa.
les narines.	sudur ciloac.
la bouche.	ahoa.
les lèvres.	ezpainac.
la langue.	mihia.
les dents.	hortzac.
les grosses dents.	haguinac.
les dents canines.	lethaguinac.
les mâchoires.	matrailac,—mustuphilac
les gencives.	hobiac.
le palais.	ahoganga,—ahogaraya.
la luette.	gangaila.
la gorge.	golua.
le gosier.	cintzurra.
le menton.	kocotsa.
la barbe.	bizarra.
le cou.	lephoa.
la peau.	larrua,—achala.
les os.	hezurrac.
l'épaule.	sorbalda.
l'aisselle.	galzarpea.
les bras.	besoac.
le coude.	ukhondoa.
le poignet.	ukharaia.
le poing.	ukhumiloa, — escu mu-thurra.
la main.	eskua.
la droite.	eskuina.
la gauche.	ezkherra.
les doigts.	erhiac.
le pouce.	erhi handia.
l'index.	erhi trebesa.
le petit doigt.	erhi chingarra.
les ongles.	behatzac.
le dos.	bizkarra.

l'épine dorsale.	bizkar hezurra.
l'estomac.	zorroa.
le sein.	golcoa.
la poitrine.	bulharra.
le ventre.	sabela.
le bas-ventre.	sabel ttipia.
les reins.	erreinac,—guerria.
le derrière.	iphurdia, — guibel al-dia,—uzkia
les côtés.	saihetsac,—alderdiac.
les côtes.	saihets hezurrac.
les cuisses.	ichterrac,—azpiac.
le genou.	belhauna.
le pied.	zangoa.
le mollet.	aztala,—zango sagarra.
la plante du pied.	zango zola.
le cœur.	bihotza.
le foie.	baria,—guibelerraia.
la rate.	mina.
les boyaux.	hertciac.
la vessie.	pichastria , — pichastu-ria,—pichistokia.
la chair.	haraguia.
la peau.	larrua.
les os.	hezurrac.
le sang.	odola.
la moëlle.	muina.
la graisse.	urina.
les veines et les nerfs.	zainac.
la pellicule.	achala.
les poils.	ileac,—biloac.

15. *Choses relatives au corps.*

15. *Gorphutzari dairraiz-con gauzac.*

la mine, la physionomie, les apparences.	airea, — beguitartea, — itchurac.
l'humeur.	omorea,—aldeartea.

la nature, le naturel.	ethorkuntza,—yitca.
le baiser.	musua,— pota.
l'embrassade.	besarka.
la parole.	mintzoa.
le langage.	mintzaia.
le cri.	oihua.
le cri d'appel.	deia.
le cri de joie.	hirrintcina.
le cri d'alarme, de dé-tresse.	deiagora,—dehadara.
le cri de plainte, de gé-missement.	intciria,—intcirina.
le chant.	khantua.
le chant avec refrain.	khantu errepica.
le sifflement.	histua.
le soupir.	hasperena.
l'aspiration.	hasgorapena.
le rire.	hirria.
le sourire.	hirri erkhaitza.
les éclats de rire.	hirri karkaillac.
les larmes.	nigarrac.
les sanglots.	hipac,—marrascac.
les gouttes de larmes.	nigar chortac, — chopi-nac,—tintac.
les torrents de larmes.	nigar turrustac, — bur-rustac.
le bâillement.	aharrosia.
le hoquet.	chotina.
le crachat.	thua.
la salive.	aho gozoa.
l'éternuement.	urtcintza.
les signes, les grimaces.	kheinuac.
l'assoupissement.	losuna,—lohasna.
le souffle.	buhacoa.
le sommeil.	loa.
le profond sommeil.	lokhumba.
le rêve.	ametsa.
la vision.	itchurapena.

le ronflement.	lo zurrunga.
le réveil.	irazartcea.
le repos.	pausua.
la fatigue.	unhadura,—akhidura.
la sueur	icerdia.
la faim.	gosea.
la soif.	egarria.
l'appétit.	yanhidea.
la famine.	gosetia.
l'haleine	hatsa.
le pouls.	pholsua.
le lait	esnia.
l'urine.	urchuria.
le pas.	urhatsa.
les traces.	hatzac.
le coup de pied.	ostikoa.
les démarches.	harat hunatac.
la course.	lasterra.
la presse.	lchia.
la glissade.	lerradura.
corps,—accroupi.	gorphatz kokorico.
debout.	chutic.
couché.	etzana.
à la renverse sur le dos.	ahozgora.
sur le ventre.	ahozpez.
à cheval.	zaldiz,—zamariz.
à pied.	oinez.
pieds nus.	unthus,—oinhats.
à cloche-pied.	chinguilica.
à quatre pattes.	lahapoca,—laur hatcetan
à tâtons.	itsumandoca.
à genoux.	belhaunico.
la face contre terre.	ahuspez.

14. Les maladies du corps.	14. Gorphuteco erita-sunac.
la fièvre.	sukharra.

4

les fièvres intermittentes	helgaitzac.
la fièvre typhoïde.	buruco sukharra.
les frissons.	hotz ikharac.
les tremblements ner-veux.	zainetaco dardarac, — ikharac.
les grincements de dents	hortz carrascac.
l'apoplexie, coup de sang	odol colpea.
la paralysie.	farnesia.
l'angine.	cintzurreco mina.
l'asthme.	hats nekhea.
l'étouffement.	herstura,—ithodura.
le bégaiement.	motheldura.
la blessure.	colpea.
la plaie.	zuaria,—plaga.
le massacre.	sarraskia,—sakhaila.
l'ulcère.	min gaichtoa.
la gangrène.	usua.
la bosse.	konkorra.
la contusion.	uspeldura,—uspela.
la rupture d'un nerf.	zainhartadura.
la langueur.	languidura.
la secousse.	inhaurrasaldia.
la brûlure.	erredura.
le cancer.	changria.
le cauchemar.	mahuma
la cécité.	itsutasuna.
la surdité.	gortasuna.
la chute.	eroricoa.
le trébuchement.	behastopa.
l'humeur.	omorea.
le clou.	itcea.
le vomissement.	goitigoniita.
la constipation.	ecin libratua.
la peste, l'épidémie.	izurria,—izurritea.
la contagion.	khotsua.
le cor.	khatchoa.
la morsure.	ausikia.
la dartre.	negala.

la pourriture.	hirua, —ustelkeria.
la cicatrice.	zakharra.
le délire.	erreberia.
la rage.	errabia.
l'agonie.	korroca.
la démangeaison.	hatza.
la folie.	erhokeria.
la diarrhée.	uchara,—behiticacoa.
l'échauffement.	berotasuna.
l'enflure.	hantura.
les engelures.	odol gaichtoa.
l'épilepsie.	erortceco mina.
le vertige, l'étourdisse-ment.	burzora.
l'évanouissement, la fai-blesse.	flakecia.
l'inflammation.	suharra.
le furoncle.	handitehua.
la gale.	hazteria.
les hémorroïdes.	phikoac.
l'entorse.	ihordokidura.
le mal.	gaitza,—mina.
le mutisme.	mututasuna.
la nostalgie.	herrico mina.
l'ophtalmie.	beguietaco mina.
le panaris.	erhiburucoa.
le charbon.	ikhatza.
la pierre.	harria.
la piqûre.	chista.
le pincer.	chimicoa.
le point de côté.	saihets puuta.
le rhume.	marfundia,—marhanta.
l'enrouement.	herlasdura.
la rougeole.	charrampioa.
la petite vérole.	phicota.
le torticolis.	lephogogordura.
la toux.	eztula.
la phthisie.	hetica.

l'égratignure.	hastaparra.
la grossesse.	empachua,—izorra.
les douleurs d'enfante-ment.	haur minac.
l'accouchement.	haur ukaitea.
le cadavre.	gorphutz hila.
la charrogne.	hilikia.

15. Les remèdes.	**15. Erremedioac,—sendagailuac.**

le médecin.	medicua.
le chirurgien.	barbera.
le saigneur	sangratzailea.
le dentiste.	hain atheratzailea.
la sage-femme.	emaina,—emaguina.
les soins, les traitements.	arthac.
la saignée.	sangrea.
l'emplâtre.	emplastua.
le bandage.	lothura.
le bain.	mainua.
le cautère.	chira.
la farine de lin.	libo haci irina.
la farine de moutarde.	mustarda haci irina.
la friction.	thorradura.
la pilule.	pirola.
le lavement.	ayuta,—laamendua.
la purgation.	purga.
les sangsues.	uchadanac, — ichinchac,—odoledaleac,—chintchimariac.
la vaccine.	chartoa.
le vésicatoire.	bichicadorea.

16. De l'habillement.	**16. Bestimenduz.**

le vestiaire.	yauntzlekua, — beztilekua.

la garde-robe.	arropa-teguia.
les habits.	beztimendac,—soinecoac.
les hardes.	phildac,—arropac.
les effets.	trastuac.
les chaussures	oinetacoac.
les bas.	galcerdiac.
la chemise.	athorra,—mantharra.
le col, la cravate.	lephocoa.
le pantalon.	galtzac.
le gilet.	barnecoa.
la veste.	gainecoa.
la ceinture.	guerricoa,—cintoa.
la blouse.	chamarra.
l'habit.	aldagarria,--ailamendua
l'écharpe.	charpa.
les bas.	galzerdiac.
les chaussons.	galzoinac.
les guêtres.	polinac,—botinac.
les jarretières.	lokhariac.
les souliers.	oskiac,—zapetac.
les sabots.	eskalan poinac.
les alpagates ou espar- dilles.	espartinac.
les sandales.	abarcac.
le bonnet ou berret.	burucoa,—boneta.
le manteau.	kapa.
le capuchon ou burnous.	kapusoiloa.
la robe.	zaia,—soina.
le jupon.	zai-azpicoa.
le corset.	yipoia.
la coiffure.	mothoa.
le mouchoir.	mokouesa.
le bonnet de nuit.	chanoa.
les langes.	chatarra.
la poche.	sakela, --zarpa.
la manche.	mahunga.
la pièce.	pedachura.
la doublure.	horradura.

le linge.	linya.
les haillons.	trapuac,—philzarrac.
le châle.	lephocoa.
le tablier.	darantala.
le pli.	plegua.
le torchon.	turchuina.
l'aiguille.	orratza.
le fil.	haria.
le peloton de fil.	harilgoa.
le dé.	ditharea.

17. Objets de toilette.

17. Aphintduraco gau-zac.

la toilette ou parure.	aphindura,—edergailua
la propreté.	garbitasuna.
la saleté.	sikhinkeria.
la bijouterie.	urrheria.
la bague.	erhastuna.
les boucles d'oreilles.	petentac.
le bouton.	potoina.
l'épingle.	ispilinga.
le peigne.	orracea.
l'agrafe ou crochet.	korcheta.
les gants.	esku larruac
la lie.	ligueta.
le ruban.	chingola.
le miroir.	miraila.
le savon.	salboina.
l'amadou.	haryoa.
le rasoir.	bizar nabala.
la brosse.	miserac.
l'essuie-mains	eskuilla.
les lunettes.	escu chukatcecoa.
la bourse.	moltsa.
l'éventail.	espantilla.
la longue-vue.	larga bista.
la tabatière.	tabakera.

la blague.	thocha.
le parapluie.	pharasola.
le bâton.	makhila.
les éperons.	ezproinac.
le poignard.	pugnala, — ganibet ma-guina.

18. *Des étoffes et de leurs couleurs.*   18. *Oihalez eta hekien moduez.*

le drap, la toile, l'étoffe.	oihala.
la soie.	seda,—cirikua.
le coton.	kotoina.
le velours.	balusa.
le lin.	lihoa.
le chanvre.	kalamua.
la laine.	illea.
la peau.	larrua.
le côté droit du tissu.	aurkia.
l'envers.	ifrentzua.
la lisière.	bazterra.
la pièce.	pheza.
l'incarnat.	haragui colore.
l'azur.	ceru colore.
l'olive.	olio colore.
le blanc.	churia.
le blanchâtre.	churpila
le gris.	belzchuria.
le noir.	beltza.
le bleu.	urdina.
le brun.	moroscoa,—morea.
le bigarré.	ngnabarra.
le jaune.	horia.
le rouge.	gorria.
le rougeâtre.	gorrichca,—gorrhatsa.
l'écarlate.	gorri gorria.
le vert.	pherdea.
le violet.	brioleta.

19. De la table, du manger et du boire.

19. Mahainaz eta yanedariaz.

le manger, la nourriture, les vivres.	yana,—yatecoa,—yanharia,—hascurria.
le boire, le breuvage, la boisson.	edaria,—edantza.
le régal.	asea.
la bonne chère.	yate ona.
l'excès.	sobranioa,—gaindidura.
le repas.	aphairua, — otruntza-yantordua.
le déjeûner.	gosaria,—hascaria.
le dîner.	bazcaria.
le goûter.	arrats aldeco hascaria.
le souper.	afaria.
l'invitation.	gomitua.
la table.	mahaina.
la nappe.	dafaila.
la serviette.	aincinecoa,—cerbita.
la cuiller.	golharea,—koillira.
la fourchette.	sardesca,—furcheta.
l'assiette ou écuelle.	gathelua,—acieta.
le couteau.	ganibeta,—nabala.
le verre.	gandola,—basoa.
les assaisonnements.	onkhailuac.
l'huilier.	olio minagre untcia.
la salière.	gatz untcia.
le sel.	gatza.
le poivre.	bipherra.
l'huile.	olioa.
le vinaigre.	ozpina,—minagria.
la soupière, le bol.	gophorra.
la tasse.	kikera.
la vaisselle.	hachera.
la bouteille.	flascoa,—botoila.
la carafe, le pot à eau.	pitcherra.
le petit pot à eau.	charroa.

le pain.	oguia
le pain bis.	herresa.
la méture ou pain de maïs.	arthoa.
le gâteau, la galette.	ophila.
galette plate de maïs.	taloa.
la croûte.	achala.
la mie.	mamia.
un morceau.	phusca bat.
une tranche.	cerra bat.
une bouchée.	ahamen bat.
les restes.	ondarac,—goitiac.
les miettes.	papurrac,—phorrocheac.
le bouillon.	salda.
le potage.	elcecoa.
la garbure.	cozina.
le gras.	guicena.
le maigre.	mehia.
le bouilli.	egosia.
le cru.	gordina.
le grillé.	chigortua.
du rôti.	errekia.
le ragoût.	erregusta,—yusccoa.
du haché.	chehatua.
du mélange.	nahastica.
du bœuf.	idikia.
du mouton.	cikitekia.
du veau.	aratchekia,—chabalkia.
de l'agneau.	bildotzkia.
du jambon.	urdain guinharria.
du lard.	chingarra.
des saucisses.	chauchichac.
des boudins.	odolguiac.
de la volaille.	oilokia.
du pâté.	phaztiza.
de la sauce.	saltsa.
du laitage.	esnekeria.
du lait.	esnea.

du petit lait.	gazura.
de la bouillie.	ahia,—ogalea.
du breuil.	zemberanoa.
du caillé.	gaztambera.
du beurre.	burra.
du fromage.	gasna.
des beignets.	kruspetac,—kauserac.
la présure.	gatzaguia.
des œufs.	arroltceac.
l'omelette.	arroitce moleta.
le jaune d'œuf.	arroltce gorringoa.
le blanc d'œuf.	churingoa.
le chocolat.	chocoleta
le sucre.	azucrea.
le sucrier.	azucre untcia.
l'eau.	ura.
le cidre.	pitharra,—sagar arnoa.
la piquette.	minata.
le vin.	arnoa.
l'eau-de-vie.	aguardienta.
le café.	cafia.
le thé.	dutia.

20. *La ville et ses curio-sités.*   20. *Hiria eta hirico ikhusgarriac.*

la ville.	hiria.
les maisons.	etcheac.
la maison de ville.	hirico etchea.
le château.	gastelua.
le palais.	yaureguia.
la prison.	presundeguia.
l'asile.	iheslekua.
l'église.	eliza.
le couvent.	comentua.
l'hôpital.	ospitalea.
la potence.	urkhabea.
les rues.	carricac.

le pavé, le trottoir.	galzada.
le pont.	zubia.
le magasin.	botiga.
la place.	plaza.
le marché.	merkhatua.
la promenade.	pasega lekhua.
l'auberge.	ostatua.
la fontaine.	ithurria.
la bibliothèque.	liburuteguia.
le bureau des diligences.	karroteguia.
la poste.	letrateguia.
les portes.	borthac,—atheac.
les remparts.	murruac
le drapeau.	bandera.
le corps-de-garde.	guardiateguia.
la rade.	unteiteguia.
les navires.	unteiac,—barkuac.

21. Maison et ses parties.
21. Etchea eta etcheco pharteac.

la demeure, le domicile.	egoitza,—egonlekhua.
l'intérieur.	barnea.
l'extérieur.	campoa.
les fondements.	cimenduac.
les piliers.	pilarrac,—harroinac.
les soutiens.	sustenguac.
les corbeaux, ou pierres en saillie.	ezproinac.
les murs.	murruac.
les parois.	paretac.
les pierres.	harriac.
la maçonnerie.	asentua.
les poutrelles.	solidoac.
les poutres.	ernaiac.
la façade.	aincin aldea.
l'entrée.	sarbidea.
le portail.	athelada,—portalea.

la porte.	athea.
le coin de la porte.	athe zocoa.
la basse-cour.	barrioa,—basa curta.
le plancher.	tronadura.
la voûte.	bobeda.
l'escalier.	eskalera.
les degrés.	mailac.
la cave.	sotua,—chaia.
la cuisine.	cozina.
la chambre.	guela,—gambara.
le grenier.	selauria,—granera.
l'étage.	estaia.
le toit.	teilatua,—hegasteguia.
le pigeonnier.	ursoteia.
le four.	labeteguia.
l'écurie.	estalbia,—barrokia.
la crèche, le râtelier.	othalacoa,—mignatera.
le haut	gaina.
le bas.	behera.
le rez-de-chaussée.	azpia,—zola.

22. Garnitures d'une chambre.

22. Guela batetaco hornimenduac.

la chaise.	kadera.
la table.	mahaina.
l'armoire	harmairua.
le coffre.	kutcha.
le lit.	ohea.
le ciel de lit.	ohe cerua.
le bois de lit.	ohe zura.
la paillasse.	lasto zakhua,—untcia.
le matelas.	matalaza.
le chevet.	bururdia.
les linceuls ou draps de lit.	mihiseac
la matelassine.	kurchoina.
l'oreiller.	bururdia.

la couverture de laine.	blantcha.
la couverture.	estalguia.
le pot de chambre.	ohe azpicoa.
la porte.	bortha,—athea.
la clef.	gakhoa.
le loquet.	krisketa.
les gonds.	partaderac,—gontzac.
la fenêtre.	leihoa.

---

25. Les ustensiles de cuisine.   **25. Cocinaco tresnac.**

---

le banc.	alkhia.
le vaissellier.	bacherateguia.
la cheminée.	suteguia,—chiminia.
le foyer.	subastera,—suthondoa.
les chenets.	suburdinac.
le soufflet.	hauseoac.
la pelle.	suphala.
les pinces.	phincetac.
la broche.	guerrena.
la crémaillère.	laratza.
le chaudron.	pherza.
la poêle.	zartaguina,—padera.
le pot au feu.	eltcea.
le couvercle.	eltce estalguia.
l'écumoire.	haun khentecoa.
la cuiller à pot.	zalhia.
la râpe.	arraspa.
le balai.	yatsa,—erhatza.
la chandelle, le flam- beau.	gandera,—arguia.
la lanterne.	gabarguia.
la suie.	khedarria, - khedarra.
la fumée.	khea.
la souillarde.	pedarteia.
la cruche, le seau.	pedarra,—ferreta.
le four.	labea.

le pétrin.	orhasca.
la boulangerie.	okhindeguia.
le tamis.	cethabea.
la quenouille.	khilua.
le fuseau.	ardatza.
le nœud.	coropiloa.
le rouet.	thornua.
le dévidoir.	korceirua.

24. Le personnel d'une maison.

24. Etche batetaco yendeac.

le maître.	etcheco nausia,—nagusia
la maîtresse.	etcheco andrea,—anderea.
le locataire.	etchetiarra,—egoïtiarra.
les serviteurs.	sehiac,—cerbitzariac.
le valet.	muthila.
la servante.	nescatoa.
la cuisinière.	cocinera.
la femme de chambre.	guelaria.
le portier.	athe zaina.
le cocher.	carro zaina.
le laquais.	lekhaioa.
la blanchisseuse.	bokheta churitzailea.
la couturière.	dendaria.
la fileuse	irulea.
la repasseuse.	lisatzailea.
la savonneuse.	salboinzailea.
la porteuse d'eau.	urketaria
la commissionnaire.	mandataria.
la laitière.	esneketaria.
l'ouvrier, l'ouvrière.	languilea.
les gages.	soldatac.
le salaire.	saria,—yornala.

25. *Les principaux mé-*   25. *Oficio berecienac.*
tiers.

—   —

l'écrivain.	izkiribatzalea.
le lecteur.	iracurtzalea.
l'ouvrier.	oficialea,—obratzailea,—languilea.
le manœuvre.	peona.
le patron.	nausia,—maichtroa.
l'apprenti.	aprendiza.
le boulanger.	okhina.
le bouvier.	itzaina.
le boucher.	carnacera.
le cabaretier.	ostalera.
le charpentier.	zurguina.
le charron.	orgaeguilea.
le cordier.	sokaeguilea.
le charbonnier.	ikhazkina.
le cordonnier.	oskieguilea, — zapataguina.
le chaudronnier.	kautera, — persguina,—bertzeguilea.
le forgeron.	harotza.
le maçon.	harguina.
le menuisier.	benucera.
le marchand.	tratularia.
le fripier.	trapularia.
le meunier.	eiherazaina,--errotazaina
l'horloger.	erloieguilea.
le maréchal-ferrant.	pherrazailea.
l'orfèvre.	cilharguina.
le ménétrier.	soinularia.
le pêcheur.	arraintzailea.
le sellier.	celaeguilea.
le scieur de long.	segaria.
le tanneur.	larruaphaintzailea.
le tonnelier.	dualera.
le tisserand en toile.	ehailea.

le tisserand en laine.	ilaguina.
le tailleur.	yoslea, —chastria,—sastria.
le tuilier.	teilaguina.
le vitrier.	berina eguilea.

26. Outils de divers métiers.	26. Asko oficioetaco tresnac.
un appareil.	lanabesa.
une usine.	olha.
une forge.	sutheguia.
un chantier.	laneco lekhua.
l'alène.	eztena.
le clou.	itcea.
la pointe de Paris.	Parispunta
le ciseau.	chichela.
l'enclume.	ungurua, —unkidea.
la forme du soulier.	orkheia.
le marteau.	martheilua.
le maillet.	mailua.
les tenailles.	trukesac.
la lime.	arraspa,— lima.
la hache.	haizeora.
le manche ou l'anse.	guiderra.
la grande scie.	sega.
la petite scie.	cerra.
la scie à deux manches.	arpana.
le virebrequin.	birabarkina.
la tarière.	taratulia.
la vrille.	pinpaletac,—guinbaletac
le rabot.	errabota.
le tour.	thornua.
les échelles.	zurbiac.
la poulie.	boleia.
l'échafaudage.	aldamua.
le pinceau.	escoba.
la navette.	lantzadera.

27. *La monnaie.*	27. *Diru cheheu.*
l'argent.	dirua.
la pièce d'or.	urrhe pheza.
la pièce d'argent.	cilhar pheza.
le quadruple.	hogoitchinecoa.
le napoléon.	hogoi liberacoa.
la pièce de dix francs.	hamar liberacoa.
la pièce de cinq francs.	bortz liberacoa.
le louis de trois francs.	luisa.
la pièce de deux francs.	herrogoisosecoa.
la pièce d'un franc.	hogoisosecoa.
la pièce de dix sous.	hamarsosecoa.
la pièce de deux sous.	bisosecoa.
le sou.	sosa.
le liard.	ardita.
le denier.	cornadoa.
la monnaie.	chehea,—moneda.

28. *Les poids et mesures.*	28. *Phizuac eta izariac.*
le poids.	phisua.
la mesure.	izaria,—neurria.
l'once.	untza.
la demi-once.	untz erdia.
le quart d'une livre.	libera laurdena.
la demi-livre.	libera erdia.
la livre.	libera.
le kilo ou deux livres.	bi libera.
le quintal.	kintala.
l'hectolitre ou le sac.	sakua.
le demi-hectolitre ou conge.	unga.
le quart d'un hectolitre ou boisseau.	kuarta.
le huitième d'un hectolitre ou setier.	gaitcerua.
le quart d'un setier.	laka.

5

le litre.	pinta.
le demi-litre.	thaza.
le quart de litre.	khutchota.
la ligne.	ligna.
le pouce.	pusa.
le pied.	pia.
la toise.	toisa.
le mètre.	metra.
l'aune.	berga.
la coudée.	besoa.
la jambée.	ichtapea.
la lieue.	lekoa.
le comble.	mukurrua.
le débord.	gaindia.

29. *Les divertissements et jeux.*   29. *Yostetac eta yocoac.*

la chasse, le gibier.	ihicia.
l'arme.	harma.
le fusil.	arkaboza.
le coup de feu.	tiroa.
la poudre.	bolbora.
le petit plomb.	perdiuna.
le bouclier.	erredola.
le canon.	sutumpa,—canoia.
les lacets.	chedera,—segada.
les crins.	zurdac.
la pêche.	arrantza.
les filets.	sareac.
les verveux, ou rets pour le menu poisson.	pertolac.
les hameçons.	amuiac.
les quilles.	birletac.
le collin-maillard.	itsu mandoa.
l'escarpolette.	yunpa.
la comédie.	comedia.
la danse.	dantza.

les sauts basques.	muchicoac.
le tambour.	atabala.
le tambourin.	tamburina.
le flageolet.	chiula.
le chalumeau.	charamela.
la pelotte ou le jeu de paume.	pilota.
l'arène ou place.	plaza.
la place abritée et courte	trinketa.
le jeu de blé.	blecaco yocoa.
le jeu de rebot.	errabotaco yocoa.
le jeu de longue.	lachoa,—bota lucia.
le côté du but.	buta aldea.
la pierre du but.	botarria,—bota harria.
le côté du rebot.	errabota aldea.
le mur du rebot.	arrefela,—errabota.
le coup gagné.	kintce.
deux coups gagnés.	trente.
trois coups gagnés.	kuante.
trois coups gagnés, de chaque côté.	ados.
quatre coups gagnés ou jeu.	yocoa.
la chasse ou raie.	arraia, chacha.
la paume dépassant le but.	paso.
la paume écrasée au pied du mur.	pic.
les cartes.	cartac.
les jetons.	tantoac.
le roi.	erreguc.
la dame.	andere.
le valet.	chango.
l'as.	bateco.
le deux.	bieco.
le carreau.	arrosa.
le cœur.	copa.
le trèfle.	bastoia.

le pique.	ezpata.

30. La campagne, l'agriculture, les instruments aratoires.	**30. Bazterrac, laborantza, lur lanetaco treznac.**
le pays, la commune.	herria.
la maison de campagne.	bazter etchea.
le lieu de plaisance.	lakheguia,—lakhetlecua.
les biens.	funtsac,—onthasunac.
le champ.	landa,—alhorra.
la prairie.	phentcea,—sorhoa.
le jardin.	baratcea.
le pâturage.	phazca lekhua.
le soutrage.	ihaurkina.
la vigne.	mahastia.
le châtaigneraie.	gaztaindeguia.
le verger.	sagardia.
la charmoie ou le tauzinet.	amestoia,—amesteguia.
le lieu planté de chênes	harizteguia.
la fougeraie.	ihatzteguia.
la pépinière.	mindeguia.
la greffe.	chartoa.
le métayer.	bordaria.
le laboureur.	laboraria,—nekhatzailea
le berger ou pasteur.	artzaina.
le montagnard.	menditarra.
le vigneron.	bigna.
la bergerie.	borda,—arditeguia.
l'écurie.	barrokia,—athia.
la crèche.	khorbua,—othalacoa.
le râtelier.	mignetera,—maniatera.
l'aire.	ezcaratza.
la cabane.	etchola.
le four à chaux.	guisu labea.
le pressoir.	lacoa.
la meule de paille.	lasto meta.

les bornes.	cedarriac.
le sillon.	ildoa.
la clôture.	hesia.
la haie vive.	berroa.
la haie morte.	plachua.
la charrette.	orga.
le timon.	timboa.
le soutien ou la fourche.	urka.
l'essieu.	hacha.
la roue.	errota,—errola,— arroda.
le joug.	uztarria.
la corde.	soka.
les chaînes.	gatheac,—cadenac.
le licol.	cabarastua , — uhala , — esteca.
la brouette.	escu orga,—descorga.
la corbeille.	saskia.
le panier.	otharrea,—zaria.
le crible ou van.	cethabea.
le cercle	usteia.
le tonneau.	dhupa.
la barrique.	barrica.
l'outre.	zahaguia.
la petite outre.	chahacoa.
le pot à eau.	pitcerra,—pitcharra.
le petit pot à eau.	charroa.
la fiole.	anpola.
la charrue.	goldea.
le coutre.	naharra.
la herse.	arhea.
le râteau.	arrastailua.
la pioche.	haitzurra.
la bêche.	phala herra.
le sarcloir.	yorraia.
la houe.	matraza.
le pic.	pikotcha.
la pelle.	phala.
la fourche.	sardea.

la faux, pour couper le foin.	sega.
la faux, pour couper le genêt.	dailua.
la faux, pour tailler les haies.	belauria,—belhaugua.
la serpe.	puda.
la serpette.	ihitea.
le fléau.	kardailuac.
l'aiguillon.	akhuloa.
l'engrais.	onkhaillua.
le fumier, en général.	ongarria.
la crotte de brebis.	arkhina.
le fumier d'écurie.	ithea.
le fumier de la cour.	samatsa.
le terreau.	lur ustela.
la terre végétale.	lur achala.

51. Les légumes et cé-réales.	*51. Eleecariac eta bihiac.*
le choux.	aza.
le choux pommé.	aza burua.
le choux desséché.	aza chimaldua.
le chou-fleur.	aza chima.
l'oignon.	tipula.
le poireau.	phorrua.
le persil.	perresila
l'ail.	baratchuria.
la carotte.	phastenagria.
la rave.	arbia.
le haricot.	ilharra.
le petit pois.	ilhar chehea.
la fève.	baba.
la citrouille.	khuia.
la pomme de terre.	lur sagarra.
l'oseille.	mignata.
la laitue.	litchuba.

l'absinthe.	acencioa.
la mauve.	malba.
l'ortie.	asuna.
la semence.	eraintza,—hacia.
le grain.	bihia.
la paille.	lastoa.
l'épi.	burua.
la grappe.	mulkhoa.
l'avoine.	oloa.
le froment.	oguia.
le maïs.	arthoa.
le seigle.	sekalea.
l'orge.	garagarra.
le riz.	irrisa.
le foin.	belharra.
le regain.	sorhoa.
la potiron.	onyoa.
l'oronge.	gorringoa.
l'ivraie.	iraca,—ilharraca.
le jonc.	ihia.

52 *Les fleurs et les fruits.*   52. *Loreac eta fruituac.*

la fleur.	lorea,—lilia.
les épines.	arantzeac.
la rose.	arrosa.
l'œillet.	yulufrea.
le lis.	yondoniyoane lilia.
le bouquet.	floca.
la poire.	udaria,—madaria.
la pomme.	sagarra.
la pêche.	merchica,—tuacha.
la prune.	adana.
la cerise.	guerecia.
la figue.	phicoa.
le coing.	codoina.
le raisin.	mahatsa.

la mûre.	marthotza.
l'orange.	iranya.
le citron.	citroina.
la noix.	intzaurra.
la noisette.	hurra.
la fraise.	marhubia.
la châtaigne.	gaztaina.
la nèfle.	mizpira.
le gland.	ezkurra.
le fruit desséché.	fruitu chigortua.
le fruit confit.	fruitu melatua.
l'attache.	guirthaina.
l'écorce ou la gousse.	achala,—erkhatza.
le pépin.	pipita,—cocota.

33. *Les arbres.*	33. *Arbolac.*
le chêne.	haritza,—haitza.
le chêneau.	zuhaitza.
le hêtre.	phagoa.
le charme ou tauzin.	ametza.
l'ormeau.	zuharra.
le châtaignier.	gaztaina, — gaztain on-doa.
le figuier.	phicoa,—phico ondoa.
le pommier.	sagarra,—sagar ondoa.
le frêne.	leguizarra.
le houx.	gorostia.
le peuplier.	zurchuria.
l'aulne.	haltza.
le pin.	pinoa.
le saule.	sahatsa.
le laurier.	arramua.
le buis.	ezpela.
l'osier.	zumia,—mimena.
le sureau.	sauca.
l'alize.	azpila.
l'aubépine.	elhorri churia.

le genêt épineux.	othia.
le cep de vigne.	mahats aihena.
le lierre.	huntz hostoa.
la bruyère.	guilharria.
la fougère.	ihatcea.
les ronces.	lapharrac,—laharrac.
les broussailles.	sasia
le roseau.	sesca,—canabera.
la racine.	erroa.
le pied.	zangoa.
les branches.	adarrac.
les feuilles.	hostoac.
l'écorce.	achala.
le tronc.	motzorra.
le rejeton.	muskila.
le bois, en général.	zura.
le bois de construction.	maina,—mairana.
la poutre.	ernaia.
les soliveaux,--id. du toit	solidoac,—gaphirioac.
les planches.	taulac.
les veines.	zainac.
le pieu.	hesola,--paldoa.
le piquet.	pacheta.
la perche.	haga.
la cheville.	ciria.
la baguette.	cigorra.

---

34. Les animaux sauvages et domestiques.

34. Abere basac eta etchecotuac.

---

l'espèce, la race.	arraza,—casta.
l'animal, la bête.	aberea,—abrea,--acienda
le troupeau.	arthaldea.
l'animal sauvage.	abere basa.
la bête à poil rouge.	acienda gorria.
la bête à poil blanc.	acienda churia.
le lion.	lehoina.
l'éléphant.	elefanta.

le chameau.	kamelua.
le tigre.	tigria.
l'ours.	hartza.
le sanglier.	bassaurdea.
le renard.	acheria.
le blaireau.	akomarra.
l'écureuil.	urchaincha.
le furet.	phitotcha.
la fouine.	fuina.
la belette.	andreyerra.
le lièvre.	erbia.
le levreau.	lebrosta.
le bœuf.	idia.
le taureau.	cecena.
la vache.	behia.
le veau.	aratchea,—chahala.
la génisse.	bilarrochia,—miga.
le cheval.	zaldia,—zamaria.
la jument.	behorra.
la pouliche.	behoca.
l'étalon.	garagnoa.
le mulet.	mandoa.
la mule.	mula.
l'âne.	astoa.
l'ânesse.	astagna.
l'ânon.	astokumea.
la brebis.	ardia.
la vieille brebis.	artzarra.
la jeune brebis.	antchua.
l'agneau.	bildotsa,—achuria.
le mouton.	cikirioa,—cikitea.
le bélier.	marroa.
la chèvre.	ahuntza.
le chevreau.	pittica.
le bouc.	akherra.
l'isard.	bas-ahuntza.
le cerf.	oreina,—oregna.
le daim.	orcatza.

le cochon.	urdea.
le cochon de lait.	cherria.
la truie.	ahardia.
le chien.	zakhurra,—hora.
le dogue.	ohalanoa.
le singe.	chiminoa.
le chat.	gathua.
le rat.	garratoina.
la souris.	sagua.

55. Le cri des animaux et autres choses relatives aux animaux.	*55. Aberen oihuac eta abereri datchicoten gaineraco gauzac.*

le lion rugit.	lehoina dago orroz.
le bœuf mugit.	idia,—marzumaz.
le cheval hennit.	zaldia,—irrintcinaz.
l'âne brait.	astoa,—cinkaz.
le loup hurle.	otsoa,—uhuriaz.
le cochon grogne.	urdea,—kurrinkaz.
le chien aboie.	zakhurra, — haumaz, — saingaz, — erhaunsiaz.
le renard glapit.	acheria,—champaca.
la brebis bêle.	ardia,—marracaz.
l'oiseau chante ou siffle.	choria,—kantuz edo hichtuz.
le museau.	muthurra.
la queue.	buztana.
la laine, le poil.	ilea,—biloa.
le crin.	zurda.
le cuir.	larrua.
la corne.	adarra.
le sabot.	behatza.
les griffes.	aztaparrac.
la ventrée.	zorroa.
la rumination.	hasmarrua.
les mamelles.	errapea.
le mâle.	ordotsa.

la femelle.	urricha.
la femelle qui a perdu son lait.	antzua.
le petit.	umea.
la sonnaille.	yoarea, — cintcirria, — chilincha.
la graisse.	gantza.
le suif.	cihoa.

56. Les oiseaux.   56. Hegastinac.

les oiseaux, en général.	hegastinac.
les petits oiseaux.	choriac.
l'aigle.	arranoa.
la grue.	leitsuna.
la cigogne.	cikogna.
le milan.	mirua.
la buse.	buzoca.
l'épervier.	chori belatcha.
le hibou.	huntza.
le corbeau.	belca.
la pie.	phica.
le geai.	uzkinachoa.
le piver.	okhila.
l'hirondelle.	ainhera.
la chauve-souris.	gau-ainhera.
la perdrix.	epherra.
la bécasse.	pecada.
la bécassine.	pecacina.
la tourterelle.	tortoila.
le pigeon.	ursoa.
le biset.	urzaphala.
la caille.	cailla.
le merle.	zozoa.
le moineau.	eliza choria.
le serin ou canari.	chori cardinalea.
le mûrier.	marthotza choria.

le rouge-gorge.	chori papo gorria.
la grive.	biliarroa.
le rossignol.	errechinoleta.
le roitelet.	erreguepetita.
le gibier.	ihicia.
la volaille.	purailleria.
le coq.	oillarra.
le chapon.	gaphoina.
la poule.	oilloa.
le poulet.	oillascoa.
la poularde.	oillanda.
le poussin.	chitoa.
le dindon.	pulinda,—indi oilloa.
l'oie.	antzara.
le canard.	ahatea.
le bec.	mocoa.
la crête.	cucurusta.
l'aile.	hegala.
la plume.	luma,—hegatza.
l'œuf.	arroltcea.
le nid.	ohantcea.
la cage.	caiola.
la volière.	oilloteguia.

57. Les insectes et les reptiles.   **57. Lurpecoac eta herrestariac.**

le serpent.	suguea.
la vipère.	pipera.
le lézard.	muskerra.
la lézardine.	sugandela.
le scorpion.	harrulia.
le crapaud.	aphoa.
la tortue.	apho harmatua.
la grenouille.	iguela.
le hérisson.	sagarroia.
la taupe.	sathorra.
le limaçon.	barea.

l'escargot.	caracoila.
le ver.	harra.
le ver de terre.	chicharia.
le vermisseau.	marmutcha.
l'araignée.	amaraua, — armian-maua,—ainharba.
la fourmi.	chinhaurria.
la cigale.	ttirritta.
la sauterelle.	othia.
la puce.	cucusoa.
le pou.	zorria.
la punaise.	chimitcha.
la mouche.	ulia.
le moucheron.	ulitcha.
l'abeille.	erlea.
la ruche.	cofoina.
le frêlon.	leizorra,—leiztorra.
le papillon.	belatcha.
la sangsue.	uchadana, — itchaina,—chinchimaria,—odole-dalea.
le cousin.	lespada.

58. Les poissons.

58. Arrainac.

le thon.	atuna.
le saumon.	izokina.
le merlus.	merluza.
le rousseau.	arrasoila.
l'aloze.	colaca.
la morue.	bacaillaua.
la truite	amarraina.
la tanche.	alborna.
l'anguille.	ainguira.
le goujon.	zarboa.
l'ablette.	chipa.

CHAPITRE V.	V. CAPITULUA.
DES PRONOMS.	PRONOM DEITCEN DIRENETA ICENEN TOKIA ATCHIKIT-CEN DITUZTEN HITZAC.

1. Noms des pronoms.   *1. Pronom hitcen icenac.*

AU SINGULIER ET AU PLURIEL.	AU NOMINATIF ET A L'ACTIF.
je, me, moi.	ni; nic.
tu, te, toi.	hi; hic.
vous *(singulier)*.	zu; zuc.
il, le, lui, elle.	hura; harrec,—harc.
nous.	gu; guc.
vous *(pluriel)*.	zuec,—ciec.
ils, elles, eux, les.	hec; haiec.
celui-ci, celle-là.	hau; hunec.
celui-là, celle-là.	hori, — hura; harec, — harc.
ceux-ci, celles-ci.	hoiec, — horiec, — hau-kiec.
ceux-là, celles-là.	hurac,—haiec.
le mien, la mienne.	enea, — nerea; eneac,—nerec.
les miens, les miennes.	enec,—nerec.
le tien, la tienne.	hirca, hireac.
les tiens, les tiennes.	hirec.
le sien, la sienne.	harena; harenac.
les siens, les siennes.	harenec.
le nôtre, la nôtre.	gurea; gureac.
les nôtres.	gurec.
le vôtre, la vôtre.	zuena; zuenac.
les vôtres.	zuenec.
le leur, la leur.	heiena,—hekiena ; heic-nac,—hekienac.
les leurs.	heinec,—hekienec.

moi-même.	ni haur, — nerone; ni haurec,—neronec.
vous-même *(singulier)*.	zu haur, — cerone; zu-haurec,—ceronec.
lui-même.	berbera , — berorre; berac,—berorrec.
nous-mêmes.	gu haure; gu haurec.
vous-mêmes *(pluriel)*.	cihaure; cihaurec.
eux-mêmes.	berac; berec.
l'un l'autre.	bata,—bertcea; batac,—bertceac.
les uns, les autres.	batzu,—bertce; batzuc,—bertcec.
quelqu'un, quelqu'une.	norbait; norbaitec.
quelque chose.	cerbait ; cerbaitec.
quelqués-uns, quelques-unes.	cembaitac; cembaitec.
personne.	nehor; nehorec, — nehorc,—nihorc.
chacun.	bakhotcha; bakhotchac.
seul.	bakharra , — berbera ; bakharrac,—berberac.
rien.	deusere; deusec.
lequel, laquelle.	zoin; zoinac.
lesquels, lesquelles.	zoinec.
qui ? qui.	nor; norc ?—zoinac; *(pl.)* zoinec.
que.	zoina; *(pl.)* zoinac.
quoi.	cer.
de qui, desquels, dont.	zointaric; *(pl.)* zoinetaric.
en.	zointan, zoinetan.
y.	zoini; *(pl.)*zoineri,—hori; *(pl.)* heyeri.
celui qui suis.	nicena,—naicena.
celui qui es.	hicena,—haicena.
celui qui est.	dena.
ceux qui sommes.	guirenac,—garenac.

ceux qui êtes.	ciretenac,—cieztenac.
ceux qui sont.	direnac.
(gén.) de ceux qui sont.	direnen.
celui qui soi-disant est.	delacoa.
de celui qui soi-disant est.	delacoaren.

2. *Déclinaison des pro-noms.*   2. *Pronom hitcen mol-datceaz.*

SINGULIER.

nominatif	je, ou moi.	ni.
actif	je, ou moi.	nic.
médiatif	de, par moi.	nitaz.
positif	dans.	ni baithan,—nitan.
datif	à	neri,—niri.
génitif	de	nere.
unitif	avec	nerekin.
destinatif	pour	neretzat,—neretaco.
ablatif	de	nere ganic,—nitaric.
approxim.	vers	nere ganat,—nitarat.

(moi.)

PLURIEL.

nominatif	nous	gu.
actif	nous.	guc.
médiatif	de, par nous.	gutaz.
positif	dans.	gutan,—gu baithan.
datif	à	guri.
génitif	de	gure.
unitif	avec	gurekin.
destinatif	pour	guretzat.
ablatif	de	gure-ganic,—gutaric.
approxim.	vers.	gure ganat,—gutarat.

(nous.)

SINGULIER.

nominatif	toi, vous	hi, zu.
actif	toi, vous	hic, zuc.

médiatif	de, par toi, vous	hitaz, zutaz.
positif	dans.	hi baithan, —hitan, zu-tan,—zu baithan.
datif	à.	hiri, zuri.
génitif	de toi, vous.	hire, zure.
unitif	avec.	hirekin, zurekin.
destinatif	pour.	hiretzat, zuretzat.
ablatif	de.	hire ganic, — hitaric, zure ganic,—zutaric.
approxim.	vers.	hire ganat, — higanat, zure ganat,—zuganat.

PLURIEL.

nominatif	vous.	zuec.
actif	vous.	zuec.
médiatif	de, par vous.	zuetaz.
positif	dans	zuetan,—zuec baithan.
datif	à	zuei,—zueri.
génitif	de	zuen.
unitif	avec	zuekin.
destinatif	pour	zuentzat.
ablatif	de	zuen ganic,—zuetaric.
approxim.	vers	zuen ganat,—zuetarat.

vous.

CHAPITRE VI.

LES ADJECTIFS LES PLUS USITÉS.

1. Déclinaison des adjectifs et dérivation des racines des adjectifs.

VI. CAPITULUA.

ADJECTIFS DEITCEN DIREN ETA MAICENIC ICENERI YUNTATCEN DIREN HIT-ZAC.

1 Adjectifs hiteen moldeeaz.

SINGULIER.

indéfini	grand, grande	handi

nominatif	le grand, la grande.	handia.
actif	le grand, la grande.	handiac.
médiatif	du, de la.	handiaz.
positif	dans le, la.	handian, — handia baithan
datif	au, à la.	handiari.
génitif	du, de la.	handiaren.
destinatif	pour le, la.	handiarentzat.
motif	à cause, malgré, pour le, la.	handiaren gatic.
ablatif	de la part du, de la.	handiaren ganic.
approxim.	vers le, la.	handiaren ganat.
unitif	avec le, la.	handiarekin.
aut. dest.	pour le, la.	handico,—handicotzat.
aut. ablat.	du, de la.	handitic.
autre approxim.	au, à la, vers le, la.	handira.
comparatif	jusques au, à la.	handira dino.

PLURIEL.

nominatif	les grands, les grandes.	handiac.
actif	les grands, les grandes.	handiec.
médiatif	des.	handiez.
positif	dans.	handietan.
datif	aux.	handiei.
génitif	des.	handien.
destinatif	pour.	handientzat.
motif	à cause des, malgré, pour	handien gatic.

ablatif du côté, de la part.	handien ganic.
approxim. vers.	handien ganat.
unitif avec.	handiekin.
autre dest. pour.	handietaco.
autre abl. des, du côté des.	handietaric.
autre appr. aux, vers.	handietara.
comparatif jusques aux.	handietara dino.
grand.	handi.
assez grand.	handichco.
plus grand.	handiago.
un peu plus grand.	handichago.
d'un rien plus grand.	handichagotto.
trop grand.	handiegui.
un peu trop grand.	handichegui.
d'un rien trop grand.	handicheguitto.
grandement.	handizki.
plus grandement.	handizkiago.
un peu plus grandement.	handizkichago.
d'un rien plus grandement.	handizkichagotto.
trop grandement.	handizkiegui.
un peu trop grandement.	handizkichegui.
d'un rien trop grandement.	handizkicheguitto.
ayant des dispositions à grandir.	handicor.
la grandeur.	handitasuna.
en mauvaise part, grandeur.	handigua.
un peu de grandeur.	handiguna.
aimant les grands, les grandeurs.	handitiar,—handicari.
grandir.	handitcea.
devenu grand.	handitu.
faire grandir.	handiaraztea.

fait grandir.   handiaraci.

---

2. *Collection d'adjectifs*.   **2. *Adjectifs hitcen teguia*.**

---

abondant, fⁿⁱⁿ, e *(actif)*.	nasai,— yori *(a)*.
acariâtre.	hisicor.
admirable.	miragarri.
adulateur, rice.	lausengari,—laudatzaile.
adroit, e.	abudo,—antzudun.
affable, qui se fait à tous.	chche.
agile, leste, souple.	zalhu
agréable.	agradagarri.
aimable.	maithagarri,—amulxu.
aigre.	minthu, — zurmin, — samin.
aigu, ë.	zorrotz.
amer, e.	kharats.
ami, e.	adichkide.
ancien, ne.	lcheneco.
apathique.	odolgabea.
ardent, e, zélé, e.	kharsu.
arrogant, e, fanfaron, ne.	furfuiatsu.
assidu, e.	yarreikia.
audacieux, se, hardi, e.	ausarta.
austère, rigide.	garratz.
avare, usurier.	abaricios,—lucurari.
aveugle.	itsu.
avenant, e, prévenant, e.	entradosa.
balafré, e, échancré, e.	markhets.
bas, se.	aphal.
bavarde, e, parleur, se, jaseur, se.	erasle,—elhetsu, elheketari, — hitzuntci. ahobero.
beau, belle.	eder.

bègue.	mothel.
biais, tors, e.	makhur.
bienfaisant, e.	onguille,- onguieguile.
blanc, he.	churi,—zuri.
bleu, e.	urdin.
boîteux, se.	maingu.
borgne.	okher.
bossu, e.	concor.
brave, courageux, se.	alimutsu,—ordongu.
brillant, e, luisant, e.	distirant,—dirdirant.
brouillon, ne.	nahasi,—nahasle.
buveur, se.	edale.
capable.	gai.
capricieux, se.	burcoitsu,—muthiri.
charnel, le.	haraguicoi.
charitable.	caritatos, —emaile.
chaste, pur, e.	garbi.
chasseur.	ihiztari.
chatouilleux, se.	kilica.
chaud, e.	bero.
chauve.	buru pelatu.
cher, e.	maite
chéri, e.	maitatu, onhetsi.
chiche.	cikhoitz, singor.
clair, e.	argui.
clément, e, miséricor-dieux, se.	urricalmendutsu.
commun, e.	arrunta.
complaisant, e, plaisante	amulxu.
consacré, e, à Dieu, oint, e.	ganzutua.
constitué, e. *(bien.)*	gurdo.
considéré, e.	ongui ikusia.
contagieux, se, empes-té, e.	kotsagarri, — khotsu-dun,—izurridun.
content, e, satisfait, e.	askietsi.
coquin, e.	kiskil, tchirchil.
coriace.	zail.

corrompu, e.	phozoatua.
coupable.	hobendun.
courageux, se.	bihotzdun.
court, e.	labur.
craintif, ve.	beldurti.
créancier, e.	hartcedun.
crédule.	sinhetsbera.
crû, e.	gordin.
cruel, le.	bihotzgogor.
débiteur.	zordun.
dégoûtant, e.	phasticagarri.
délicat, e.	beratza.
démesuré, e, immodérée, dans ses manières, licencieux, se.	harro.
déplorable.	auhendagarri.
dépravé, e, insensible.	sorhaiotua,—galdua.
désagréable.	narnagarri.
désintéressé, e.	lachatua.
désolé, e, agité, e, tourmenté, e.	deboillatua.
désordonné, e.	barraiatua.
détestable.	hastiagarri.
différent, e.	hertcelaco.
difficile.	gaitz,—nekhe,—ezaise.
diligent, e.	erne.
discret, e, réservé, e.	erresalbatua.
dissimulé, e, caché, e.	gorde.
dur, e.	gogor.
économe.	chuhur.
effrayant, e.	icigarri,—harrigarri.
effronté, e.	atrebitu.
égal, e.	bardin, — pareco, —izarico.
égaré, e.	errebelatua.
égoïste.	bereganatzaile ,—guphide,—berecoich.
éhonté, e.	ahalkegabea.

élancé, e.   lerden.
élégant, e.   sotila,—pampigna.
éloquent, e.   mintzo ederrecoa.
émoussé, e.   muthitz,—lamphutz.
emporté, e, violent, e.   sutsu,—erre,—suharra.
endurant, e.   yasancor,—pairacor.
enflammé, e.   suhartua.
ennemi, e.   etxai,—ichterbegui.
ennuyeux, se.   unhagarri,—asegarri.
énorme.   dorphe.
entendu, e.   aditua.
entêté, e, opiniâtre.   thematsu,—burugogor.
épais, se.   lodi, — fetzo, — bapo,--
                                      gothor.
épouvantable.   latzgarri.
éprouvé, e.   frogatua.
estropié, e.   makhaldua.
étonnant, e, merveil-   miresgarri, — espanta-
  leux, se.   garri.
étroit, e.   hertsi.
éveillé, e.   atzarria.
extraordinaire.   ohiezbezalaco.
facile.   errech,—aise.
faible.   flacu,—ahul,—herbal,—
                                      mendre.
fameux, se.   aiphatu, — deithatu, --
                                      lelotsu.
familier, e, habitué, e.   trebe.
faux, sse.   falsu,—maltzur.
ferme.   tinko,—tieso.
fertile.   guicen,—yori.
fétide.   urrindu,—usaindu.
fier, e, altier, e, hau-   supher,—larri,—handi-
  tain, e.   cor.
flatteur, se.   launsengarri,—pherecat-
                                      zaile.
fort, e.   hazcar,—indarsu.
fou, folle.   erho.

fragile.	hauscor.
frais, che.	fresco.
fréquent, e.	usuco ,—maizeo,— arduraco.
friand, e.	gnapur.
fripon, ne.	fricuna.
froid, e.	hotz.
gai, e.	arrai,— boz,—aleguera.
gaillard, e, fort, e.	phizcor.
généreux, se.	emaile,—bihotsbera.
gourmand, e.	sabelcoi,—gormant.
grand, e.	handi.
gras, se.	guicen.
gros, se.	lodi.
guerrier, e, bataileur, se.	guerlari,—guducari.
habile.	abil,—biphil.
haineux, se.	herratsu.
hargneux, se.	mokhorr.
haut, e.	gora,—halto.
heureux, se.	dohatsu,—urus.
honnête.	onhest.
honteux, se.	ahalke.
humain, e.	bihotzdun,—humano.
humide.	busti,—umi.
ignominieux, se.	ahalkegarri
ignorant, e.	ezdakicna,—ezyakina.
imbécile.	erguel, — emuchent, — erzo.
importun, e.	bizcarcoi.
imprudent, e.	antsigabea.
impudique.	lohi,—lizun.
incapable.	ezgaia,—czindua.
incendiaire.	suemaile, — suphizle, — kitcicatzaile.
inconstant, e.	sanyacor,—cambiacor.
incorrigible, indomptable, grossier, e.	hez-gaitz,—moldegaitz.

incrédule.	sinhetsgaitz.
incroyable.	ecinsinhetsia.
indigent, e.	behardun,—beharsu.
indispensable, nécessaire, important.	ecinbercecoa, — baitez badacoa, — beharrezco,—premiatsu.
inépuisable.	ecinahituzcoa, — ecinagortuzcoa.
infirme, invalide.	hebaindua,—enbahitua.
infracteur.	hausle.
ingénieux, se.	antzosa,—yeinutsu.
ingrat, e.	eskhergabe.
inhumain, e.	bihotzgogor.
innocent, e.	hobengabe.
inquiet, e.	khechu,—phozoi.
insatiable.	ecin-ase.
insensé, e.	zoro.
insignifiant, e, vain, e.	funtsgabe,—gabeco.
insolent, e, mauvaise langue.	mihigachto.
insouciant, e.	ezachola.
insupportable.	ecinyasana,—hastiale.
irascible.	hasarrecor,—yauzcor.
ivre.	moskor.
ivrogne.	hordi.
jaloux, se, envieux, se.	veloscor, bekhaizti.
jaune.	hori.
jeune.	gazte.
joli, e.	pullit.
joueur.	yokhari.
joyeux, se.	aleguera,—boz.
judicieux, se.	yuyamendutsu.
juge.	yuyari.
juste.	yustu.
laborieux, se.	languile.
lâche, poltron.	bihotzgabe,—lazo,—putrun.
lamentable.	nigarreguingarri.

laid, e, vilain, e.	itsusi.
large.	zabal,—largo.
léger, e.	arin.
lent, e.	burri.
libéral, e.	emaile,—emancor.
libre.	lacho.
lisible.	iracurgarri.
long, ue.	luce.
louable.	laudagarri.
louche.	izutsu.
lourd, e, pesant, e.	phizu.
loyal, e.	leial,—fede oneco.
maigre.	mehe,—mehar,—mehats.
malade.	eri.
maladif, ve.	ericor.
maladroit, e.	herrebes.
malfaisant, e.	gaitzguile.
malheureux, se.	dohacabe,—ondicozco, malurus.
matinal, e.	goiztiar.
mauvais, e.	tzar,—tchar,—gaichto.
méchant, e.	gaichto.
médiateur, rice.	bitarteco, — ararteco, aincineco.
médiocre moyen.	erditsuco,—arteco.
méfiant, e.	fedagaitz.
mélancolique.	langui,—malenconios.
mendiant, e.	eskale.
menteur, se.	guezurti.
méprisable.	arbuiagarri.
mince.	mehe,—lerden.
misérable, dans le besoin	behardun.
mobile.	higuicor,— muguicor.
mortifié, e, piqué, e.	gaitzesi,—damutu.
mou, molle.	guri,—bera,—mardo.
muet, te.	mutu.
nébuleux, se, nuageux, se.	lanotsu, — hedoitsu, goibel.

négligent, e.   lazo,—antsigabe.
nerveux, se.   ceinart.
neuf, ve, nouveau, lle.   berri.
noir, e.   heltz.
nonchalant, e.   bano,—nagui.
nuisible.   caltecor,—gaizgarri.
odieux, se.   higuingarri , — gaitzes-
                                       garri.
opiniâtre.   burugogor.
ordonné, e, bien rangé.   yunt,—gurbil.
orgueilleux, se.   urgulutsu.
pacifique.   bakhezco.
pâle.   churpil,—zuhail.
paresseux, se.   alfer.
patient, e.   pairacor.
perpétuel, le, éternel, le.   bethiereco,—seculaco.
perfide, déloyal, e.   fedegaichtoco,—desleial.
persévérant, e , durable.   iraupeneco,—irauncor.
petit, e.   ttipi, —chume,—guimi-
                                       guo.
peureux, se.   icicor.
pieux, se.   pietatedun.
plein, e.   bethe.
poli, e.   legun,—leinu.
pourri, e.   usteldu.
précieux, se.   balios.
prodigue.   barraiatzaile.
prudent, e.   antsidun,—prudent.
pur, e, net, te, propre.   garbi.
querelleur, se.   mococari, — aharrari, -
                                       escatimari.
radieux, se.   arraitsu.
rancuneux, se.   aihercundetsu.
repoussant, e.   okhastagarri.
reconnaissant, e.   eskherdun.
rigide, rude.   garratz.
riche.   aberats.
rouge.   gorri.

rusé, e.	amarratsu.
sage.	prestu,—zuhur.
sain, e.	sano,— sendo.
saint, e.	saindu.
sale, malpropre.	cikhin,—likhits.
sanguinaire.	odolcari,—odolegarri.
sauvage, farouche.	basa,- -salbai,—abascor.
savant, e.	yakinsun.
sec, he.	idor.
sensible.	minbera.
seul, unique.	bakhar,—berber.
silencieux, se.	ichil.
simple, sans façon.	lagno.
soigneux, se.	arthatsu,—mainatsu.
sot, te, niais, e, stupide.	tonto,--lolo,--zorga.
sorcier, e.	sorguin.
soucieux, se.	grignatsu.
soumis, e, obéissant, e.	yautsia,—yardetsi.
sourd, e.	elkhor,—gorr.
soupçonneux, se.	iduricor , — chuzpitzai-
	le,—dudacor.
sûr, e.	segura.
susceptible.	gaitcicor,—campicha.
tardif, ve.	berantcor.
témoin.	lekhuco.
tendre.	bera,—samur,- -uzter.
terrible.	ikharagarri , —latzgarri.
timide.	herabe,—uzcur.
tors, e, mal tourné.	makhur.
traître, sse.	traidore.
triste.	goibel,—triste.
trompeur, se.	enganatzaile.
vain, e.	bano,—phardail.
vantard, e.	espantueguile.
vert, e.	pherde.
vertueux, se.	berthutedun.
vicieux, se.	biciatu,—biciodun.
vide.	huts.

vieux, ille.	zahar.
vindicatif, ve.	mendecatzaile,—mende-cor, — mendecari, mendekios.
violent, e.	borthitz.—yauscor.
violet, te.	briolet.
visible	ikhusgarri,—agueri.
voisin, e.	auzo.
voleur, se.	ohoin.
vrai, e, véritable.	eguia,--eguiazco.

CHAPITRE VII.

LES VERBES LES PLUS USITÉS.

VII. CAPITULUA.

VERBE DEITCEN DIREN ETA MAICENIC SOLASIAN ERRAITEN DIREN HITZAC.

1. Abrégé de la conjugaison des verbes.

1. Verbe hitcen moldatceaz laburzki.

A. VERBE ACTIF SANS COMPLÉMENT.

Indicatif présent.

j'aime.	maithatcen dut.
tu aimes *(vous sing.)* vous aimez.	— duc *(fém.)* dun, *(vous sing)* duzu.
il *(ou)* elle aime.	- du.
nous aimons.	- - dugu.
vous aimez.	— duzue.
ils *(ou)* elles aiment.	— dute.

Imparfait.

j'aimais.	maithatcen nuen.
tu aimais.	— huen *(vous s.)* cinuen.
il *(ou)* elle aimait.	- zuen.
nous aimions.	- - guinuen.

vous aimiez.   maithatcen cinuten.
ils *(ou)* elles aimaient.   —   zuten.

Passé défini.

j'aimai.   maithatu nuen.
tu aimas.   —   huen *(vous s.)*
                                          cinuen.

il *(ou)* elle aima.   —   zuen.
nous aimâmes.   —   guinuen.
vous aimâtes.   —   cinuten.
ils *(ou)* elles aimèrent.   —   zuten.

Passé indéfini.

j'ai aimé.   maithatu dut.
tu as aimé.   —   duc *(fém.)*
                                          dun *(vous
                                          sing.)* duzu.
il *(ou)* elle a aimé.   —   du.
nous avons aimé.   —   dugu.
vous avez aimé.   —   duzue.
ils *(ou)* elles ont aimé.   —   dute.

Passé antérieur.

quand j'eus aimé.   maithatu nuencan , —
                                          nuenian.
  — tu eus aimé.   —   huenian *(v.
                                          sing.)* ci-
                                          nuenian.
 — il*(ou)* elle eut aimé   —   zuenian.
 — nous cûmes aimé.   guinuenean.
 — vous eûtes aimé.   cinuctenian.
 — ils *(ou)* elles eu- zutenian.
    rent aimé.

Plus-que-parfait.

j'avais aimé.   maithatu nuen.
tu avais aimé.   —   huen *(vous s.)*
                                          cinuen.

il *(ou)* elle avait aimé.	maithatu	zuen.
nous avions aimé.	—	guinuen.
vous aviez aimé.	- -	cinuten.
ils *(ou)* elles avaient aimé	- -	zuten.

Futur.

j'aimerai.	maithaturen *(ou)* co, dut.
tu aimeras.	--	duc (*fém.*) dun, *(vous (sing)* duzu.
il *(ou)* elle aimera	---	du.
nous aimerons.	- -	dugu.
vous aimerez.	-··	duzue.
ils *(ou)* elles aimeront.	-	dute.

Futur antérieur.

j'aurai aimé.	maithatu	duket.
tu auras aimé.	—	dukec *(fém)* duken *(v. sing.)* du-kezu.
il *(ou)* elle aura aimé.	- -	duke.
nous aurons aimé.	---	dukegu.
vous aurez aimé.	— -	dukezue.
ils *(ou)* elles auront aimé.	--	dukete.

Autre futur antérieur.

quand j'aurai aimé.	maithatu	dukedanian
-- tu auras aimé.	—	dukeianian *(v. sing.)* dukezu-nian.
il *(ou)* elle aura aimé.	··	dukenian.
- nous aurons aimé.	- -	dukegunian.
-- vous aurez aimé.	-	dukezuenian.

quand ils *ou* elles au-   maithatu duketenian.
ront aimé.

Conditionnel présent.

j'aimerais.   maitha nezake.
tu aimerais.   —   hezake (*vous*
                         s.) cinezake
il *ou* elle aimerait.   —   lezake.
nous aimerions.   –   guinezake.
vous aimeriez.   —   cinezakete.
ils *ou* elles aimeraient. —   lezakete.

Passé.

j'aurais aimé.   maithatu (nuken *ou*
                         nukeien)
tu aurais aimé.   —   huken (*vous*
                         s.) cinuken
il *ou* elle aurait aimé. —   zuken.
nous aurions aimé.   —   guinuken.
vous auriez aimé.   —   cinuketen.
ils *ou* elles auraient —   zuketen.
aimé.

Impératif.

aime.   maitha zac.
aimons.   —   dezagun.
aimez.   —   zazue.

Subjonctif présent.

que j'aime.   maitha dezadan.
que tu aimes.   —   dezacan (*fém*)
                    dezanan ,
              -    (*vous sing.*) de-
                       zazun.
qu'il (*ou*) qu'elle aime. —   dezan.
que nous aimions.   —   dezagun.

7

| que vous aimiez. | maitha | dezazuen. |
| qu'ils *ou* qu'elles ai-ment. | — | dezaten. |

Imparfait.

que j'aimasse.	maitha	nezan.
que tu aimasses.	—	hezan (*vous s.*) cinezan.
qu'il *ou* qu'elle aimât.	—	cezan.
que nous aimassions.	—	guinezan.
que vous aimassiez.	—	cinezaten.
qu'ils *ou* qu'elles aimassent.	—	cezaten

Passé.

que j'aie aimé.	maithatu	dudala.
que tu aies aimé.	—	duiala (*vous s*) duzula.
qu'il *ou* qu'elle ait aimé.	—	ducla.
que nous ayons aimé.	—	dugula.
que vous ayez aimé.	—	duzuela.
qu'ils *ou* qu'elles aient aimé.	—	dutela.

Plus-que-parfait.

que j'eusse aimé.	maithatu	nukiela (*ou*) nckeicla.
que tu eusses aimé.	—	hukiela (*vous s.*) cinukiela.
qu'il *ou* qu'elle eût aimé.	—	zukiela.
que nous eussions aimé.	—	guinukiela.
que vous eussiez aimé.	—	cinuketela.
qu'ils *ou* qu'elles eussent aimé.	—	zuketela.

Infinitif.

aimer.   maithatcea.

Passé.

avoir aimé.   maithatu izaitea, —mai-
                                   thatcetic.

Participe présent.

aimant.   maithatcen.

Participe passé.

aimé, aimée, ayant aimé.   maithatu,— maithaturic.

B. APERÇU DU VERBE ACTIF AVEC UN COMPLÉMENT
OU RÉGIME.

—

Indicatif présent.

je te prie.	othoizten	hut *ou* haut.
je vous prie (*sing.*)	—	citut *ou* zai- tut.
je vous prie (*plur.*)	—	cituzict *ou* zaituztet, etc.
je le prie.	—	dut.
je les prie	—	ditut.
tu le pries.	—	duc (*fémin.*) dun.
tu les pries.	—	dituc (*fémin.*) ditun.
vous le priez (*sing.*)	—	duzu.
vous les priez (*sing.*)	—	ditutzu.
vous le priez (*plur.*)	—	duzuc.
vous les priez (*plur.*)	—	ditutzuc.
il te prie.	—	hu.
il vous prie (*vous sing.*)	—	citu.

il vous prie (*vous plur.*)	othoizten	cituzte.
nous te prions.	—	hugu,— hitugu.
nous vous prions (*vous s.*)	—	citugu.
nous vous prions (*vous p.*)	—	cituztegu.
nous le prions.	—	dugu.
nous les prions.	—	ditugu.
ils te prient.	—	hute.
ils vous prient (*vous s.*)	—	cituzte.
ils vous prient (*vous pluriel*).	—	cituztete.
ils le prient.	—	dute.
ils les prient.	—	dituzte.
ils nous prient.	—	guituzte.
il nous prie.	—	guitu.
tu me pries.	—	nuc (*f.*) nun.
vous me priez *vous singulier*.	—	nuzu.
vous me priez (*vous pl.*)	—	nuzue.
il me prie.	—	nu *ou* nau.
ils me prient.	—	nute *ou* naute.
tu nous pries.	—	guituc (*fém.*) guitun.
vous nous priez.	—	(*vous s.*) guitutzu (*vous pl.*) guitutzue.
il nous prie.	—	guitu (*ou*) gaitu.
ils nous prient.	—	guituzte.

Passé.	} Avec la même finale que pour l'indicatif prést.	othoiztu hut } hut.
je t'ai prié		
Futur.		
je te prierai		othoiztuco hut'

Imparfait.		
je te priais.	othoizten hintuan.	
P.-que-parfait.		
je t'avais prié	othoiztu hintuan	
Conditionnel.		
je t'aurais prié	othoizturen *ou* co- hintuan.	

Avec la même finale pour les trois. — hintuan.

je vous priais *(vous sing.)*	othoizten cintuan *ou* cintudan.
je vous priais *(vous plur.)*	— cintuztean.
je le priais.	— — nuen.
je les priais.	— nintuen.
tu me priais.	— nintucan *(fém.)* nintunan.
tu nous priais.	guintucan *(fém)* guintunan.
tu le priais.	- huen.
tu les priais.	— — hintuen.
il me priait.	— nintuen.
ils me priaient.	— nintuzten.
il te priait.	— — hintuen.
ils te priaient.	— hintuzten.
il le priait.	· zuen.
ils les priaient.	— cituen.
il nous priait.	— guintuen.
ils nous priaient.	— — guintuzten.
il vous priait.	*(vous s.)* cintuen *(vous pl)* cintuzten *ou* cinituzten.
ils vous priaient.	*(vous s.)* cintuzten *(vous pl.)* cintuzteten.
nous te priions.	— hintugun.
nous le priions.	— guinuen.
nous les priions.	— guintuen.

nous vous priions.	(*vous s.*) cintugun (*vous pl.*) cintuztegun.
vous me priiez.	(*vous s.*) nintuzun (*vous pl.*) nintuzuen.
vous le priiez.	(*vous s.*) cinuen (*vous pl.*) cinuten.
vous les priiez.	(*vous s.*) cinituen (*vous pl.*) cinuzten.
vous nous priiez.	(*vous s.*) guintuzun (*vous pl.*) guintuzuen.

Passé antérieur.

quand je l'eus prié (*les*), etc.	othoiztu nuenian (nintuenian), etc.

Futur antérieur.

je l'aurai prié (*les*), etc.	othoiztu duket (dituzket), etc.

Conditionnel présent.

je le prierais (*les*), etc.	othoitz nezake (nitzazke), etc.

Conditionnel passé.

je l'aurais prié (*les*), etc.	othoitztu nuken (nuzken *ou* nituzken), etc.

Impératif.

prie-moi.	othoitz nezac (*fém.*) nezan.
prie-le.	— zac *ou* ezac (*fém.*) zan.

prie-les.	othoitz	zaic *ou* zaicic *(fém.)* zaicin *ou* zain
prie-nous.	—	guitzac *(fém.)* guitzan.
priez-nous.	—	*(vous s.)* guitza- zu *(vous pl.)* guitzazue.
priez-le.	—	*(vous s.)* zazu *(vous pl.)* za- zue.
priez-les.	—	*(vous s.)* zatzu *(vous pl.)* zat- zue.
qu'il me prie.	—	neza *ou* nezala
qu'ils me prient.	—	nezate *ou* ne- zatela.
qu'il nous prie.	—	guitza *ou* guit- zala.
qu'ils nous prient.	—	guitzate. *id.*
qu'il le prie.	—	beza. *id.*
qu'ils le prient.	—	bezate. *id*
qu'il les prie.	—	bitza. *id.*
qu'ils les prient.	—	bitzate. *id.*

Subjonctif présent.

que je le prie (*les*), etc.	othoitz dezadan (ditza- dan.

Imparfait.

que je le priasse (*les*), etc	othoitz nezan (nitza- dan).

Passé.

que je l'ai prié (*les*), etc.	othoitztu dudala ditu- dala.

Plus-que-parfait.

que je l'eusse prié (*les*), etc.	othoitztu nukiela (nituzkiela.)

C. APERÇU DU VERBE ACTIF AVEC DEUX COMPLÉMENTS OU RÉGIMES.

—

Indicatif présent.

je te le donne.	emaiten daiat (*fém*) daunat.
je te les —	— daitciat (*fém.*) daitcinat.
je vous le —	— (*vous s.*) dautzut (*vous plur.*) dautzuet.
je vous les —	— (*vous s.*) daitzut (*vous pl.* daitzuet.
je le lui —	- dacot *ou* diot.
je les lui —	--- daizcot *ou* diozcat.
je le leur —	— daiet *ou* diozcatet, etc.
je les leur —	— daiztet.
nous te le donnons.	— daiagu (*fém.*) daunagu.
nous te les —	— daitciagu (*fém.*) daitcinagu.
nous vous le —	— (*vous s.*) dautzugu (*vous pl.*) dautzuegu
nous vous les —	— (*vous s.*) daitzugu (*vous pl.*) daitzuegu.

nous le lui donnons.	emaiten	dacogu *ou* diogu
nous les lui —	—	daizeogu.
nous le leur —	—	daiegu.
nous les leur —	—	daizdegu *ou* dioz-tegu.
tu me le donnes.	—	dautac (*fém.*) dautan.
tu me les —	—	daiztac (*fém.*) daiztan.
tu nous le —	—	daucuc (*fém.*) daucun.
tu nous les —	—	daizeue (*fém.*) daizcun.
tu le lui —	- -	dacoc (*fém.*) da-con.
tu les lui —	—	daizcoc (*fém.*) daizeon.
tu le leur —	—	dacotec (*fém.*) daien *ou* da-coten.
tu les leur —	—	daizeotec (*fém.* daizten *ou* daizeoten.
vous me le donnez.	-	(*vous s.*) dauta-zu (*vous pl.*) dautazue.
vous me les —	- -	(*vous s.*) daizta-zu (*vous pl.*) daiztazue.
vous nous le —	—	(*vous s.*) dau-cuzu (*vous pl.* daucuzue
vous nous les —	- -	(*vous s.*) daiz-cuzu (*vous pl.* daizcuzue
vous le lui		(*vous s.*) dacozu (*vous pl.*) da-cozue.

vous les lui donnez.			emaiten (*vous s.*) daizcotzu (*vous pl.*) daizcotzue.
vous le leur	—	—	(*vous s*). daiezu (*vous p.*)daiezue.
vous les leur	—	—	(*vous s.*) daiztezu (*vous pl*) daiztezue.
il me le donne *(les)*		—	daut (dait *ou* daizkit).
il nous le —	*id.*	—	daucu (daizcu) *ou* (deraizcu)
il te le —	*id.*	—	dauc (daic) *fém.* daun (daizc *fém.* dain).
il vous le —	*id.*	—	(*vous s.*) dautzu (dattzu) *vous pl.* dautzue (daitzue).
il le lui —	*id.*	—	daco (daizco).
il le leur —	*id.*	—	daie (daizte).
ils me le donnent *(les)*		—	dautale (daiztate) *ou* (daizkidate).
ils nous le —	*id.*	—	daucute (daizcute).
ils te le —	*id.*	—	daie (daizkie) *fém.* daune (daizkine).
ils vous le —	*id.*	—	(*vous s.*) dauzute , daitzute (*vous pl*) dautzuete , daitzuete.
ils le lui —	*id.*	—	dacote (daizcote).
il le leur —	*id.*	—	daiete (daiztete)

Passé.		
je te l'ai donné	} Avec la même finale que pour l'indi- catif présent	eman daiat
Futur.		
je te le don- nerai.		emanen daiat
Plus-que-parf.		
je te l'avais don- né.	} Avec la même finale pour les trois.	eman naucan *ou* nauian
Conditionnel.		
je te l'aurais douné.		emanen naucan
Imparfait.		
je te le donnais.		emaiten naucan

} daiat.

} naucan *ou* nauian.

je te le donnais (*les*).			emaiten naucan (naiz- kian) [*fém.*] naunan (naiz- kinan).
je vous le	—	*id.*	— (*vous s.*) naut- zun (naitzun) [*vous pl*] naut- zuen [naitzuen]
je le lui	—	*id.*	— nacon (naizcon)
je le leur	—	*id.*	— naien (naizten).
nous te le donnions		*id*	— guinaucan (gui- naizcan) [*fé- min*]. guinau- nan (guinai- nan).
nous vous le	—	*id.*	— (*v. s.*) guinaut- zun (guinait- zun) [*v. pl.*] guinautzuen (guinaitzuen)

nous le lui donnions [*les*]　emaiten guinacon (guinaizcon).

nous le leur　—　*id.*　—　guinacoten (guinaizcoten).

tu me le donnais. *id.*　—　hautan (haiztan).

tu nous le　—　*id.*　—　haucun (haizcun)

tu le lui　—　*id.*　—　hacon (haizcon)

tu le leur　—　*id.*　—　hacoten (haizcoten).

vous me le donniez *id.*　—　*(v. s.)* cinaitan (cinaiztan) *(v. pl.)* cinautaten (cinaiztaten).

vous nous le —　*id.*　　　*(vous s.)* cinaucun (cinaizcun) *(v. p.)* cinaucuten (cinaizcuten).

vous le lui　—　*id.*　—　*(vous s.)* cinacon (cinaizcon) [*v. p.*] cinacoten (cinaizcoten)

vous le leur　—　*id.*　—　*(vous s.)* cinacoten (cinaizcoten) [*vous p.*] cinaieten (cinaizteten).

il me le donnait *id.*　—　zautan [zaiztan] *ou* zauzkidan.

il nous le　—　*id.*　—　zaucun [zaizcun] *ou* zauzkigun.

il te le donnait (les).		emaiten zaucan [zaiz-can] . *fém.* zaunan [zai-nan].	
il vous le	— *id.*	—	[*v. s.*] zautzun zaitzun] *vous pl.* zautzuen [zaitzuen].
il le lui	— *id.*	—	zacon [zaizcon *ou* ciozeau).
il le leur	— *id.*	—	zaien [zaieten] *ou* ciozten.
ils me le donnaient *id.*		—	zautaten [zaiz-taten] zauz-kidaten.
ils nous le	— *id.*	—	zaueuten [zaiz-euten .
ils te le	— *id.*	—	zaucaten [zaiz-caten] *fém.* zaunaten [zai-naten].
ils vous le	— *id.*	—	[*vous s.*] zaut-zuten (zait-zuten) [*vous p.*] zautzueten [zaitzueten].
ils le lui	— *id.*	—	zacoten [zaizco-ten] *ou* zaro-ten.
il les leur	— *id.*	—	zaieten [zaizte-ten] *ou* za-rozten.

Impératif.

donne-le-moi [les].		eman atac *ou* emadatac *fém.* atan [ai-tac] *fém.* [ai-tan].

donne – le – nous [les.] eman aguc [aizguc]
                                     [fém.]   agun
                                     [aizgun].

donne-le-lui   id.   — acoc [aizcoc] [fém]
                              acon [aizcon].

donne-le-leur   id.   — acotec [aizcotec]
                              [fém.]   acoten
                              [aizcoten]

donnons-le-lui   id.   — diozogun [dietzo-
                              gun].

donnons-le leur   id.   — diozotegun [diet-
                              zotegun].

qu'il le lui donne   id. — diozola [dietzola].
qu'il le leur donne   id. — diezala [dietzala].
qu'ils le lui donnent id. — diozotela [dietzo-
                              tela].

qu'ils le leur donnent id. — diezatela [dietza-
                              tela.]

donnez-le-moi.   id. (vous s.) eman azut ou
                              emadazut (vous pl.)
                              eman azuet ou ema-
                              dazuet.

donnez-le-lui   id. (vous s.) eman diozozu
                              ou emocozu diotzozu
                              (vous pl.) diozozue
                              (diotzozue).

donnez-le-leur   id. (vous s.) eman diezozu
                              (dietzozu) (vous pl.)
                              diezozue (dietzozue).

donnez-nous-le   id. (vous s.) aguzu ou ema-
                              guzu (aitguzu) (vous
                              pl.) aguzue (aitgu-
                              zue).

Conditionnel présent.

je le lui donnerai (les)   eman diozoket (diotzo-
                              ket).

Passé.

je le lui aurai donné (*les*)   eman niokeyen (niozke-
                                      yen).

Subjonctif présent.

que je le lui donne (*les*)   eman diozadan (diotza-
                                    dan).

Imparfait.

que je le lui donnasse eman niozan (niotzan).
   (*les*)

Passé.

que je le lui ai donné eman niola (niozcala·.
   (*les*)

Plus-que-parfait.

que je le lui eusse don- eman niokiela (niozkie-
   né (*les*)   la).

D. VERBE NEUTRE SANS COMPLÉMENT OU RÉGIME.

—

Indicatif présent.

j'arrive *ou* je viens.	ethortcen niz *ou* naiz.
tu arrives.	— hiz *ou* haiz.
	(*vous s.*) zare
	ou cira.
il *ou* elle arrive.	— da.
nous arrivons.	— guira *ou* gare.
vous arrivez (*vous sing.*)	— cirete *ou* ciez-
	te (*vous s.*)
	cira,—zare.
ils *ou* elles arrivent.	— dira.

Imparfait.

j'arrivais.	ethortcen nintzan *ou* nintcen.
tu arrivais.	— hintcen (*vous s.)* cinen.
il *ou* elle arrivait.	— cen.
nous arrivions.	— guinen.
vous arriviez.	— cineten.
ils *ou* elles arrivaient.	— ciren.

Passé défini.

j'arrivai.	ethorri nintcen *ou* nintzan.
tu arrivas.	— hintcen (*vous s.*) cinen.
il *ou* elle arriva.	— cen.
nous arrivâmes.	— guinen.
vous arrivâtes.	— cineten.
ils *ou* elles arrivèrent.	— ciren.

Passé indéfini.

je suis arrivé.	ethorri niz *ou* naiz.
tu es arrivé.	— hiz *ou* haiz (*vous s.*) cira *ou* zare.
il *ou* elle est arrivé, e.	— da.
nous sommes arrivés.	— guira.
vous êtes arrivés.	— cirete.
ils *ou* elles sont arrivés, es	— dira.

Passé antérieur.

quand je fus arrivé.	ethorri nintcenian.
— tu fus arrivé.	— hintcenian (*vous s.*) cirenian.
— il *ou* elle fut arrivé, e.	— cenian.

quand nous fûmes arri-	ethorri guinenian.
vés.	
— vous fûtes arrivés.	— ciretenian.
— ils *ou* elles furent	— cirenian.
arrivés, es.	

Plus-que-parfait.

j'étais arrivé.	ethorri nintcen *ou* naint-
	cen.
tu étais arrivé.	— hintcen (*vous s.*)
	cinen.
il *ou* elle était arrivé, e.	— cen.
nous étions arrivés.	— guinen.
vous étiez arrivés.	— cineten.
ils *ou* elles étaient arri-	— ciren.
vés, es.	

Futur.

j'arriverai.	ethorriren *ou* co niz,
	ou naiz.
tu arriveras.	— hiz *ou* haiz
	(*vous s.*)
	cira, *ou*
	zare.
il *ou* elle arrivera.	— da.
nous arriverons.	— guira.
vous arriverez.	— cirete.
ils *ou* elles arriveront.	— dira.

Futur antérieur.

je serai arrivé.	ethorri nizate.
tu seras arrivé.	— hizate (*vous s.*)
	cirade.
il *ou* elle sera arrivé, e.	— date.
nous serons arrivés.	— guirate.
vous serez arrivés.	— cirateke.

8

| ils *ou* elles seront arrivés, es. | ethorri dirate. |

Autre futur antérieur.

quand je serai arrivé.	ethorri nizatenian.
— tu seras arrivé.	— hizatenian *(vous s.)* ciradenian.
— il *ou* elle sera arrivé, e.	— datenian.
— nous serons arrivés.	— guiratenian.
— vous serez arrivés.	— ciradetenian.
— ils *ou* elles seront arrivés, es.	— diradetenian.

Conditionnel présent.

j'arriverais.	ethor ninteke *ou* ninzateke.
tu arriverais.	— hinteke *(vous s.)* cinatezke.
il *ou* elle arriverait.	— liteke.
nous arriverions.	— guinakete.
vous arriveriez.	— cinatezkete.
ils *ou* elles arriveraient.	— litazkete.

Passé.

je serais arrivé.	ethorri ninzatien *ou* nintekeien.
tu serais arrivé.	— hinzatien *(vous s.)* cinatien.
il *ou* elle serait arrivé, e.	— zatien.
nous serions arrivés.	— guinatien.
vous seriez arrivés.	— cinateien.
ils *ou* elles seraient arrivés, es.	— ciratien.

Impératif.

arrive.	ethor hadi *ou* dathor.
arrivons.	— guiten *ou* gaiten.
arrivez.	— citezte (*vous s.*) zaite *ou* cite,— zato—tchauri.

Subjonctif présent.

que j'arrive.	ethor nadin *ou* nadila.
que tu arrives.	— hadin *(vous s.)* citen.
qu'il *ou* qu'elle arrive.	— dadin.
que nous arrivions.	— guiten *ou* gaiten.
que vous arriviez.	— citezten.
qu'ils *ou* qu'elles arrivent	— diten.

Imparfait.

que j'arrivasse.	ethor nindadin *ou* naitecen.
que tu arrivasses.	— hindadin *(vous s.)* cinadin.
qu'il *ou* qu'elle arrivât.	— zadin.
que nous arrivassions.	— guiniten.
que vous arrivassiez.	— cinetezten.
qu'ils *ou* qu'elles arrivassent.	— citen.

Passé.

que je sois arrivé.	ethorri nintzala *ou* izan nadin.
que tu sois arrivé.	— hintzala (cinela).
qu'il *ou* qu'elle soit arrivé, e.	— dela.
que nous soyons arrivés.	— guinela.
que vous soyez arrivés.	— cineztela.

qu'ils *ou* qu'elles soient   ethorri circla.
arrivés, es.

Plus-que-parfait.

que je fusse arrivé.	ethorri nintekela *ou* izan nindadin.
que tu fusses arrivé.	— hintekela [*vous s.*] cintekela.
qu'il *ou* qu'elle fût arrivé, e.	— ditekela.
que nous fussions arrivés.	— guinitekela.
que vous fussiez arrivés.	— cineztekela.
qu'ils *ou* qu'elles fussent arrivés, es.	— citezkela.

Infinitif.

arriver.   ethortcea.

Passé.

être arrivé.   ethorriric.

Participe présent.

arrivant.   ethortcen.

Participe passé.

arrivé, étant arrivé.   ethorri, ethorriric.

E. APERÇU DU VERBE NEUTRE OU PASSIF AVEC
COMPLÉMENT OU RÉGIME.

je lui parle (*leur*).   mintzatcen nitzaio (nit-
zaiote).

tu lui parles *(leur)* — mintzatcen hitzaio, hitzaiote *(vous s.)* citzaio.

il lui parle — — zaio, zaiote.

nous lui parlons — — guitzaio, guitzaiote.

vous lui parlez — — citzaicote, citzaizcote.

ils lui parlent — — citzaizco, ciczaizco.

---

je te suis étranger. arrotz nitzaue *ou* natzaic [*fém.*] nintzaun.

je vous suis. [*vous s*] nitzauzu [*vous pl.*] nitzauzuc.

je lui suis *(leur).* nitzaco [nitzacote *ou* natzaiote].

nous te sommes. guitzaue *ou* gaitzac [*fém*] guitzaun, *ou* gatzain.

nous vous sommes. [*vous s.*] guitzauzu *ou* gatzaitzu [guitzauzue].

nous lui sommes *(leur).* guitzaio *ou* gatzaio [guitzaiote.

tu m'es. hitzaut *ou* hatzait.

tu nous es. hitzaucu *ou* hatzaicu.

tu lui es *(leur).* hitzaco *ou* hatzaio (hitzacote).

vous m'êtes. *(vous s.)* citzaut *ou* zazkit *(vous pl.)* citzautet *ou* zazkitet.

vous nous êtes. — citzaucu *ou* zazkigu, citzautegu *ou* zazkitegu.

vous lui êtes.	(*vous s.*) citzaco, *ou* zazco, (*vous pl.*) citzaiote *ou* zazkiote.
vous leur êtes.	(*vous s.*) citzacote *ou* zazcote, (*vous pl.*) citzaizcote *ou* zazkiote.
il m'est.	zait *ou* zaut.
il nous est	zaucu.
il t'est.	zauc (*fém.*) zaun.
il vous est.	(*vous s.*) zautzu (*vous pl.*) zautzue.
il lui est (*leur*).	zaco *ou* zaio (zacote *ou* zaiote.
ils me sont.	zait *ou* zaizkit.
ils nous sont.	zaicu *ou* zaizkite.
ils te sont.	zaic *ou* zaizkic (*fém.* zain *ou* zaizkin.
ils vous sont.	(*vous s.*) zaitzu *ou* zaizkitzu (*vous pl.*, zaitzue.
ils lui sont (*leur*).	zaizco (zaizcote).
je te étais.	nintzaucan *ou* nintzaican (*fém.*) zaunan.
je vous étais.	(*vous s.*) nintzauzun (*vous pl.*) nintzauzuen.
je lui étais (*leur*).	nintzacon (nintzacoten).
nous te étions.	guintzaucan *ou* guintzaican (*fém.*) guintzaunan.
nous vous étions.	(*vous s.*) guintzauzun (*vous pl.*) guintzauzuen.
nous lui étions (*leur*).	guintzacon (guintzacoten.)
tu me étais.	hintzautan *ou* zaitan (*fém.* hintzaucun.
tu lui étais (*leur*).	hintzacon (hintzacoten).

vous me étiez.	(*vous s.*) cinizautan *ou* cinitzaitan (*vous pl.*) cinizautean.
vous nous étiez.	cinitzaucun (*vous pl.*) cinizautegun.
vous lui étiez.	cinitzacon *ou* cinitzacoten.
vous leur étiez.	cinitzacoten *ou* cinitzaizcoten.
il me était (*nous*).	citzautan *ou* zaitan (citzaucun).
il te était.	citzaucan (*fém.*) citzaunan.
il vous était.	(*vous s.*) citzauzun (*vous pl.*) citzauzuen.
il lui était (*leur*).	citzacon (citzacoten).
ils me étaient (*nous*).	citzaitan (citzaicun).
ils te étaient.	citzaican (*fém.*) citzainan.
ils vous étaient.	(*vous s.*) citzaizun (*vous pl.*) citzaizuen.
ils lui étaient (*leur*).	citzaizcon (citzaizcoten *ou* zaizcoten).
soyez-moi *ou* vous me soyez.	(*vous s.*) zakit *ou* zazkiat (*vous pl.*) zaizkitet.
soyez-nous —	— zazkigu (*vous pl.*) zaizkitegu.
soyez-lui —	— zazkio (*vous plur.*) zaizkiote.
soyez-leur —	— zazkiote (*vous pl.*) zaizkiozte.
sois-moi *ou* tu me sois.	hakiat *ou* hakit.
sois-nous —	hakigu.

sois-lui (*leur*)	hakio (hakiote).
qu'il me soit *ou* il me.	bekiat *ou* bekit.
qu'il nous soit.	bekigu.
qu'il lui soit (*leur*).	bekio (bekiote).
qu'ils me soient (*nous*).	bekitet (bezkigu).
qu'ils lui soient (*leur*).	bezkio (bezkiote).

F. DIVERSES TOURNURES DE VERBE PRISES AU HASARD.

ayez pitié de vous (*vous sing.*)	urrical bekizu (*vous pl.*) zue.
ayez pitié de moi *id.*	(*vous s.*) urrical nakizu (*vous pl.*) zue.
— de nous *id.*	— urrical zaizki-gu.
— de lui (d'eux)	— urrical zaizco (zaizcote).
je vous dois grâces (*nous vous*).	eskherrac darokitzut (da-rozkitzugu).
de tous les biens que vous m'avez faits (*nous*)	eguin dauzkidatzun (dauzkigutzun) on-guicz.
que puis-je vous rendre.	cer bihur dezakezuket.
donnez-moi.	indazu,—eman-azu.
donnez-nous.	iguzu,—eman aguzu,—emaguzu.
agréez-le (*vous sing.*)	agrada bekizu (*vous pl.*) bekizue.
vous lui feriez plaisir.	atseguin eguin ciniozoke (*vous pl.*) kete.
quel est celui qui pour-rait vous.	nor da—liczazukena.
pardonnez - nous (les) (*vous sing.*)	barkha dietzagutzu.
les torts que nous vous avons faits.	eguin darozkitzugun da-muac.

pardonnez-les-leur (*vous sing*).	barka diotzozute.
faites-les entrer en eux-mêmes.	sar araz kitzu beren baithan.
faites-nous (*vous s.*) (*leur*)	egnin aguzu, — eguida-guzu (eguiozute).
demandons-les-lui.	galde dietzogun.
faites-nous-les connaître	ezagut-araz dietzaguzu (*vous pl.*) zue.
pourvu que vous lui soyez.	zagozeolaric.
ils lui étaient arrivés.	ethorri citzaioten.
il lui était arrivé.	— citzaion.
il leur — —	— citzaien.
ils peuvent les leur (*lui*)	dazkiokete
parce que vous les lui avez.	baitiozkitzu.
que Dieu vous aide (*vous pl.*)	Yaincoac lagunt zaitzatela.
s'il lui arrivait.	guertha balitzaio.
s'il s'éloignait.	urrunt baledi.
qu'ils pourraient vous faire.	eguin diezazuketen.
puisqu'il vous les a.	dauzkitzunaz gueroz.
quand vous les leur avez (*vous sing*).	noiz eta ere baitiozatzute.
parlez-lui.	(*vous s.*) mintza zakizco (*vous pl.*) cote.
vous lui devez grâces.	eskherrac diezkotzu (*vous pl.*) diezkotzue.
oh! que vous seriez! (*vous pl.*)	ala! baiteinteskete!
il pourrait vous l'obtenir (*vous pl.*)	izan araz liezazueke.
obtenez-nous-en le pardon.	barkhamendu ardiets dezadazut.
si vous pouviez les quitter.	baldin utz badetzatzueke (*vous pl.*) kete.

vous les voudriez (*vous pl.*)	nahi cinduzkete.
vous pourriez les quitter (*vous pl.*)	utz cinetzakete *ou* cintzazkete.
vous ne seriez pas moins	ez cindagozke gutiago.
je vous le commanderais.	mana liezazuket.
pourquoi ne puis-je te.	certaco ez haizaket.
si je ne puis le lui.	baldin ez badakioket.
il vous le ferait, *ou* pourrait le faire.	eguin liezazuke.

G. VERBES UNIPERSONNELS.

il y a.	bada.
il y avait.	bacen.
il y eut.	izan cen.
il y a eu.	izan da.
quand il y eut eu.	izan cencan.
il y avait eu.	izan cen.
il y aura.	izanen da.
il y aura eu.	izan daite.
quand il y aura eu.	izan daitenian.
il y aurait.	balizate,—balitake.
il y aurait eu.	izan zatien.
qu'il y ait.	izan dadin.
qu'il y eût.	izan zadin.
qu'il y ait eu.	izan dadila.
qu'il y eût eu.	izan ditekela.

---

il faut.	behar da.
il fallait.	behar cen.
il fallut.	behar izan cen.
il a fallu.	behar izan da.
quand il eût fallu.	behar izan cenian.

il avait fallu.	behar izan cen.
il faudra.	beharco da.
il aura fallu.	behar izanen cen.
quand il aura fallu.	behar izan datenian.
il faudrait.	behar litake.
il aurait fallu.	behar izanen cen.
qu'il faille.	behar izan dadin.
qu'il fallût.	behar izan zadin.
qu'il ait fallu.	behar izan litekeien.
qu'il eût fallu.	behar izan citekeien.
falloir.	behartcea.

2. Collection de verbes. 2. Verbe hitcen teguia.

abaisser, baisser	aphalcea.
abandonner, quitter, laisser.	uztea.
abattre, jeter à terre.	egoichtea,—eraustea.
abîmer, enfoncer, submerger.	funditcea,—hondatcea.
abonder.	frangatcea.
abréger.	laburtcea.
accepter.	onhartcea.
accommoder, arranger.	untsatcea,—antolatcea,—compuntcea.
accompagner, aider.	laguntcea.
accomplir.	compliteea,—osatcea.
s'accorder, se réconcilier.	bakhetcea,—adiskidetcea
s'accoutumer, se faire à.	trebatcea, — ohitcea, — eguitea.
s'accroupir.	cocoricatcea.
accuser.	hoben emaitea, — gain emaitea.
acheter.	erostea.
adoucir, amadouer.	eztitcea,—balacatcea.
affermir.	fincatcea.
affliger (s')	atsekabe emaitea (atsekabetcea).

s'agenouiller. belhaunicatcea.

agréer. onhestea,—agradatcea.

aiguiser. zorrostea,—chorochtea.

aigrir. mintcea.

aiguillonner, exciter. cihicatcea,—akhuloztat-
cea.

aimer. maithatcea.

ajuster, joindre. yuntatcea,—doitcea.

aller (s'en). yoatea,—gatea.

alléger. arhintcea.

aliter s') ohatcea.

s'altérer, avoir soif. egarritcea.

allonger. luzatcea.

allumer. phiztea.

amaigrir. mehatcea.

s'améliorer, s'amender. hobetcea,—ontcea,—one-
ratcea.

amollir (s') beraztea,—guritcea.

amoindrir, diminuer. gutitcea,—aphurtcea.

amonceler. metatcea, — mundoinat-
cea.

amuser (s') yostatcea.

anéantir, détruire, anni- eceztatcea.
hiler.

annoncer. yakin - araztea , — adi-
araztea.

s'apercevoir. ohartcea.

apaiser, calmer. aphacegatcea , — emat-
cea,—sosegatcea.

s'appauvrir, devenir pau- errumestea,—behartcea.
vre.

appeler. deitcea.

apprécier. prezatcea.

apprendre. ikhastea.

apprivoiser. malsatcea.

approcher. hurbiltcea,— huillantcea

approprier s'), s'attirer. bereganatcea,—yabetcea

appuyer (s') arrimatcea.

arracher. atheratcea.

arranger, raccommoder.	compontcea.
arrêter (s').	guelditcea,—baratcea.
arrondir.	biribilcatcea.
asseoir (s').	yartcea.
assurer, rassurer.	segurtatcea.
assiéger.	setiatcea.
attacher.	estecatcea,—amarratcea.
attaquer.	acometatcea,—atacatcea.
attendre.	igurikitcea.
attraper, atteindre.	harrapatcea,—hatcemai-tea.
avaler.	irestca.
avancer, prévenir, con-tinuer.	aitcinatcea.
avertir.	ahisatcea.
avoir, recevoir.	izaitea,—ukhaitea.
avouer.	aithortcea.
baigner.	mainhatcea.
balayer.	chahutcea,—ekhortcea.
balotter, agiter.	deboilatcea,—nahastea.
bannir, exiler.	desterratcea.
battre (se battre).	yotcea,—yoitca (yoca,—kolpeca hartcea).
bêcher (piocher).	phalaherrestatcea ,— ait-zurtcea
bercer.	leriatcea.
blaguer.	erastea.
blanchir.	churitcea,—zuritcea.
blesser.	colpatcea,—zaurtcea.
boire (avec bruit).	edatea,—(hurrupatcea).
boîter, devenir boîteux.	maingutcea , — maingu eguitea.
boucher.	tapatcea.
bouger.	lekhuz aldatcea, — mu-guitcea,—cantitcea.
bouffir.	hanpurutcea.
bouillir.	irakitcea.
bouleverser, renverser.	itzulicatcea,— biracatcea

boutonner. potoindatcea.
briller, luire. distiratcea,— dirdiratcea
briser, rompre, morceler. phorrocatcea, —phusca-
catcea.
brouter, (se livrer à). alhatcea.
brouiller. nahastea.
brûler. errctcea.
broyer. chehacatcea,— erhaustea
cacher. gordetcea,— guerizatcea.
caresser. pherecatcea , — phere-
chatcea.
casser. haustea.
cesser. baratcea.
changer. aldatcea ,—aldaratcea,—
kanbiatcea.
chanter. khantatcea.
charger. cargatcea.
chasser, mettre dehors. casatcea.
chatouiller. kilicatcea.
chauffer. berotcea.
châtrer. cikitatcea.
chercher, examiner. bilhatcea,—ikhartcea.
choisir (trier, distinguer) hautatcea (berechtea).
combattre. guducatcea.
commander. manatcea.
commencer. hastea.
comparaître, paraître. aguertcea.
comprendre. endelgatcea.
compter. khondatcea.
confondre , couvrir de ahalcatcea.
honte.
conquérir. conkestatcea.
connaître. ezagutcea.
conserver. beguiratcea.
consumer. sunsitcea.
contrefaire. escarniatcea , — ihanki
eguitca.
convenir, être à propos. darraiatcea.

corriger.	centzateca.
corrompre, infecter.	phozoateca.
coudre.	yostea.
couper.	phicateca.
courber.	makhurteca.
faire courir, courir.	lastercatcea, — laster eguitea.
couronner.	khoroateca.
coûter.	gostateca.
couvrir (se).	estalteca (cuenteca).
craindre.	beldurteca.
craquer.	carrascateca.
crever.	leherteca.
crier.	oihu eguitea.
croire.	sinhestea.
cuire	egostea.
déborder.	gainditcea.
déchirer.	urrateca.
découper, diviser, partager.	phuscateca, — zathicatcea.
décourager (se).	lotsateca.
dégoûter (se).	hastiatcea,—asetcea.
défaire, démolir.	barreateca,—deseguitea
défendre.	debecateca.
défier.	desafiateca.
délivrer, — livrer, détacher.	largateca, — librateca,— lachatcea.
demander.	galdateca.
demeurer, rester.	egoitea.
dépenser.	gastateca, — despendiatcea.
dépérir.	hirateca,—phirateca.
déplaire, blesser, mortifier.	damustateca, — gaitzestea.
dépouiller, se déshabiller	bulustea,—craunztea.
déranger.	makhurteca, — amurratcea.

dérober.	arroatcea.
descendre.	yaustea.
désespérer.	etsitcea.
déshonorer.	laidostatcea,— laidotcea.
dessécher, périr.	eihartcea.
détester.	higuintcea.
devenir.	bilhacatcea.
dévider.	harilgatcea.
deviner, imaginer, pen-	asmatcea.
ser, inventer.	
diminuer.	gutitcea.
dire.	erraitea.
disputer, quereller.	abarratcea, — lizcarrat-
	cea.
dompter, dresser.	heztea,—cebatcea.
donner, adonner (s').	emaitea.
dorer.	urhestatcea.
dormir (s'endormir ,	lo eguitea, — lokartcea ,
sommeiller).	loac hartcea.
doubler.	horratcea.
douer, favoriser.	dohatcea.
douter.	dudatcea.
durcir.	gogortcea.
durer.	irautea.
ébranler.	khordocatcea,
écarter, détourner, sé-	aldaratcea, baztertcea,—
parer.	apartatcea.
échapper.	escapatcea.
échanger.	kambiatcea ,—trucatcea.
éclairer, éclaircir.	arguitcea.
éclater.	zapartatcea.
écorcher.	larrutcea.
écouter.	aditcea.
effacer.	borratcea.
efforcer (s') essayer (s').	hermatcea,—enscatcea.
effrayer.	icitcea.
égaler, niveler, aplanir.	bardintcea, — celhaitcea
égarer (s').	errebelatcea.

égratigner.	haztaparcatcea.
égrener.	bihitcea.
élargir.	zabaltcea
élever, lever, exalter, hausser.	alchatcea,--goratcea.
éloigner.	urruntcea.
embraser, enflammer.	sustatcea, — garremaitea,—suhartcea.
embrasser.	besarcatcea.
embellir.	edertcea,--bereguintcea.
emmaillotter.	trochatcea.
émousser.	muthistea,—lamphustea
s'emparer.	yabetcea.
empêcher, entraver.	irabatcea,---pocholatcea.
emporter, remporter.	garraitcea.
s'emporter.	muthiritcea.
emprunter.	mailcatcea.
enchaîner, garrotter.	gathcztatcea, magnotatcea.
enchérir, renchérir.	khariotcea.
endormir (s').	lokhartcea, — loac hartcea.
endurer, supporter.	yasaitea,—soportatcea.
enfermer, renfermer.	cerratcea.
enfler.	hantcea.
engager.	erakartcea,--engucatcea.
ennuyer (s'), se lasser.	encatcea,—debciatcea,—unhatcea.
ensanglanter.	odolstatcea.
enseigner.	irakastea,—erakustea.
enraciner (s').	errostatcea, -- erroac eguitea.
enrayer (s').	errabiatcea.
enrichir (s').	aberastea.
enrouer (s').	erlastea.
enrhumer (s').	marrhantatcea.
entendre.	aditcea.
enter.	charthatcea.

9

enterrer.	ehorstea.
entêter (s').	thematcea.
entourer, cerner.	inguratcea.
entrer.	sartcea.
entretenir (s'), causer.	solas eguitea,—elhestat-cea.
envier.	bekhaiztea.
envoyer.	igortcea.
épargner.	guphidestea,—esparniat-cea.
épouvanter, terrifier.	harritcea.
éprouver.	frogatcea.
essuyer.	chucatcea.
estropier (s'), prendre mal.	minhartcea,—makalcea.
éteindre.	iraunguitcea.
étendre.	hedatcea.
éternuer.	urcintz eguitea.
étonner.	mirestea,—espantitcea.
étouffer.	ithotcea.
être.	izatea, izaitea.
étrécir, rétrécir.	hertsitcea.
étudier.	istudiatcea.
éventer	airatcea,—haitzatcea.
exécuter.	obratcea.
exclure.	camporatcea.
exercer.	ibilcatcea.
exhorter, solliciter, pres-ser.	herchatcea, — premiat-cea.
expédier, congédier.	despeitcea.
épier, observer, écouter en cachette.	barrandatcea.
exposer.	pharatcea.
exténuer (s').	ahitcea
façonner, former, tra-vailler.	moldatcea,—lantcea.
fâcher (se).	hasarretcea, — samurt-cea.

faiblir, affaiblir.	flacatcea.
faim (avoir).	gosetcea.
faire.	eguitea,—artcea.
faire faire.	eguin araztea.
fâner.	histea.
fatiguer.	nekhatcea,—akhitcea.
faucher.	ebakitcea.
faufiler.	bastatcea.
favoriser	aldetcea.
fendre.	arrailatcea,—erdiratcea.
fermer.	cerratcea,—hestea.
feuiller, effeuiller.	hostatcea.
fier (se).	fidatcea.
finir, achever, terminer.	akhabatcea.
flatter, caresser.	lausengatcea, — balacatcea.
fléchir.	ematcea,—yaustea,—escuratcea.
flairer, sentir.	usaintcea, — usaintdatcea.
fleurir.	lilitcea,—loretcea.
fondre.	urtcea.
forcer, contraindre.	borchatcea,—herstea.
fortifier.	borthiztea,—hazcartcea.
fouetter, flageller.	azotatcea,— zafratcea.
fouler.	osticatcea.
fournir.	hornitcea.
frapper.	yoitea.
fréquenter.	hantatcea.
frotter, presser entre les mains.	murruscatcea.
fuir, s'enfuir.	ihes eguitea.
gagner.	irabaztea.
garantir.	oneguitea.
garder, surveiller.	ceintcea, — beguiratcea,—gnardiatcea.
gâter (se).	gastatcea.
glacer, geler.	hormatcea.

glisser.	lerratcea.
goûter, déguster.	yastatcea.
griller.	chigortcea.
grincer des dents.	hortz hirrikinatcea, — carrascatcea.
grogner, gronder, murmurer.	erastea,—larderiatcea.
habiller (s') s'endimancher, se vêtir.	beztitcea, — aphaintcea,—yaunstea.
hacher.	chehacatcea,—puscacatcea.
haïr, abhorrer.	hastiatcea.
harceler.	tirabiratcea.
hasarder (se).	menturatcea.
hâter (se), se dépêcher, se presser.	lehiatcea.
honorer.	ohoratcea.
incommoder, distraire, interrompre.	asaldatcea.
indiquer, désigner, marquer.	cracastea.
inquiéter.	khechatcea.
introduire, pénétrer.	sar araztea.
inviter.	gombitatcea, — gomitatcea.
irriter, agacer, exciter.	tirritatcea, — hirritatcea,—kitcicatcea.
jeter.	aurthikitcea.
joindre.	yuntatcea.
jouir.	gozatcea.
jurer	cineguitcea,—arnegatcea.
lâcher.	largatcea.
lamenter (se).	anhendatcea.
lancer.	botatcea.
lapider.	harricatcea.
laver, nettoyer, purifier.	ikhuztea, — garbitcea,—chahutcea.
lécher.	milicatcea.

lever (se).	chutitcea,—yaikitcea
lier.	lotcea.
lire.	iracurtcea.
loger.	aloguitcea.—ostalatcea.
mâcher.	mastecatcea,—chehatcea
maçonner.	asantatcea.
maîtriser, dominer.	nausitcea.
malade (tomber).	eritcea.
manger (avec précipita-tion), avec goût.	yatea (chiflatcea) ngna-flatcea.
manquer.	huts eguitea.
marcher.	ibiltcea,—erabiltea.
marquer, signaler.	scinalatcea.
massacrer, meurtrir.	sarraskitcea,--sakhaillat-cea.
mêler, mélanger.	nahasticatcea.
menacer.	mehatchatcea, - dichi-datcea.
mendier.	escatcea.
mener, emmener.	eramaitea.
mépriser.	arbuiatcea , mesprezat-cea.
mesurer.	izartcea.
mettre.	ezartcea.
moisir (se).	zurmintcea.
monter.	igaitea.
montrer, remontrer.	erakhustea.
moquer (se), railler, ba-diner.	trufatcea ,—burlatcea,—musicatcea.
mordre.	ausikitcea.
mouiller, humecter.	bustitcea,—hezatcea
moudre.	chaitea.
mourir.	hiltcea.
mûrir (trop).	ontcea (zorritcea).
nager.	iguericatcea.
naître.	sortcea.
négliger (se), se relâ-cher.	lazatcea, — banotcea, —naguitcea.

nier.	ukhatcea.
nommer (mentionner). proposer.	icendatcea (aiphatcea).
nouer.	corropilatcea.
nourrir, entretenir.	haztea.
noyer (se).	ithotcea.
nuire.	gaitz,—damu eguitea.
obtenir.	ardiestea.
offenser.	damustatcea.
offrir.	eskeintcea.
oindre.	gantzutcea.
opposer, contrarier.	contracatcea.
orner. embellir.	bereguintcea,—aphaint-cea.
oser.	atrebitcea,—ausartatcea
ôter, enlever.	kheatcea.
oublier.	ahanztea.
ourdir.	irazkitea.
ouvrir.	idekitcea, —idokitcea.
pacifier, se réconcilier.	bakhetcea,—adichkides-tea.
paître.	bazcatcea.
pâlir.	churpiltcea, — chuhailt-cea.
palper.	escustatcea.
panser.	lotcea.
pardonner.	barkhatcea.
parler, s'aboucher, cau-ser.	mintzatcea,—elhestatcea
partir, se mettre en route	abiatcea.
parvenir.	heltcea.
passer.	iragaitea.
payer.	pagatcea.
peigner.	orraztatcea.
pendre.	urkhatcea.
penser.	gogoratcea.
percer, trouer.	cilhatcea.
perdre.	galtcea.

permettre.	haizu uztea.
persuader,—convaincre.	sinhets araztea.
peser.	phizatcea.
pétrir.	orhatcea.
peur (avoir), faire.	icitcea,—harritcea.
piquer.	sistatcea.
pincer.	chimicatcea.
plaider.	litigatcea,—aucitan hart-cea.
plaindre (se).	errenguratcea ,—pleinit-cea.
plaire (se).	lakhetcea.
pleurer.	nigar eguitea, — auhen-datcea.
plonger.	pulunipatcea.
plumer.	biphiltcea.
polir.	leguntcea.
porter, apporter.	ekhartcea.
poser, reposer.	phausatcea.
pourrir, se gâter.	usteltcea,—hirotcea.
poursuivre.	yazartcea,—yarreikitcea.
préférer.	lehencatcea.
préparer.	apharailatcea.
prendre.	hartcea.
presser.	zaphatcea.
prétexter.	estacurutcea.
prier.	othoitztea.
priver (se).	gabetcea.
prix (baisser de).	mercatcea.
produire, mettre au jour.	arguitaratcea.
profiter, se prévaloir, utiliser.	baliatcea,—probechatcea
promener (se).	phasegatcea.
promettre.	aguintcea,—hitz emaitea
proportionner, convenir.	doitcea.
protéger.	estalpetcea, — guerizat-cea.
prouver.	phorogatcea.

publier, annoncer. — gaztiatcea,—famatcea,—publicatcea.

puer. — urrintcea,—urrindatcea.

puiser. — craustea.

pulvériser. — erhaustea.

punir, châtier. — gastigatcea.

racler. — kharracatcea.

racheter. — erresketatcea.

rafraîchir (se). — frescatcea.

ramasser, amasser, ré-colter. — biltcea.

ramener. — ekhar arazlea, — erakhartcea.

ranimer, animer, en-courager. — esporsatcea,—curaiestatcea.

rassasier (se). — asetcea.

rassurer (se). — descantsatcea, — segurtatcea.

rebuter, repousser, refu-ser, répugner. — guphidestea, — arbuiatcea.

recevoir. — errecebitcea,—ukhaitea.

recommander. — gomendiatcea.

récompenser. — saristatcea.

recouvrer. — cobratcea.

rectifier, redresser. — chuchentcea.

reculer. — guibeltcea.

refaire, renouveler. — arreguitea, — erreberritcea.

regarder. — behatcea,—so eguitea.

réjouir (se). — boztea,—bozcariatcea,—alegueratcea.

remercier. — eskher emaitea, — erremesiatcea.

se remiser, prendre gîte. — ohatcea.

remplir, emplir. — bethetcea, — mucurrutcea.

remuer. — higuitcea.

rencontrer. — suertatcea,—aurkhitcea, guerthatcea.

rendre.	bihurtcea.
renier.	arnegatcea.
répandre, disséminer.	ihaurtcea,—barraiatcea.
repentir (se).	dolutcea,—urrikitcea.
répandre.	ihardestea.
reposer (se).	phausatcea,—descantsat-cea.
requérir.	errekeritcea.
résister.	ihordokitcea.
respirer.	hats eguitea,—hartcea.
ressembler, sembler.	iduricatcea,— iduritcea.
retarder, différer.	guibelatcea.
retomber.	arcerortcea , — berriz erortcea.
se réunir.	elgarganatcea, - elgar-ganat biltcea.
revenir.	itzultcea.
réserver.	erresalbatcea.
rester.	egoitea.
réveiller (se).	iratzartcea.
rincer.	chaharratcea, — garbit-cea.
rider.	uzurtcea.
rougir.	gorritcea.
saisir.	bahitcea.
saler.	gacitcea.
salir (se).	cikhintcea, — hidoiztat-cea,—likhistea.
sarcler, biner.	yorratcea.
satisfaire.	askiestea.
savoir.	yakitea.
sceller.	ciguilatcea.
sécher.	idortcea.
secouer.	inharrostea.
secourir.	socorritcea.
séduire.	lliluratcea.
semer.	ercitea,—ere eguitea.
serrer, comprimer.	tinkatcea,—herstea.

sevrer.	antzutcea.
signaler, signifier.	seinalatcea.
soigner (se).	arthatcea, — mantenat-cea.
songer.	amets eguitea.
sortir.	yalguitcea, — ilkitcea,— atheratcea.
souder.	iratchekitcea.
souffrir.	pairatcea,—sofritcea.
soulager.	soleitcea,—descansatcea.
soutenir.	sustengatcea.
souvenir (se), se rappeler	gogoratcea,—orhaitcea.
sucer.	churgatcea.
suer.	icertcea.
suivre.	seguitcea,—yarraikitcea.
tacher, souiller.	thonatcea.
taire (se).	ichiltcea.
tarder.	berantcea.
tarir.	agortcea.
teiller, retirer le lin de dessous l'écorce.	bargatcea.
tenir.	atchikitcea.
tester.	ordenatcea.
tisser.	ehoitea.
tomber.	erortcea.
tondre.	murriztea,—murrichtea.
torturer.	estiratcea.
toucher.	hunkitcea.
tourmenter.	toleatcea, —thormentat-cea.
tourner, retourner.	itzultcea,—biratcea.
traîner.	herrestatcea.
traire.	diraistea,—egoskitcea.
trancher.	trencatcea.
transporter.	kharraiatcea.
travailler.	lanian artcea,—lantcea.
trébucher.	behaztopatcea.
trembler.	ikharatcea,--dardaratcea
tremper.	brensatcea.

tromper.	enganatcea.
troubler.	nahastea.
trouer.	chilatcea,—cilhatcea.
trouver.	edireitea ,—causitcea, aurkhitcea.
tuer.	hiltcea.
user, se servir.	egartea,—cerbitzatcea.
vacciner.	charthatcea.
vaincre (l'emporter).	bentzutcea,- garrhaitcea
vanter (se).	espantu eguitea.
vautrer (se).	osintcea.
vendre.	saltcea.
venir, arriver (faire venir)	yitea,—ethortcea (yin, ethor araztea).
venger (se).	mendecatcea.
verser, répandre.	ichurtcea.
vider.	hustea.
vieillir.	zahartcea.
viser.	beguiztatcea,—miratcea.
visiter.	ikhuscatcea, -bisitatcea.
voir.	ikhustea.
voler, s'envoler, s'éventer (faire voler).	airatcea,—hegaldatcea, - (haizatcea).
voler, dérober.	ebastea.
vomir.	goiticatcea, okhatcea.
vouloir, avoir envie.	nahitcea,—nahicatcea.

CHAPITRE VIII.   VIII CAPITULUA.

Adverbes, prépositions, conjonctions, interjections, périphrases les plus usitées.

Adverbes, prépositions, conjonctions, interjections, etc., deitcen diren eta maicenic guertatcen diren hitzac.

abondamment , amplement.	frangoki,—nasaiki.
à l'abri.	estalgunean,--maldan.-- atherian, leihorrean.

absolument.	baitezbada.
afin que.	arren,—amoregatic.
ah ! aïe !	ah ! aï ! atch !
ainsi.	holetan,—hola,—hala,—horletan.
ainsi que, tel que.	hala, nola.
ainsi soit-il.	halabiz.
alternativement, tour à tour.	aldizca.
en arrière.	guibelarat.
ailleurs.	bertcetan
d'ailleurs.	bertzalde.
allons ! allons !	hox ! hox !
alors (dès lors), (depuis).	orduan (ordutic),—(gueroztic).
anciennement, auparavant.	haraincinean,—lehenago
annuellement, par année	urthe oroz,—urtheca.
après.	guero,—landan,—ondotic.
après comme après.	guero gueroco guisa.
à présent (dès).	orai (oraidanic).
pour à présent.	oraicotz,—gargoro.
assez.	azki.
aujourd'hui (pour).	egun (egunco ou eguncotz).
auprès.	ondoan,—kantian, hurbil
aussi (bien).	ere,—hain (ongui).
autant, tant.	hoinbertce,—hambat.
tout autant.	hambatic, hambatean.
autant, d'autant.	cembatenaz, hambatenaz
d'autant plus.	hambatenaz guehiago.
autant qu'il dépend de moi.	nerc aldetic denaz becen batean.
autour (tout).	ingurunean (inguruca).
autrefois, jadis.	bertce orduz ,—lehen,—lehenago.
avant (en) (devant).	lehen,—(aitcinean) (aitcina.

assez.	azki, frango.
avec.	ki,—kin.
ayant.	duelarican.
en bas.	pean ,—beherean , az-pian.
beaucoup.	hainitz,—asco.
bien.	ongui untsa.
bien ou mal.	ongui, edo gaizki.
bientôt.	berehala.
tout de bon.	cin cinez.
brièvement, dans peu de temps.	laburzki.
en cachette.	gordeca.
car.	ecen.
à cause de	gatic.
en ceci, en cela.	huntan, hartan.
cependant, toutefois.	bizkitartean, hargatic, halarican ere.
certainement, vrai, vrai-ment.	eguiazki ,—eguia, —hain eguiaz.
certes , en vérité (oui certes).	eguiaz, -eiki (baiki, bai eiki).
c'est-à-dire.	erran nahi da,—baita.
pour ainsi dire.	hola, —horla erraiteco, horrela, etc.
chacun (un) (deux).	bakhotcha (bana) bina.)
cher.	garazti,—khario.
dans la bonne chère.	asepean.
combien.	cembat, -zombat.
comme (tout).	nola,—bezala (hala nola)
comment! (de quelle manière).	cer ! (cer moldez), nola.
conformément, selon.	arabera.
au contraire.	aldiz, - aitcitic.
dans.	an, -tan.
davantage, plus.	guehiago.
debout.	chutic.
en deçà, en delà.	hunatago, haratago.

dedans, dehors.	barnean, campoan.
en dehors, à l'exclusion de , hormis, sauf.	campo, — landan, — salbu, —lekhat.
depuis.	gueroz,—danic.
dernièrement, en dernier lieu.	azkenecoric,—askenic.
derrière.	guibelean.
dès que.	phondutic.
dessus (au), en haut.	gainean,—goiean.
dessous (au), sous.	azpian,—pean.
en dessous main, par.	escu,—ahur petic.
en détail	cheheki.
dit-on, dit-il (il est dit).	diote, dio (errana da).
donc (il n'y a donc pas).	beraz,—bada (ez da bada).
dorénavant, désormais.	hementic harat,—goiti.
doucement.	eztiki.
avec douleur.	minki.
sans doute, indubitablement.	duda gabe,—arauz.
droit, directement.	chuchen.
à droite et à gauche.	escuin eta ezkher.
il est dur.	latz,—gogor da.
durant.	diraueno.
à l'écart, au bord.	bazterrian.
à l'échange (en), réciproquement.	ordainez (trucadan).
en effet.	ala baiṇan.
également, aussi bien.	orobat,—igual.
en même temps.	orozbat.
eh bien.	eta bada.
encore, encore plus.	oraino,—are guehiago.
enfin, à la fin.	azkenean , — azkenecotz,—azkenic.
ensemble.	elgarrekin.
ensuite, puis.	guero.
sur ces entrefaites.	bitarte hartan.
envers, à l'égard.	alderat.

environ. — inguruna.

il ne faut pas s'étonner. — ez da miresteco.

et. — eta,—ta.

à l'étroit. — hertsiki,—hertsturan.

à tout événement. — guertha dadiena guertha

par exemple. — hala nola.

excepté, hormis. — salbu,—lekho.

à l'excès. — sobranioki.

exprès, de lui-même. — berariaz.

en aucune façon, nulle-ment. — nehola ere.

c'en est fait, c'est fini. — akhabo da.

qu'y faire ? point de pro-fit. — cer eguin ? ez da progot-churic.

fermement, sérieuse-ment. — fintki, cintki,—cin cinez

une fois. — behin,—aldi batez,—col-pez.

à la fois. — betan.

par force. — borchaz,—ecin bercez,—beharrez.

à force de. — borchaz, botherez.

fortement. — biciki, — borthizki, —sendoki,—tinki.

fort, très. — guciz,—tinki, -biciki,—arras.

gaiement, joyeusement. — arraiki, — bozki, — ale-gueraki.

avec goût. — gostuz.

de grâce, je vous prie. — othoi.

bon gré, mal gré. — nahi edo ez.

à son gré. — bere gogora.

guère. — hambat.

par hasard. — menturaz.

à la hâte, précipitam-ment. — lehiaz, — lasterca ,—tar-rapatan,—erresecan.

hautement. — goraki

hélas, malheureusement — ondicotz.

tout à l'heure, à l'instant.	orainchet, orai berean.
heureusement.	uruski.
hola hé !	hola hei !
ici, d'ici, par ici, par là, delà.	hemen, hementic, hantic
ici et là, par ici et par là.	han hemen ,--harat hunat.
il importe, qu'importe.	antsi da, — munta du , cer muntadu.
inopinément , à l'improviste , sans s'y attendre.	ustegabean.
jamais.	nihoiz,--seculan,--egundaino.
jusqu'à présent, jusqu'ici	orai dino,—hunartino.
jusqu'aujourd'hui , jusqu'à ce jour.	egun, — dino,—arteradino.
jusqu'alors, jusques-là.	orduartino, — orduarteraino, harartino.
d'aujourd'hui à demain.	egunetic biharrerat.
tous les jours.	egun oroz,—guciez.
de jour en jour.	egunetic egunerat.
lentement.	emeki, --baratche.
lestement.	zalhuki
longtemps, il y a, depuis.	aspaldi , aspaldi du, aspaddiz gueroz.
à loisir.	astiroki.
en quel lieu, endroit.	cer lekhutan.
loin.	hurrun.
de lui-même.	berenaz,—bere baitharic
mais.	bainan,—bena.
mal, plus mal, un peu plus.	gaizki, gaizkichago, gaizkichagotto.
maladroitement.	moldegaizki.
malgré (cela).	borchaz, -- gatic (halarican ere.
de quelque manière.	nolaizbait.

en mémoire de. — ariaz,—orhoitzpenetan.

même, la vérité même. — bera, eguia bera.

de même, aussi bien. — bardin, orobat,—guisa berean.

mêmement. — halaber,—hala hala.

à mesure que. — eredura, arauca.

à qui mieux mieux. — zoini hobekiago.

mieux. — hobeki,—hobiago.

tant mieux, tant pis. — hambat hobe, hambat gachto.

au moins, pour le moins. — bederen,—amench, gutienaz.

à moins que. — nun.

naturellement. — bere bidez,—bere-yitez.

néanmoins. — halere,—hargatic ere.

nécessairement, par besoin. — beharrez, — ecin bertcez,—premiazki.

dans une extrême nécessité. — premia premiazcoan, — behar handian.

de nouveau, une autre fois. — berriz,—bertce aldi batez.

oh ! — ala ! oi !

or donc. — eta bada.

ordinairement, communément. — comuzki.

ou. — edo.

où, d'où. — nun, — non, norat, nontic, nun gaindi.

oui, non, oui certes, oui dà. — bai, ez, baiki,—bai eiki.

par. — az.

pair ou impair. — biritchi edo baratchi.

quelque part (nulle part). — nombait (nihon ere).

à part, séparément. — berech,—berechki.

parce que. — ceren.

particulièrement, en particulier,—surtout. — bereciki, — particulazki, oroz gainetic.

10

partout, en tout lieu.	lekhu orotan,—orotan.
passablement, bien ou passable.	aski moldez, aldez edo moldez.
pendant.	artean.
à peine.	doidoia.
un peu haut ou bas.	pochi bat goiti edo beheiti.
peu (un).	guti,--guttito,—pochi,— puschca, — phuru, — aphur,—khotsu bat.
peu à peu, petit à petit.	emeki emeki,—baratche baratche.
peut-être, s'il le faut.	behar bada, menturaz.
cela peut être.	izan daite,—daiteke.
pis, pire—au pis aller.	gachtoago, — gachtoenaz ere.
par pitié.	urricalmenduz.
ce qui est plus (beaucoup plus).	guehiago dena (hainitzago).
tout au plus.	gorenaz ere.
de plus en plus.	guero eta guehiago.
au plus tôt.	lehen bai lehen.
le plus tôt possible.	ahalic lasterrena.
serait-il possible.	othe daiteke.
plaise à Dieu.	ochala,—aguian bai.
sur le point de.	co menean,—heinean.
pas, point.	batere.
à la portée.	aurkinan,—menean.
pourquoi.	certaco,—cergatic.
c'est pourquoi.	hartaco,—hargatic.
à peu près la même, le	halatsu,—orobatsu.
de près, près.	hurbiletic, hurbil,—menean.
en présence de, sous les yeux.	aincinean, ahurpeguian.
presque.	hurren,--casic,--abantzu
à propos, il convient.	guisa da.
prudemment, sagement.	zuhurki.

puisque.	gueroz.
quoi !	cer !
quand ! depuis quand.	noiz ! noiz danic,—noiz eta ere.
quelquefois, une fois ou autre.	noiz edo noiz, — aldi bat edo bertce, — cembait aldiz.
quoique, bien que.	nahiz.
il n'y a pas de quoi.	ez da ceren.
rarement	arradozki.
sans relâche.	soseguric gabe.
sans.	gabe.
au secours.	hel.
il semble.	badirudi, — iduri du ,— badu iduri.
si.	eia, baldin.
sobrement.	arruntki.
ce soir.	gaur.
soit.	nahiz.
au sortir.	lekhorat.
à souhait.	nahi bezala.
souvent (le plus).	usu, — maiz, — ardura (maicenic,—usuenic).
subitement, tout à coup.	betbetan, — colpez colpe,—tipustapa.
suivant.	arabera,—arauca.
de suite, sur-le-champ, (à la suite).	cuchian (seguidan).
tantôt.	ochtian,—sarri.
de temps en temps.	noicetic, noicerat, — noiztic noicean.
en même temps.	oroz batean.
à tâtons.	asmuca,—itsumandoca.
tête-à-tète, vis-à-vis.	bekhoz bekho, — burus buru.
en son temps, à l'époque	bere mugan,—bere tenorian.
quel temps fait-il ?	cer aro da ?

à tort, sans tort.	hobenekin, hobenic gabe
tiens, tenez *(sing)*.	to, ori.
à tort et à travers.	nola nahiden.
à son tour.	bere aldian.
toujours, pour.	bethi, bethicotz.
trop.	sobera.
vraiment, en vérité.	hain eguiaz,—eguiazki.
vers, à.	gana, ganat.
vite.	laster.
voilà, voici.	horra, huna.
volontiers, de bon cœur.	gogotic,—gogo onez.

MANUEL DE LA CONVERSATION

FRANÇAIS-BASQUE.

2me PARTIE.

BIGARREN PHARTEA.

DIALOGUES.

BITARTECO SOLASAC.

PREMIER DIALOGUE.

LEHEN BITARTECO SOLASA.

Du départ et du voyage.

Phartidaz eta bidaiaz.

Je viens vous donner congé, je dois partir demain.

Despeidaren emaitera heldu nautzu; phartitcecoa naiz bihar.

Et comment ? en voiture, — en bateau, — en chemin de fer, — par terre, —par eau, — par mer ?

Eta nola ? carroan, — bachetan, —burdinazco bidean, — leihorrez, —urez, —itsasoz ?

Je ne le sais trop.

Ez dakit sobera nola.

A quelle heure part-on en chemin de fer ?

Cer ordutan phartitcen da burdinazco bidean?

A toutes les heures; mais il faut y arriver un quart-d'heure d'avance ; vous le manqueriez autrement.

Oren guciez; bainan, harat heldu behar da oren laurden bat aincinetic ; bertcenaz, huts eguin cinezake.

Et quand part le bateau, —la diligence ?

Eta noiz doha bacheta, —carroa ?

Matin et soir.

Goicean eta arratz-aldean.

J'irais peut-être à meilleur marché en bateau ou en voiture, mais je trouve meilleure occasion et j'irai plus vite en chemin de fer.

Naski bai, merkechago yoan (gan) nintazke bachelez edo carroz, hainan, pharada hobeago aurkhitcen dut eta lasterrago yoanen naiz burdinazco bidean

Où allez-vous? si ce n'est pas trop vous demander.

Norat zohaz ? ez bada sobera zuri galde eguitea.

Je vais à Bayonne, — à Bordeaux.

Baionarat, — Bordelerat noha.

Combien de kilomètres y a-t-il d'ici là ?

Cembat da hemendic harat ?

Vous y arriverez en six heures.

Sei orenez harat helduco zare.

J'y serai donc pour l'heure de mon dîner ?

Beraz, bazcal orduco han izanen naiz ?

Au moins, avant la nuit.

Bederen, arratsa gabe.

Quel est le prix des places ?

Cer da lekhuen precioa ?

Aux premières, vingt francs ; aux secondes, quinze, et aux troisièmes, dix.

Lehembicicoetan, hogoi libera, bigarrenecoetan, hamabortz eta hirurgarrenecoetan, hamar.

Je veux aller aux premières.

Lehembicicoetan yoan gogo naiz.

C'est l'heure maintenant, faites vite.

Orai da tenora, laster eguizu.

Mes bagages sont - ils prêts ?

Nere trastuac pharatuac dire ?

Le garçon vous les descend.

Muthilac yausten daizkitzu.

Aurais - je rien oublié dans ma chambre ? jetez-y un coup-d'œil.

Deus ahantci othe duket nere guelan ? begui ukhaldi bat emozu.

J'ai tout fouillé ; vous pouvez vous en aller tranquille.

Guciac miratu ditut ; descantsu bazohazke.

Ah ! mon Dieu, j'ai oublié une commission.

Ah ! Yainco ona, mandatu bat ahantci dut.

Monsieur, voilà la voiture, montez ; vous n'avez pas de temps à perdre ; on ne vous attendra pas ; ne tardez plus.

Yauna, horra carroa, igan zaite ; ez duzu demboraric galtceco ; ez zaituzte igurikico ; ez guehiago berant.

Allons, je monte ; postillon, allez bon train ; faites aller lestement vos chevaux.

Hots, igaiten naiz ; carro zaina ! zohaz oin onean ; zure zaldiac yoan-arazkitzu zalhuki

Je vous mènerai comme le vent ; vous allez voir.

Haicea bezala eramanen zaitut ; ikhusico duzu.

Adieu, messieurs, mesdames.

Adios, yaunac, andreac.

Jusques à quand ?

Noiz artea dino ?

Jusqu'au mois prochain, s'il plaît à Dieu.

Helduden hilabetea dino, Yaincoac nahi badu.

Bon voyage.

Bidai on.

2me DIALOGUE.

Conversation en chemin de fer.

II BITARTECO SOLASA.

Burdinazco bidean yoatean eguin ditakeien solasa.

Hâtons-nous ; prenons nos billets.

Lehia gaiten ; gure billetac hart-ditzagun.

Entrons dans la salle d'attente.

Sart-gaiten igurikitceco lekhuan (salan).

Voilà le sifflet du départ.

Horro abiatceco histua.

Sortons vite et choisissons une bonne place.

Yalgui gaiten laster eta lekhu on bat hauta dezagun.

Venez ici, allons là; nous y serons mieux.

Zato hunat, goacen harat; han hobekiago izanen gare.

Oh! quelle longue file de wagons!

Oi! cer carro lerro lucea!

Fermez la portière, et arrangeons-nous au mieux.

Athea hets-zazu, eta hobekienic arrima gaiten.

Ah! si on nous laissait seuls.

Ai! bakharric uzten baguintuzte.

Ce sac vous incommode-t-il? je le mettrai sous le siége.

Zakhu hunec khechatcen zaitu? alkiaren azpian ezarrico dut.

Non; vous pouvez le laisser là-même.

Ez; hor berean utz-dezakezu.

Voulez-vous suspendre votre chapeau, — votre canne, — votre parapluie à ces lanières?

Nahi duzu zure capelua, — zure makhilla, — zure parasola uhal horietan dilingan ezarri?

Tout de même.

Orobat.

Voilà que nous partons.

Horra non garen abiatcen.

Avec quelle vitesse nous nous en allons!

Zoin zalhuki goacen!

Comme c'est bon de voyager ainsi!

Zoin on den horrela bidaiatcea!

On est mieux qu'en voiture.

Carroan baino hobeki dago.

Nous avons déjà parcouru une lieue.

Yadanic, leko bat bide eguin dugu.

Est-il possible?

Baditakea?

Nous sommes arrivés à la première station.

Lehen yauts-igan lekhurat ethorriac gare.

Entendez-vous le sifflet?

Histua aditcen duzu?

Voilà qu'il s'arrête.

Horra non baratcen den.

Tenez votre billet en main

Zure billeta atchic-azu escuan.

Pourquoi ?
Cergatic ?

Parce qu'on pourrait vous le demander.
Galda baiteza zukete.

Et, s'il m'arrivait de le perdre, qu'y aurait-t-il?
Eta, galtcera guertha balitzaut, cer lizateke ?

Vous payeriez de nouveau.
Berriz paga cinezake.

Avez-vous aussi le bulletin de vos bagages ?
Baduzu ere zure trastuen papera ?

Oui, je l'ai ; pourquoi ?
Bai, badut ; cergatic ?

Gardez-vous de le perdre ; vous en aurez besoin pour vous faire remettre vos colis.
Beguira gal ; bchartuco zautzu zure phusken itzul-arazteco.

Descendez, messieurs, mesdames, vous avez un quart-d'heure de repos.
Yaitz – zaitezte, yaunac, andreac, oren laurden baten phausua baduzue.

Allons – nous au buffet prendre quelque chose?
Bagoatci yateco lekhurat cerbaiten hartcera?

On nous y écorchera ; allons voir pour une fois.
Larrutuco gaituzte ; goacen aldi batetaco ikhustera.

Qui veut du bouillon, du lait, du rôti, du fruit ?
Norc nahi du salda, — esnea, — errekia, — fruitua?

Combien vous dois-je ? trente sous.
Cembat zaitut zor ? hogoi eta hamar sos.

C'est comme toujours ici très-cher.
Bethi bezala da hemen, arraz khario.

On sait bien profiter.
Ungui baliatcen badakite.

On veut nous faire payer le luxe des marbres et de la vaisselle.
Paga-araci nahi daucute marbre harrien eta bacheren edergailua.

On nous appelle, il faut remonter.
Deitcen-gaituzte ; berriz igan behar gare.

Il ferait bon de fumer après avoir mangé ;
Yan ondoan on lizateke pipatcea; khearen usai-

l'odeur de la fumée, vous fait-elle mal ? nac calte eguiten dautzu?

Pour moi, vous le pouvez; mais c'est défendu ; il y a des wagons réservés pour les fumeurs. Neregatic, eguin dezakezu ; bainan, debecatua da ; badire carro erresalbatuac piparientzat.

N'importe ; dès lors que vous me le permettez, je vais le faire, on ne s'en apercevra pas. Deus ez du munta ; zuc haizu uzten nauzunaz gueroz, eguitera noha; ez dire ohartuco.

Je veux vous donner une allumette. Su phizteco bat eman nahi dautzut.

Qu'est ceci? quel gouffre, quelles ténèbres tout-à-coup ! Cer da hau ? cer lecea, cer ilhumbeac, betbetan !

C'est un tunnel. Lurpeco bide bat da.

Comme c'est long. Zoin luce den !

Voici la sortie, voilà la lumière. Huna burua ; horra arguia.

Enfin je respire. Azkenean, hatsa hartcen dut.

Oh ! la belle campagne ; qu'en dites-vous ? Oi ! cer lur bazter ederra ! cer diozu hortaz ?

Quelle plaine ! quel plateau ! quelle vallée ! regardez ? Cer celhaia ! cer ordokia! cer harana ! beha zazu ?

Prenez garde, ne mettez pas ainsi la tête dehors, vous pourriez prendre mal. Guardia-emazu? ez burua campoan ezar horrela; min-hart dezakezu.

Comment donc ? Nola bada ?

En bien de cas, par exemple , quand deux convois se croisent; tenez, en voilà un qui arrive. Asco aldiz; hala nola : bi carro-tara khurutzatcen direnean; ori, horra bat heldu dena.

Où sommes-nous, maintenant ? Non gare orai ?

Près de Dax.

Akicetic hurbil.

Ce pays offre-t-il quelque chose de curieux à voir?

Herri horrec othe du deus ikhusgarriric erakhusteco?

Il n'y a rien de rare qu'une source d'eau chaude.

Ez da deus arradoric ithurri bero bat baicen.

Quel est ce pays?

Zoin da herri hori?

Je ne le sais pas.

Ez dakit.

Voici un beau château.

Huna yauregui eder bat.

Voilà de jolies maisons.

Horra etche pullit batzu.

Cette terre est bien grasse.

Lur hau ongui guicena da.

Ces prairies sont très-maigres.

Phentce horiec arras meheac dire.

Cet endroit est bien aride.

Lekhu hau ongui idorra da.

Quel pays sauvage! il ne fait pas bon vivre ici; je ne me plairais pas là.

Cer herri basa! ez da on hemen bicitcea; ez nintazke hor lakhet.

Comme le temps passe vite en causant; nous approchons du débarcadère.

Dembora zoin laster dohan solasian hariz; yautz-lekhurat hurbiltcen hari gare.

Avant de sortir d'ici et en vous faisant mes excuses, voudriez-vous me dire d'où vous êtes?

Hementic yalgui baino lehen eta barkhamendurekin, nahi dautazu erran nongoa zaren?

De Bordeaux, et vous monsieur, êtes-vous Français?

Bordelecoa naiz eta zu, yauna, Frantsesa zare?

Non, je suis Anglais.

Ez, Anguelesa naiz.

Où allez-vous?

Norat zohaz?

Je vais aux Eaux-Bonnes, et vous?

Ur Onetarat noha eta zu?

Moi, aux bains de mer.

Ni, itsas mainhuetarat.

Pour quand y arriverez-vous?

Noizco haratco zare?

Peut-être pour demain au soir.	Nazki bihar arratseco.
Combien de jours allez-vous y rester ?	Cembat egun han egoitecoa zare ?
Près d'un mois.	Hilabete bat hurbil.
Etes-vous marié ?	Ezcondua zare ?
Non, je suis garçon ; et vous, êtes-vous en famille ?	Ez ; ezcont-gai naiz ; eta zu, familiatua zare ?
J'ai cinq enfants, grâces à Dieu.	Bortz haur baditut, Yaincoari esker.
Où vous arrêtez-vous pour dîner ; voulez-vous descendre à mon hôtel ?	Non baratcen zare bazcariteco ; nere ostatuan nahi zare yautsi ?
Aussi bien, s'il est bon.	Orobat, baldin ona bada.
Vous n'y serez pas mal.	Ez zare han gaizki izanen.
J'aurais plaisir d'y être avec vous.	Atseguin nuke han zurekilan izaitea.
Nous voilà arrivés ; prenez en main votre billet et allons prendre au plus tôt nos effets.	Horra non garen helduac ; har-zazu escuan zure billeta eta goacen ahalic lasterrena gure trastuen hartcera.
Suivez-moi.	Segui nezazu.
Si cela est possible entrons dans une voiture.	Izan baditake, sart gaiten carro batean.

3me DIALOGUE.	III BITARTECO SOLASA.
Conversation en voiture.	*Carroan yoatean eguin ditakeien solasa.*

Montez, messieurs et mesdames, c'est maintenant l'heure du départ.	Igan zaitezte, yaun andreac, orai da abiatceco tenora.

Il n'y a pas de place pour madame à l'intérieur. — Andrearentzat ez da barnean lekhuric.

Je l'avais prise pourtant. — Bizkitartean, hartua nuen.

Il y en aurait assez en se serrant un peu ; quelqu'un de ces messieurs veut - il monter là-haut ? — Aski baditake hertsikichago pharatuz ; yaun horietaric norbaitec nahi du igan horrat goiti ?

J'y vais pour faire plaisir à cette dame et pour le bien de tous. — Banoha, andre horri atseguin eguitea gatic eta gucien ona gatic.

Monsieur, je ne saurais comment assez vous remercier. — Yauna, ez nakikezu nola esker aski bihurt.

Allez doucement, vous m'écrasez les pieds. — Zohaz eztiki ; zangoac lehertcen daitatzu.

Vous vous asseyez sur mon manteau. — Nere caparen gainean yartcen zare.

Vous m'étouffez avec vos larges crinolines. — Zure hegal zabalekin ithotcen nauzu.

Pardon, messieurs, laissez-moi d'abord bien m'installer. — Barkhatu, yaunac, utz nezazue lehenic ongui arrimatcera.

Voulez-vous que nous croisions nos pieds ? — Nahi duzu zangoac khurutza ditzagun.

Avancez un peu, vous me gênez. — Aincina zaite pochi bat ; pocholatcen nauzu.

Madame veut-elle se mettre au coin ? il est dit qu'il faut toujours céder la meilleure place aux dames et aux vieillards. — Andreac nahi du zokhoan pharatu ? errana da lekhuric hoberena andreri eta zaharreri eman behar zaiotela bethi.

Vous êtes bien poli ; merci, je suis bien ici. — Ungui ikhasia zare ; eskherric aski ; ongui naiz hemen.

Il m'est impossible de — Ez naiteke guehiago ain-

rester plus longtemps sur le siége de devant ; j'éprouve des vertiges ; voudriez-vous changer de place ?

cin aldean egon ; burzoratcen naiz ; nahi cinuke lekhuz khambiatu ?

Avec plaisir ; peu m'importe d'être devant ou derrière.

Atseguinekin ; bardin zaut aincin aldean ala guibelean izan.

Oh ! je m'endors.

Oha ! loac hartcen nau.

Est-ce que vous pouvez sommeiller en voiture ?

Lo eguin ahal dezakezu carroan ?

Très-bien.

Arras ongui.

Quel affreux chemin, quel cahotement !

Cer bide gaichtoa, cer balantza !

Quelle boue, quelle ornière !

Cer ichtila, cer intha !

Quelle poussière, quelle chaleur !

Cer erhautsa, cer beroa !

Il faudrait lever ce panneau, le vent souffle de ce côté, le soleil donne de celui-là.

Panel hori alchatu behar liteke, haiceac alde huntaric buhatcen du, iguzkiac bertce hortaric yoiten du.

Comme nous allons lentement.

Zoin emeki goacen.

Postillon, allez un peu plus vite ; à ce train nous n'arriverons jamais ; fouettez vos chevaux ?

Carro zaina, zohaci lasterchago ; oin huntan ez gare seculan helduco ; azota zaitzu zure zaldiac ?

Prenez garde à cette charrette qui approche ; qu'il ne nous arrive rien de fâcheux.

Guardia emozu hurbiltcen hari den orga horri ; guertha ez dakigun deus gaichtoric.

Nous descendons une côte rapide, placez le sabot sous la roue ou serrez les roues.

Patar chut bat behera bagoaci, ezar azu escalanpoina errotaren azpian edo errotac tinca-zaitzu.

Serons-nous vite rendus? | Laster helduco gare?
Oui, oui, bientôt. | Bai, bai, berehala.
Nous commençons à nous ennuyer ici. | Hemen unhatcen hasten gare.
Il n'y a plus qu'un quart-d'heure de chemin à faire. | Ez da guehiago oren laurden baten bidea baicic eguiteco.
Descendez, s'il vous plaît, et n'oubliez pas le postillon. | Yaits-zaiteste, placer baduzue, eta ez ahantz carro zaina.

4me DIALOGUE. | IV BITARTECO SOLASA.

Conversation en bateau. | *Bachetan yoatean eguin ditakeien solasa.*

Chut! on tire la cloche, faisons vite. | Cho! chilintcha yoiten dute, laster eguin dezagun.

Ne vous inquiétez pas, la distance est courte. | Ez zaitecela khecha; bidea laburra da.
C'est peut-être le troisième coup. | Naski hirur garren yo aldia da.
Le voilà en préparatif de départ. | Horra non abiatceco perpairuetan den.
Allons sur le devant. | Goacen aincin alderat.
Non; allons plutôt à l'arrière; vous ne voyez pas que le vent y envoie toute la fumée? | Ez; lehenago goacen guibelerat; ez duzu ikhusten haiceac khei gucia harat botatcen duela?
C'est vrai; je ne m'en apercevais pas; cette fumée nous y aveuglerait; allons là-bas. | Hala da; ez nintcen hortaz ohartcen; khei horrec, hau, itsu guinintzazke; goacen harat.

Non - seulement pour cela, mais encore parce | Ez choilki hortaco, bainan oraino, itsasoco que nous y attraperions le mal de mer plus facilement qu'aux premières.

mina, han, lehembicicoetan baino errechkiago harrapa guineza keielacotz.

Capitaine, à combien les premières ?

Maechtroa, cembana lehembicioac ?

Vingt francs ; et y compris la nourriture, quarante francs.

Hogoi libera ; eta yana harne ezarriz, berrogoi libera.

Combien donnez-vous de repas ?

Cembat yantordu emaiten ditutzu ?

Deux ; et le déjeûner en outre.

Biga ; eta gosaria bertzalde.

Combien de jours resterons-nous en mer, à peu près ?

Cembat egun itsasoan egonen gare, aphur bat goiti behiti ?

Trois jours.

Hirur egun.

Regardez, comme la mer est belle ; quel beau spectacle !

Beha zazu ; itsasoa zoin eder den ; cer gauza ikhusgarria !

On dirait que la terre fuit loin de nous.

Erran ditake lurra gutaric urrun ihes dohala.

Promenons sur le pont, j'ai besoin de prendre l'air.

Zubiaren gainean pasega gaiten, aire hartce beharretan naiz.

Qu'avez-vous ? vous pâlissez.

Cer duzu ? churpiltcen ari zare.

Je ne sais pas trop ; j'ai mal à la tête et aux reins.

Ez dakit sobera ; buruan eta erreinetan min dut.

Prenez une tasse de thé avec une goutte d'eau-de-vie.

Dute presa bat hartzazu aguardient chorta batekin.

Aïe ! la tête me tourne, j'ai mal au cœur ; une cuvette, je vous prie, vite.

Ai ! burua itzulica arizait, bihotcean min dut ; charro azpico bat, othoi, fite.

Français	Basque
Quoi ! déjà, la mer étant si calme.	Cer ! yadanic, itsasoa hoin ezti izan eta.
Ah ! mon Dieu ! je suis perdu, je me meurs !	Ah ! yainco ona, galdua naiz, hiltcen ari naiz !
Soyez tranquille ; personne ne meurt de ce mal.	Zaude descantsu ; ez da nehor hiltcen gaitz hortaric.
Je souffre horriblement ; il me semble que je vais cracher mes boyaux.	Ikharagarriki sofritcen dut ; iduritcen zaut tripac atheratu bèhar zaitala.
Cela vous passera au bout de deux jours.	Bi egunen buruco hori iraganen zautzu.
Quel vent impétueux !	Hauche da haice borthitza !
La mer devient houleuse.	Itsasoa gaichtatcen ari da.
Ne craignez rien ; ce vent nous est favorable ; nous arriverons plus tôt au port.	Ez deusen beldurric izan ; haice hau alde dugu ; lasterrago porturat helduco gare.
Qu'apercevons-nous là-bas ?	Cer ikhusten dugu hanhanchet ?
Je crois que c'est la terre ferme.	Uste dut leihorra den.
Cela doit être ; je vois les cimes des montagnes.	Hala behar da izan ; mendien puntac ikhusten ditut.
A moins d'accident, nous serons ce soir en ville.	Guerthacariz campo, gaur hirian izanen gare.
Nous y approchons.	Harat heltcen ari gare.
Que Dieu soit béni.	Yaincoa dela benedicatu.
Débarquons.	Barkutic yalgui gaiten.

Pour demander ses ba-
gages, les faire visiter
et montrer son passe-
port.

—

A moi, monsieur, mes
  bagages, voici mon
  bulletin.

Chacun à son tour;
  mettez - vous en file;
  quels sont vos baga-
  ges ?

Trois colis : une malle,
  un sac et un porte-
  manteau.

Comme c'est ennuyeux,
  vraiment, d'attendre
  ainsi !

Ne vous inquiétez pas,
  messieurs, c'est l'af-
  faire de près d'un
  quart-d'heure.

Ici, messieurs, faites-
  nous voir vos effets.

Encore de la perte de
  temps.

N'avez - vous rien con-
  tre les lois ?

Que dois-je payer pour
  ces objets ?

Cinquante centimes; en-
  trez, payez au rece-
  veur et demandez-lui
  un reçu.

Vous n'avez rien autre

Bere trastuen galdegui-
teco, ikhus - arazteco
eta bideco paperaren
erakhusteco.

—

Neri, yauna, nere tras-
  tuac, huna nere pa-
  pera.

Bakhotcha, bere aldian,
  lerroan phara-zaitezte;
  zoin dire zure tras-
  tuac ?

Hirur phusca : khutcha
  bat, sakhu bat eta
  capa untci bat.

Zoin unhagarri den,
  eguiazki, horrela igu-
  rikitcea !

Ez zaiteztela, yaunac,
  khecha, oren laurden
  baten gora behera da.

Hunat, yaunac, erakhus
  zuen trastuac.

Oraino dembora galtcea.

Ez duzue deus legueen
  contracoric ?

Cer pagatu behar dut
  gauza horientzat !

Hamar sos : sar zaite,
  paga diozozu, errecebit
  doreari eta galdeguin-
  ozu errecebit bat.

Ez duzu deus bertceric

chose à déclarer ? don-
nez moi vos clefs.

Les voilà ; je vous prie,
congédiez - moi vite ;
j'ai besoin de m'en
aller absolument.

J'ai besoin de tout fouil-
ler d'abord ; c'est là
mon devoir.

C'est fini ! grâces soient
rendues à Dieu ; ce
n'est pas trop tôt.

Encore une autre corvée!
la feuille de route à
montrer.

Vos passeports, mes-
sieurs !

D'où venez-vous ? où al-
lez-vous ? à quel hô-
tel descendez - vous ?
C'est bien ; on vous le
rendra demain.

aithorceco ? zure ga-
khoac emadaitzut.

Borra non diren ; othoi,
laster despei-nezazu ;
yoan beharra naiz ,
baitezbada.

Lehenic, guciac ero be-
har ditut miratu ; ho-
ri da nere eguinbi-
dea.

Akhabo da ! Yaincoac
eskherrac dituela ; ez
da goizegui.

Oraino bertce lan bat !
bideco papera era-
khusteco.

Zure pasaportac, yau-
nac !

Nondic heldu zare ? no-
rat zohaz ? zoin osta-
tutan yaizten zare ?
Ongui da ; bihar bi-
hurtuco dautzute.

6me DIALOGUE.

VI BITARTECO SOLASA.

*Pour accompagner un
étranger qui vient d'ar-
river jusqu'à son hôtel.*

*Arrotz ethorri berri bat
bere ostatarat - dino
laguntceco.*

Qui veut monter en voi-
ture ?

Pas moi, je préfère aller
à pied.

Garçon, veux-tu venir
m'accompagner ?

Avec plaisir, monsieur.

Norc nahi du carroan
igan ?

Ez ni ; oinez nahiago dut
ibili.

Muthil, nahi haiz nere
lagun ethorri ?

Atseguinekin, yauna.

Voilà mes effets, prends-les.	Horra nere trastuac; hartzkic.
Où est votre domicile ? où faut-il vous accompagner ?	Non da zure egoitza ? norat lagundu behar zaitut ?
A l'hôtel Saint-Etienne.	Don Estebeco hotelerat.
Ce n'est pas loin.	Ez da urrun.
Aussi bien à l'hôtel du Commerce ; peu m'importe.	Comercioco hotelerat, orobat ; bardin zautac.
Vous ne serez pas mal logé à l'un comme à l'autre ; ce sont les meilleurs de la ville.	Ez zare gaizki ostatatua izanen batean nola bertcean ; hirico hoberenac dire.
Ils en ont la réputation.	Fama halacoa ditec.
Venez-vous de loin, monsieur ?	Urrundanic heldu zare, yauna ?
De Paris,—de Bordeaux.	Parisetic, — Bordeletic.
Vous venez de quitter de bien belles villes.	Hiri ederric utciric heldu zare.
La vôtre n'est pas du tout mal, ce me semble.	Zuena ez duc batere gaizki, nere iduriz.
Elle est petite, mais jolie.	Ttipia da, bainan pulitta.
Elle est assez renommée.	Askitto aiphatua duc.
Ses alentours sont beaux.	Bazter ederrac ditu.
Les étrangers s'y plaisent, disent-ils, beaucoup.	Arrotceri lakhetcen zaiotec hemen, diotenaz, hainitz.
Vous allez rester ici quelques jours, ou bien allez-vous plus loin ?	Hemen zombait egun egoitecoa zare, ala urrunago zohaz ?
Demain, je voudrais m'en aller aux Eaux-Bonnes,—aux bains de-mer.	Bihar, nahi nintazkec yoan Ur Onetarat, — itsas mainhuetarat.
Nous voilà arrivés, monsieur.	Huna non garen helduac, yauna.

Que te faut-il pour salaire ?	Cer behar duc saritzat ?
Ce que vous voudrez, monsieur.	Nahi duzuna, yauna.
Tiens une pièce ; te suffit-elle ?	To pheceta bat ; aski zauc ?
Oui, monsieur ; j'en suis satisfait ?	Bai, yauna, bazaut aski.
J'ai l'honneur de vous saluer.	Errespeturekin salutatcen zaitut.
Adieu, garçon, jusqu'à mon retour.	Adios, muthil, nere itzul eguna dino.

7me DIALOGUE.

VII BITARTECO SOLASA.

Pour aider un étranger dans ses recherches.

Cerbaiten onduan dabilan arrotz baten laguntceco.

Que cherchez-vous, monsieur ? que demandez-vous ?	Ceren bilha zabiltza, yauna ? nor galdatcen duzu ?
Indiquez-moi, je vous prie, la demeure de tel ?....	Erakhuts dezadazut, othoi, hulacoaren egoitza ?
Volontiers ; après avoir tourné la rue, à la première porte, au second ; mais je crains que vous ne le trouviez pas à la maison.	Gogotic ; carrica itzuli ondoan, lehen athean, eta bigarrenean ; bainan, beldur naiz ez duzula etchean aurkhituco.
Quand donc pourrai-je lui parler ?	Noiz bada mintza dezaket ?
A midi précis.	Eguerditan chuchen.
Par où va-t-on à la porte d'Espagne ?	Nondic yoaten da Espainiaco portalerat ?
Montez la rue, prenez à gauche et puis à droite.	Zohaci carrica gora, har zazu ezkher eta guero eskhuin.

Où trouverai-je une auberge pour passer la nuit ?

Non aurkhituco dut ostatu bat gabaren iragaiteco ?

Tenez, en voici une vis-à-vis; en voilà une autre au bout de cette rue; vous y serez également bien dans toutes les deux.

Ori, huna bat bisian bis; hara bertce bat carrica hunen buruan; bietan bardin ongui izanen zare.

Je voudrais voir l'église, le château, l'hôtel de ville; où sont-ils ?

Nahi nintuzke eliza, gastelua, hirico etchea ikhusi; non dira ?

Voulez-vous que je vous y accompagne ?

Nahi duzu harat laguntzaitzadan ?

Vous me ferez grand plaisir.

Atseguin handia eguinen dautazu.

Veuillez me dire quel est le chemin que je dois prendre pour aller à Biarritz, car je me suis egaré ?

Erradazut, othoi, zoin bide hartu behar dutan Biarritcerat yoateco, ecen errebelatu naiz ?

Revenez sur vos pas; venez par ici; allez par là; d'ici vous avez plus court; de là c'est plus long; allez tout droit.

Guibelerat itzul zaite; zato hemen gaindi; zohaci hor gaindi; hemendic laburrago duzu; hortic luceago da; zohaci chuchen chuchena.

Ce chemin est-il bon ?

Bide hori ona da ?

Il est passable; il y a un peu de boue.

Askitto ona da; baltsa guti bat bada.

Où trouverai-je une voiture, un cheval pour faire un voyage?

Non aurkhi nezake carro bat, zaldi bat bidai baten eguiteco ?

Si vous le voulez, j'enverrai mon garçon pour demander s'il y en a ?

Nahi baduzu, igorrico dut nere muthila badenez galde-eguitera ?

Vous êtes trop bon.	Oneguia zare.
Où vend-t-on ici des habits confectionnés, — des souliers, — des gants ?	Non saltcen dira, hemen, beztimenda osoac, — zapetac, — escu larruac ?
Là-bas, dans ce grand magasin, au défilé de cette rue, auprès de ce monsieur que vous apercevez.	Han-hauchet, botiga handi hartan, carrica hunen bazterrean, ikhusten duzun yaun harren ondoan.
Mille fois merci.	Mila eskher.
Il n'y a pas de quoi.	Ez da ceren.

8me DIALOGUE.	VIII BITARTECO SOLASA.

Pour louer une maison de campagne.	*Bazter etche bat aloguimenduz hartceco.*

Je voudrais louer une petite maison de campagne ; y en aurait-il par ici ?	Nahi nuke bazter etchetto bat aloguimenduz hartu ; bai othe ditake nombait hemen ?
Où la voudriez-vous ?	Nunago nahi cinduke ?
Non loin de la ville.	Ez hiritic urrun.
Au bord de l'eau ou bien sur un coteau ?	Ur bazterrean ala bizcar batean ?
Peu m'importe, pourvu qu'il y ait bon air.	Deus ez zaut munta, baldin eta han aire ona bada.
J'en sais une qui vous conviendra, peut-être, à un quart-d'heure de chemin.	Badakit bat, behar bada, ongui causituco duzuna, oren laurden baten bidean.
Le chemin qui y conduit est-il bon ? est-il carrossable ?	Harat daraman bidea ona da ? carroz yoan ditake ?
Je crois que oui.	Uste dut bai.

La maison est-elle de belle apparence ?	Etchea itchura onecoa da ?
Elle est très-jolie, mais un peu petite.	Arras pullita da, bainan ttipitoa.
Comment est-elle bâtie ?	Nola da eguina ?
Toute en pierre de taille.	Dena harri phicatuz.
A-t-elle beaucoup de pièces ?	Badu pheza hainitz ?
Toutes celles qu'il vous faut.	Behar ditutzun guciac.
A-t-elle belle vue ?	Bichta ederra badu ?
Des plus belles.	Ederrenetaric.
A-t-elle jardin, parterre, verger, pré, bois?	Badu baratceric, liliteguiric, sagardiric, phentceric, oihanic?
Il y a de tout.	Orotaric bada han.
Y a-t-il de jolies promenades, de belles campagnes ?	Bada han pasegu lekhu pulittic, bazter ederric ?
Les plus belles de ces environs.	Ingurune hotaco ederrenac.
Y a-t-il de bonne eau ?	Bada han ur onic?
Excellente.	Arraz ona.
L'église est-elle éloignée ?	Eliza urrun da ?
Assez près.	Aski hurbil.
Combien vaudrait-elle ?	Zombat duke balio ?
Vous le saurez là même; vous devez d'abord la voir.	Han berean yakinen duzu; lehenic, ikhusi behar duzu.
Je ferai un bail de neuf ans pour la bonne saison.	Bederatci urtheenzat aferman hartuco dut sasoi oneco.
Vous vous arrangerez avec le maître de la maison.	Etcheco yaunarekin componduco zare.
Quel jour voulez-vous que nous allions la voir ?	Zoin egunez nahi duzu yoan gaiten haren ikhustera ?

Le jour que vous choisirez sera le mien.	Zuc hautatuco duzun eguna nerea izanen da.
Demain même.	Bihar berean.
Soit. A demain.	Boha. Bihar dino.

———   ———

9me DIALOGUE.

IX BITARTECO SOLASA.

Pour louer un appartement.

Etche pharte bat aloguimenduz hartceco.

———   ———

Je suis en quête d'un appartement pour moi et pour ma famille; savez-vous s'il y en a quelqu'un de vide ?	Etche pharte baten galdez nabila neretzat eta nere familiarentzat; badakizu badenez batere hutsic ?
De quel genre le demandez-vous ?	Cer guisatacoa galdatcen duzu ?
Je voudrais deux chambres à coucher, un salon et la cuisine.	Nahi nintuzke etzateco bi guela, sala bat eta cocina.
Les voulez-vous meublés ou non garnis ?	Nahi ditutzu betheac ala hutsac izan diten ?
Oui, — non, et de plus, s'il est possible, un jardin ou une cour pour mes enfants.	Bai,—ez, eta berzalde, izaiten ahal bada, baratcebat edo barrio bat nere haurrentzat.
Quant au manger, comment désireriez-vous être ?	Yatecoaren gainean, nola nahi cinuke izan ?
Je m'en chargerai moi-même ou je ferai porter du restaurant.	Nerone cargatuco naiz hortaz edo odstatutic ekhar-aracico dut.
Vous ne préféreriez pas qu'on vous nourrit là même.	Ez cinuke nahiago han berean haz citzaten.
Aussi bien, pourvu que la nourriture soit pro-	Orobat baldin eta yatecoa garbia eta gostu

pre et de bon goût.

onecoa izaiten bada.

Vous faut-il du bois, du linge, de l'argenterie?

Baduzu, egur, linya, cilharreriaren beharric ?

Il me suffit d'avoir du bois, j'ai tout le reste.

Askico dut egurra; gaineracoancrorec badut.

Eh bien ! il me semble que vous trouverez ce que vous demandez dans une maison que je vais vous faire voir.

Eta bada, iduritcen zaut galdeguiten duzuna kausituco duzula ikhus-aracico dautzutan etche batean.

Allons-y tout de suite, si vous avez du loisir pour m'y accompagner

Goacen orai berean, baldin astiric baduzu harat nere laguntceco.

La voilà ; ça vous va-t-il?

Horra non den; ongui zautzu ?

L'escalier est bien rapide; cela m'est égal; quel en est le prix ?

Eskelerac ongui chutac dire; bardin zaut ; cer du precioa ?

Combien de jours y resterez-vous ?

Cembat egun hemen egonen zare ?

Quelques semaines.

Zombait aste.

Vous payerez trente francs par semaine; est-ce trop ?

Pagatuco duzu hogoi eta hamar libera asteco; sobera da ?

C'est votre dernier prix ?

Hori da zure azkhen precioa ?

Je ne puis vous le donner à moins.

Ez dezakezut gutiagotan eman.

C'est fait, je le prends ; je vais y faire transporter mes malles ce soir même.

Eguina da, hartcen dut; banoka nere klrutchen kharraia - arazterat gaur berean.

Je pourrai donc dès ce moment enlever l'écriteau de dessus la porte ?

Beraz orai-danic khent dezaket izkirioa athearen gainetic.

Assurément, oui.	Bai, segurki.

10me DIALOGUE.

Pour demander une chambre dans une auberge.

X BITARTECO SOLASA.

Ostatu batean guela bat galdeguiteco.

Portier, pourrais je-loge^r ici ce soir ? je voudrais une chambre à un lit,—à deux lits.	Athe zaina, ukhan dezaket, hemen, gaurco aloguimendua ? nahi nuke guela bat ohe batetacoa, — bi ohetacoa.
Entrez, monsieur,—madame, s'il vous plaît. Il nous est arrivé tant de monde aujourd'hui que je ne sais pas s'il reste une seule chambre libre; attendez un moment dans cette salle.	Sart-zaite, yauna, — andrea, placer baduzu, hoinbertce yende egun ethorri zaucu non ez baidakit bai-othe-den guela bakhar bat hutsic ; igurik-azu memento bat sala hortan.
Allez voir, faites vite, dépêchez-vous.	Zohaci ikhustera, laster eguizu, lehia zaite.
Oh ! la belle pièce ! si le reste est à l'avenant, je ne suis pas mal tombé.	Oi ! cer pheza ederra ! gaineracoa holacoa bada, ez naiz gaizki erori.
Monsieur, il nous reste encore une chambre.	Yauna, oraino guela bat guelditcen zaucu.
Où est-elle ?	Non da ?
Au troisième, du côté de la rue.	Hirurgarrenean, carrica alderat.
C'est un peu haut; mais, à la guerre comme à la guerre; faites-la-moi voir, montons.	Gorachco da ; bainan, guerlan guerlaco guisa ; erakhus-dezadazut, igan gaiten.

La voilà, qu'en dites-vous ?

Huna non den ; cer diozu ?

Elle n'est pas admirable ; mais que faire s'il n'y en a pas d'autre.

Ez da miragarria ; bainan, cer eguin, ez bada bertceric.

Peut-être demain nous pourrons vous faire coucher dans une plus belle chambre ; prenez-vous celle-ci pour ce soir ?

Behar bada, bihar, guela ederrago batean, etzan-araz ahal citzakegu ; hartcen duzu han gaurco ?

Oui, je m'y arrête.

bai, hemen baratcen naiz.

Le lit est-il bon ?

Ohea ona da ?

Personne ne s'en est plaint jusqu'ici.

Orai artean nehor ez da hortaz arranguratu.

A quelle heure le déjeûner, — le dîner, — le souper ?

Cer ordutan da hascaria, — bazcaria, — afaria ?

Nous vous préviendrons.

Abisatuco zaitugu.

Apportez-moi un bain de pieds, un verre d'eau sucrée et un pot d'eau pour me laver.

Ekhar zazut oinetaco mainhu bat, baso bat ur eta asucre eta ikhuzteco charro bat ur.

Tout de suite ; pas autre chose ?

Berehala ; ez deus bertceric ?

Après vous me décrotterez les souliers et vous me brosserez les habits.

Guero, garbituco daitatzu zapetac eta beztimendac escurilatuco.

Vous les laisserez devant la porte ; la fille viendra les prendre.

Athe aincinean utcico ditutzu ; nescatoa ethorrico da hekien bilha.

En cas de besoin, où sont les lieux ?

Behartcera heldu banaiz ere, non dire comoditateac?

Là-bas ; dans ce coin.

Han-hanchet ; zokho hartan.

C'est assez ; à tantôt.

Aski da ; sarri-dino.

11ᵐᵉ DIALOGUE.   XI BITARTECO SOLASA.

Pour remiser un cheval,   *Zaldi bat, carro bat at-*
*   une voiture.*   *   atherbean ezarteco.*

Où y a-t-il, ici, une re-   Non da hemen, aberen
mise ?   atherbe bat ?

Là, dans cette cour, à   Hor, barrio hortan, esk-
droite.   huin.

Appelez le garçon d'écu-   Establia zaina deit-azu.
rie.

Oh ! garçon, où êtes-   Oi, muthil, non zare ?
vous ?

Me voici.   Huna ni.

Prenez-moi ce cheval.   Hart - dezadazut zaldi
                               hau.

Attendez, monsieur, je   Igurik-azu, yauna, yais-
vous aiderai à des-   ten laguntduco zaitut.
cendre.

Otez-lui les brides et   Khen - zoitzu bridac eta
placez-les en bon lieu.   alchazkitzu   lekhu
                               onean.

Faut-il aussi lui enlever   Saltokia ere khendu bela selle?   har zaio ?

Pas encore ; il est tout   Ez oraino ; icerdi dago
suant.   osoki.

Que faut-il lui donner à   Yatera cer eman behar
manger ?   zaio ?

Donnez - lui d'abord du   Lehenic emocozu belhar
foin et de la paille, et   eta lasto, eta guero,
puis, après que vous   edan - araci duzun
lui aurez fait boire,   ondoan, emanen dio
vous lui donnerez l'a-   zu zaldarea.
voine.

Il aura tout cela, comme   Diozun bezala, horiec
vous dites.   oro ukhanen ditu.

Soignez-le bien.   Artha-zazu ongui.

Vous pouvez me le con-   Nere gomendioan uzten
fier.   ahal duzu.

Je ne sais pas s'il est déferré; vous le regarderez.

Ez dakit despherratua den; behatuco diozu.

S'il le faut, je le mènerai chez le maréchal.

Behar baldin bada pherratzailearen ganat eramanen dut.

Avez-vous aussi une remise pour ma voiture?

Nere carroarentzat ere baduzue atherberic?

Oui, Monsieur.

Bai, yauna.

Qui ferme à clef?

Gakhoz cerratcen dena?

Oui.

Bai.

Baissez la capote et voyez si elle est en bon état.

Aphal-azu estalguia eta ikhus-azu molde onean denez.

Soyez tranquille, je ferai tout ce que vous me dites.

Zaude descantsu, zure erran guciac eguinen ditut.

Je vois que vous connaissez bien votre devoir : je vous récompenserai comme il faut.

Ikhusten dut zure eguinbidea ongui ezagutcen duzula : behar den bezala saristatuco zaitut.

Quand devez-vous partir?

Noiz yoatecoa zare?

Cet après-midi, — ce soir, — demain, — à la fin de cette semaine.

Arrats-alde huntan, — gaur, — bihar, — aste, hunen hundarrean.

C'est bien.

Ongui da.

Holà hé! garçon?

Holà hé? muthil?

Plaît-il, Monsieur?

Cer placer duzu, yauna?

Préparez-moi ma voiture, — ma monture.

Phara-zazut nere carroa, — nere azpicoa.

Tout est prêt, Monsieur.

Guciac pharatuac dire, yauna.

Quels sont les frais?

Cer dire gastuac?

Dix francs pour le foin et l'avoine, quatre francs pour le maréchal, cinq francs pour la remise, en tout dix-

Hamar libera belharraren eta zaldarearentzat, laur libera pherratzailearentzat, bortz libera atherbearentzat,

neuf francs.

orotan hemeretci libera.

Les voilà ; et tenez ceci pour votre pour-boire.

Horra non tutzun eta ori hau zure edateco saritzat.

Merci, Monsieur ; je n'en vois pas souvent comme vous.

Eskherric aski ; ez dut maiz ikhusten zu bezalacoric.

Adieu, garçon.

Adios, muthil.

Bon voyage, Monsieur, prenez garde de prendre mal.

Bidai on, yauna, beguira min-hart.

12me DIALOGUE.

Pour demander à manger ou à boire.

XII BITARTECO SOLASA.

Yatera edo edatera galdeguiteco.

Pourriez-vous me donner à déjeûner, — à dîner, — à souper, — à manger — à boire ?

Eman dezadakezut hascaritera, — bazcaritera, — afaritera, — yatera, — edatera?

Volontiers, monsieur, — Madame, que désireriez-vous prendre ?

Gogotic, yauna, — andrea, cer hartu nahi cinuke ?

Apportez-moi une tasse de thé, — de chocolat, — de café, — du beurre, — du fromage, — un bol de lait, — deux œufs à la coque ou frits.

Ekhar dezadazut dute, — chocolat, — café presa bat, — burra, gasna, — esne gophor bat, — bi arroltce cuscuan edo friguituac.

Tout de suite, Monsieur, mettez-vous à table, — approchez; — êtes-vous seul ; — voulez - vous être à part ou avec les autres ?

Berehala, yauna phara zaite mahaian, — hurbil zaite: — bakharric zare ; — berech ala bertcekilan izan nahi zare ?

Cela m'est égal.

Bardin zaut.

Monsieur, voudriez-vous

Yauna, nahi cintazke ur-

vous éloigner, — vous écarter, — changer de place ; — venez ici, — reculez, — avancez,— ôtez-vous de là, vous serez beaucoup mieux ici.

rundu, — baztertu,— lekhuz aldaratu,— zato hunat, — guibela zaite, — aincina zaite ;— khent-zaite hortic, hobekiago izanen zare hemen.

Je suis bien ici ; hâtez-vous, j'ai faim.

Ongui naiz hemen ; lehia zaite gose naiz.

Voici ce que vous demandez.

Huna zuc galdeguiten duzuna.

Cela ne me suffit pas.

Ez zait hori aski.

Que désirez-vous encore plus ?

Cer nahi duzu oraino guehiago ?

Avez-vous du bouillon,— de la soupe, — du potage aux choux, aux haricots, aux pommes de terre ?

Baduzue saldaric, — zoparic, — azazco, ilharrezco, lur sagarrezco eltcekiric ?

Je pense qu'il y en a.

Uste dut baden.

Avez-vous du bouillon, — de la sauce ?

Baduzue egosiric, — salsaric ?

Tout est fini.

Guciac akhabatuac dire.

Et du rôti, du ragoût ?

Eta errekiric, yusecoric ?

Oui, il y en a, et de toutes sortes et pour tous les goûts.

Bai, hortaric bada eta guisa gucietaric éta gostu gucientzat.

Quoi donc ?

Cer bada ?

Nous avons du jambon, des saucisses, des boudins, des pieds de porc, des côtelettes, du rognon, des ris de veau, de la langue de bœuf, du filet, de la cervelle, du poulet, du chapon, du canard, du mouton...

Badugu chingar, chauchicha, odolgui, urde chango, saihets hezur, guelzurrin, aratche irris, idi mihi, azpizun, buru fugna, oillasco, gaphoin, ahate, cikiteki...

Assez, assez, il y en a plus qu'il ne m'en faut; coupez-moi un morceau de filet, une cuisse et une aile de poulet.

Aski, aski, bada hor nic behar dutan baino gu ehiago; phica deza dazut azpizun phuscabat, oillasco ichter eta hegal bat.

Voulez-vous du gibier? Nous avons de la perdrix et de la bécasse.

Nahi duzu ihicikia? Badugu epher eta pecada.

C'est assez pour cette fois.

Askida aldi huntaco.

Et du poisson? sardine, saumon, truite, goujon, thon, rousseau?

Eta arrainkia? chardina, izokina, amarraina, charboa, atuna, arrasoila?

Je n'aime pas le maigre.

Ez dut mehea maite.

Faut-il vous apporter du pâté, de la crème, du caillé, du breuil?

Behar dautzut phazticic, builliraric, gaztamberaric, cemberanic ekharri?

Non pas de tout; je goûterai seulement du breuil, puisqu'il y en a.

Ez orotaric; choilki cemberatic yastatuco dut, hartaric denaz gueroz.

Que voulez-vous pour dessert? du fromage, de la confiture, des pommes, des poires, des pêches, des châtaignes, des noix, des noisettes, des figues, des prunes, des raisins, des fraises, des cerises, quoi?

Cer nahi duzu hundarreco? gasna, errechimeta, sagarrac, udareac, merchicac, gaztainac, intzaurrac, hurrac, phicoac, adanac, mahatsac, marhubiac, guereciac, cer?

Apportez-m'en quelque chose.

Ekhar dezadazut cerbait horietaric.

Voulez-vous du pain

Nahi duzu ogui churia,

12

blanc, du pain bis ou de la méture ?

herresa ala arthoa.

Du pain blanc, ça va sans dire.

Ogui churia, erran gabe doha.

Et quelle sorte de breuvage ? de l'eau, de la piquette, du cidre, du vin, du vin du pays, de Bordeaux ? de quoi ?

Eta cer edari suerte ? ura, mineta, pitarra, arnoa, herrico arnoa, Bordelecoa ? zointaric

Il y a là de quoi choisir ; de l'eau et du vin du pays ; cela me suffit.

Bada hor certaric hauta; ura eta herrico arnoa, bazait aski.

Monsieur veut-il du café, de l'eau-de-vie ?

Yaunac nabi du caferic, aguardientic ?

Oui, certainement; en même temps, portez-moi le compte.

Bai segurki ; oroz batean ekhar dezadazut khondua.

Monsieur, vous n'avez pas fait de grands frais; c'est trois francs.

Yauna, ez duzu gastu handia eguin ; hirur libera da.

Voilà une pièce de cinq francs, donnez-moi le reste.

Horra bortz liberaco bat, emadazut gaineracoa.

A quelle heure le dîner, — le souper ?

Cer ordutan da bazcaria, — afaria ?

A midi,—à cinq heures.

Eguerditan , —bortz orenetan.

A tantôt donc.

Sarri dino beraz.

—

13me DIALOGUE.

Conversation à table.

XIII BITARTECO SOLASA.

Mahaian eguin ditakeien solasa.

—

Combien fait-on payer, ici, par tête, pour un bon dîner ?

Bazcari on batentzat zombat, buruco, paga-arazten dute hemen ?

On paie bien, mais aussi on fait bonne chère.

Ongui pagatcen da, bainan ase onic ere eguiten da.

Messieurs, la soupe est à table.

Yaunac, zopa mahaian da.

Allons, descendons, — montons.

Goacen, yaitz-gaiten, — igan gaiten.

Il manque une serviette, une cuiller, un couteau.

Escas da cerbieta bat, coillira bat, ganibeta bat.

Appelons la serveuse.

Deit-dezagun cerbitzaria

Asseyons-nous, prenons nos places.

Yart-gaiten, hart-ditzagun gure lekhuac.

Avez-vous de l'appétit?

Baduzu yanbideric?

Passablement.

Askitto.

Voudriez-vous partager la soupe?

Nahi cinuke zopa phartitu?

Tout de même.

Orobat.

Oh! la bonne soupe!

Oi! cer zopa ona!

Elle a bon goût.

Gostu ona du.

Si vous le voulez, je m'en vais dépecer cette poule.

Nahi baduzu, banoha oillo horren zathicatcera.

Oui, je le veux.

Bai, nahi dut.

En voulez-vous un petit morceau?

Nahi duzu phuscatto bat?

Donnez-m'en bien peu.

Emadazut gutitto bat.

Seriez-vous assez bon d'approcher la salière, le sucrier.

Aski ona cinitazke gatz untciaren, asucre untciaren hulbiltceco.

Serveuse, il nous manque du pain ; du pain ! entendez-vous? Allons donc, et puis, de l'eau fraîche.

Cerbitzaria, oguia escas dugu; oguia! aditcen duzu? Hots bada, eta guero ur frescoa?

Monsieur mangera-t-il de ce poulet?

Yaunac yanen du oillasco huntaric?

Tant soit peu.

Den gutiena.

Encore un peu plus. — Orainic guehichago.

J'en ai assez. — Badut aski.

Et vous, madame, que préférez-vous, une aile ou une cuisse? — Eta zuc, andre, cer nahiago duzu, hegal bat ala ichter bat?

Ni l'une ni l'autre. — Ez bat ez bertcea.

Vous ne mangez rien. — Ez duzu deus yaten.

J'ai déjà beaucoup mangé. — Yadanic hainitz yan dut.

Bah! ce rôti est brûlé. — Bah! erreki hau errea da.

Ce ragoût est trop salé. — Yuseco hau sobera gacitua da.

Cette sauce a trop de poivre. — Saltsa hunec sobera bipher du.

Quel couteau émoussé! il ne coupe plus; il a besoin d'être aiguisé. — Cer ganibet muthitsa! ez du guehiago phicatcen, chorrostearen beharra badu.

Puis-je vous offrir à boire? — Edatera eskeint dezakezut?

Ce vin est fort bon. — Arno hau net ona da.

A votre bonne grâce, monsieur! — Zure gracia onari, yauna?

Pareillement, à votre santé. — Gauza bera, zure osagarriari?

Pardon, messieurs et mesdames, si je vous quitte. — Barkhatu, yaun andreac, uzten bazaituztet.

Quoi! si vite. — Cer! hoin fite.

Une affaire importante m'appelle dehors. — Eguiteco premiatsu batec camporat galdeguiten nau.

Au revoir donc, monsieur. — Berriz ikhus-artean beraz, yauna.

14me DIALOGUE.
Sur le lever.

—

Qui est là ? qui frappe là

C'est moi, monsieur, puis-je entrer ?

Oui, entrez ; la clef est à la serrure ; elle est ouverte ; qu'est-ce qu'il y a ?

Comment ! vous êtes encore au lit?

Quelle heure est-il ?

C'est l'heure de se lever.

Je ne le savais pas.

Levez-vous ; il est dix heures; le temps perdu ne se rattrape pas aisément.

Vous ne répondez pas ; oh ! le paresseux : il s'est rendormi ; réveillez-vous donc ? Si vous demeurez ainsi au lit, je ne puis faire mes ouvrages.

Donnez-moi la paix ; je n'ai pas fermé l'œil pendant toute la nuit ; je me suis couché trop tard.

Dites plutôt qu'il est doux de rester la matinée au lit.

Allons, je vais me lever ; ouvrez les volets.

XIV BITARTECO SOLASA.
Yaikitcearen gainean.

—

Nor da hor ? nor ari da hor yoca ?

Ni naiz, yauna, sart-ninteke ?

Bai, sart-zaite ; gakhoa cerrapoan da ; idekazu ; cer da ?

Cer ! oraino, ohean zaude?

Cer tenor da?

Yaikitecco ordua da.

Ez nakien.

Yaiki zaite ; hamar orenac dire ; dembora galdua ez da berriz errechki harrapatcen.

Ez duzu iherdesten ; oi ! alferra : berriz loac hartu du ; irartzar zaite bada ? Horrela ohean baldin bazaude, ez ditzazket nere lanac eguin.

Bakhea emadazut ; gau gucian ez dut beguiric cerratu ; berantegui etzan naiz.

Lehenago errazu gozo dela goiztiria ohean eguitea.

Hots, yaikitcera noha ; leihoac idek-aitzu.

Avez-vous besoin de quelque chose ?

Cerbaiten beharric badu-zu ?

Apportez-moi mes souliers et de l'eau chaude pour me raser.

Ekhar-aitzut nere zapetac eta ur beroa bizarra-ren phicatceco.

Et puis ?

Eta guero ?

Rien ; allez-vous-en ; je vais m'habiller.

Deus ; zohaz hortic ; bez-titcera noha.

—

15me DIALOGUE.

XV BITARTECO SOLASA.

Sur le coucher.

Etzalearen gainean.

Monsieur veut-il aller se coucher?

Yaunac nahi du yoan et-zatera?

Oui, tout de suite, donnez-moi une chandelle.

Bai, berehala, emadazut gandera bat.

Veut-il que je l'accompagne jusqu'à sa chambre ?

Nahi du bere guela-dino lagunt-dezadan ?

Aussi bien ; marchez devant moi.

Orobat ; ibil zaite nere aincinean.

Êtes-vous satisfait de votre journée ?

Zure egunaz aski-etsia zare ?

Comme ci, comme ça ; je suis bien fatigué.

Hala hula ; ongui nekha-tua naiz.

Avez-vous eu beaucoup d'affaires ? vous êtes-vous bien amusé?

Eguiteco hainitz izan duzu? ongui yostatu zare ?

Bien plus qu'hier.

Atzo baino guehiago hai-nitz.

Voilà votre chambre, monsieur.

Huna zure guela, yauna.

C'est bien, merci.

Ongui da ; eskerric aski.

Avez-vous tout ce qu'il vous faut, voici le pei-gne, la brosse, les al-

Baditutzu behar ditut-zun guciac, huna or-racea, eskubilla, buru_

lumettes, le serre-tête, le pot à eau.	coa, su philztecoac, charro ura.
Tout y est ; vous pouvez vous en aller.	Oro hor dira ; bazo hazke.
Voyez bien si vous avez assez de couvertures ?	Beha-azu ongui eia baduzun estalgui aski?
Il y en a suffisamment.	Bada frango.
Veuillez me donner vos chaussures, pour que je les nettoie.	Ema-aitzut zure oinelacoac, garbi ditzaetan.
Les voilà, prenez-les ; vous les laisserez devant la porte.	Horra non tutzun ; hart-zaitzu ; athe aincinean utcico ditutzu.
A quelle heure faudra-t-il vous éveiller ?	Cer ordutan beharco zaitugu atzar-araci?
A six heures précises.	Sei orenetan chuchen.
Ça suffit ; à demain.	Aski da ; bihar-dino.
Bonne nuit.	Gau on.

16me DIALOGUE.	XVI BITARTECO SOLASA.
Pour écrire ou faire écrire une lettre.	*Lettra baten izkiriatceco edo izkiri-arazteco.*
Quand arrive le courrier ?	Noiz ethortcen da letra kharrearia?
Vous attendez quelque lettre ?	Cerbait letra igurikitcen duzu ?
Oui ; et quand part-il?	Bai ; eta noiz doha ?
Vous avez besoin d'écrire ?	Izkiriatu behar duzu ?
Vous faut-il quelque chose ?	Baduzu deusen beharric?
Je porte toujours mon écritoire dans ma poche, mais je n'ai pas de plume.	Nere izkiri-untcia nere zarpan bethi dabilat, bainan ez dut lumaric.
Je vous en donnerai une;	Bat emanen derautzut

la voulez-vous en fer?

nic; nahi duzu burdi-nazcoa ?

Cela m'est égal; mon encre est un peu blanche; en avez-vous de plus noire?

Orobat zaut; nere thinta churicheo da ; baduzu beltzagoric ?

Je crois que oui; je chercherai.

Uste dut bai; miratuco naiz.

Voilà; la trouvez-vous bonne ?

Horra ; ona zautzu ?

Excellente.

Arras ona.

Avez-vous le papier qu'il vous faut ?

Behar duzun papera baduzu ?

Oui, merci. Auriez-vous un cachet ?

Bai, eskerric aski. Ciguilu bat bacinuke ?

Je vous le porte.

Ekhartcen dautzut.

Je l'ai finie ; voudriez-vous la jeter à la poste?

Akhabatu dut ; nahi cinduke letrateguira botatu?

J'y vais tout de suite sans perte de temps.

Berehala banoha demboraric galdu gabe.

Vous faites bien ; un peu plus tard serait peut-être trop tard.

Ongui eguiten duzu ; berant-chago behar ba-da berantegui lizateke.

Faut-il l'affranchir?

Frantchitu behar da ?

Non ; jetez-la telle qu'elle.

Ez ; bota-zazu den bezala.

Que demandez-vous, monsieur?

Cer galdatcen duzu yauna?

Voudriez-vous m'écrire une lettre?

Nahi cinuketa letra bat izkiriatu ?

De bien bon cœur; à qui ? et de quoi s'agit-il ?

Bihotz onez ; nori? eta certaz datza?

Je voudrais lui faire dire qu'il vienne dîner demain chez moi. .

Nahi nioke gaztiatu bihar nere etcherat ethor dadiela bazcaritera.

C'est une bonne nouvelle que celle-là ; et s'il ne peut venir, que faut-il lui dire ?

Berri ona da hori ; eta ez baditake ethor, cer erran behar zaio ?

Quand je pourrais le voir.

Noiz ikhus dezakedan.

Et pour quelle raison ?

Eta cer arrazoinez ?

Que j'ai absolument besoin de lui parler d'une affaire.

Baitezbada eguiteco batez mintzatu behar niotzala.

Et après, quoi de plus ?

Eta guero, cer guchiago?

Rien ; mes compliments.

Ez deus; nere gorainteiac.

C'est assez ; elle sera faite pour ce soir.

Aski da ; gaurco eguina izanen da.

Je viendrai la chercher moi-même.

Nerone ethorrico naiz bilha.

17me DIALOGUE.

XVII BITARTECO SOLASA.

Pour voir une ville et ses environs.

Hiri bat eta haren ingurunen ikhusteco.

Combien de temps faudra-t-il pour voir les curiosités de la ville et des environs ?

Cembat dembora beharco da hirico eta ingurunetaco gauza ikhusgarrien ikhusteco ?

Si vous désirez voir les places, les promenades, les tableaux, la bibliothèque, les églises, les châteaux, les hôpitaux, vous en avez pour toute une journée.

Nahi baditutzu ikhusi plazac, phasegu lekhuac, erretaulac, liburuteguia, elizac, yaureguiac, ospitaleac, egun oso batetaco baduzu.

Seriez-vous assez bon pour me les faire voir?

Azki ona cinitazke hekien niri erakhus-arazteco ?

Oui, monsieur, pour vous être agréable ; veuillez, je vous prie, me suivre.

Bai, yauna, zuri agradatcea gatic; segui nezazu, othoi ?

Vous êtes bien serviable.

Cerbitzu eguile zalu zare.

Voici la plus belle rue de la ville : qu'en dites-vous ?

Huna hirico carricaric ederrena : cer diozu huntaz ?

Elle est large et bien alignée.

Zabala da eta ongui zucen eguina.

Les trottoirs sont bien commodes pour marcher.

Galtzadac ongui onac dire ibiltceco.

Voilà de beaux magasins !

Horra botiga eder batzu !

Belle devanture ; intérieur spacieux ; belles marchandises !

Aincin ederra ; barne handia ; saltceco gauza ederrac !

Voici la rivière.

Huna ur handia.

Les bords en sont charmants.

Bazterrac charmagarriac ditu.

Et que dites-vous de ce pont ?

Eta zubi hortaz cer diozu ?

Tout en pierre de taille ; il est fort beau.

Dena harri phicatuz, biciki ederra da.

Voyez ces navires.

Beha zozute untci horieri.

Il y a là beaucoup de mouvement.

Bada hor harat-hunata frango.

Voyez-vous sur ce coteau un village ?

Ikhusten duzu bizcar hartan herrichca bat ?

Il a l'air d'être joli.

Pulittaren iduria badu.

Et là-bas, cette verte forêt ?

Eta haranchet, oihan pherde hura ?

Qu'est-ce cela ?

Cer da hura ?

C'est un pignadar ; c'est ainsi qu'on le nomme ici.

Pinadera bat da ; horrela deitcen dute hemen.

C'est un peu trop loin ; il est dommage que je n'aie point le temps d'y aller.

Urruntchegui da ; damuric ez baitut harat yoateco astiric.

Vous feriez une belle promenade.

Phasegu eder bat eguin cinezake.

C'est possible ; mais

Baditake ; bainan, lehe-

voyons d'abord les églises et les châteaux ?

nic, ikhus ditzagun elizac eta yaureguiac ?

Il n'y a rien de curieux dans les châteaux ; ils sont très-vieux ; mais les églises sont fort belles.

Ez da deus ikhusgarriric yaureguietan; arraz zaharrac dire; aldiz, elizac biciki ederrac dire.

Voyons-les.

Ikhus ditzagun.

En voici une toute neuve à deux clochers.

Huna bat berri berria bi dorretacoa.

Comme elle est belle et faite avec symétrie !

Zoin ederra den eta yuntki eguina !

Voilà la cathédrale ; elle est antique ; elle date de la domination des Anglais.

Horra eliza handia ; aspaldicoa da ; Anguelesac nagusi ciren demboran hasia da.

Elle est bien remarquable ; voyons l'intérieur.

Ongui ikhusgarria da ; beha diozogun barneari ?

Maintenant, faisons un tour, si vous voulez, à notre belle promenade.

Orai, nahi baduzu, itzuli bat eguin dezagun gure phasegu lekhurat.

Allons-y, et puis, j'en aurai assez.

Goacen harat, eta guero izanen dut aski.

C'est une des plus belles de France.

Franteiaco ederrenetaric bat da.

Oh ! c'est vrai.

Bai othe! hala da bai.

Asseyons - nous sur ce banc, vous devez être fatigué.

Alki huntan yart gaiten, nekhatua behar zare izan.

Nous devons nous retirer.

Itzuli behar gare

Comme vous voudrez.

Nahi duzun bezala.

En vérité, votre ville est un petit Paris.

Hain eguiaz , zuen hiria Parise ttikitto bat da.

Vous n'êtes pas le seul qui le dites. D'autres aussi

Ez zare bakharra hola diozula. Bertcec ere e-

la trouvent belle comme vous et s'y plaisent.

derra zuc bezala aurkhitcen dute eta hemen lakhetcen zaiote.

Je vous dois des remerciements.

Eskherrac zor deraizkitzut.

De rien, monsieur.

Deusez, yauna.

—

18me DIALOGUE.

XVIII BITARTECO SOLASA.

—

Pour faire une promenade.

Phasegu baten eguiteco.

—

Voulez-vous venir vous promener ?

Nahi duzu ethorri phasegatcera ?

Allez-vous faire un grand tour ?

Itzuli handi bat eguitera zohaz ?

Non ; tout petit.

Ez ; ttikitto bat.

Dès lors, je vous accompagne.

Gueroztic, laguntcen zaitut.

Comment y allons-nous ? à pied, à cheval, en voiture ?

Nola goaci? oinez, zaldiz, carroz ?

Je ne suis pas habitué au cheval.

Ez naiz trebe zaldiz.

Prenons une voiture.

Hart-dezagun carro bat.

Il y aurait trop de retard.

Luzamen sobera lizateke.

Allons à pied.

Goacen oinez.

Je suis un mauvais marcheur ; mais, soit, à pied.

Ibiltzaile tcharra naiz, bainan boha oinez.

Où irons-nous ?

Norat yoanen gare ?

Prenons le côté que vous voudrez.

Nahi duzun aldea hartdezagun.

Nous ne devrions pas paraître au milieu de la foule ; je la déteste.

Ez guintazke yendepean aguertu behar ; hastio dut.

Vous avez raison; je suis comme vous: je me plais mieux dans la solitude. — Arrazoina duzu; zu bezala naiz; hobeki lakhenteen zait bakhartasunean.

Quand partons-nous? — Noiz abiatcen gare?

A présent même. — Orai berean.

Prenons nos parapluies, en cas de mauvais temps. — Hart-ditzagun gure pharasolac, dembora gaichtoa eguiten badu ere.

Mettons-nous au soleil; il ne fait pas trop chaud. — Iguzkian phara gaiten; ez du sobera bero eguiten.

Non; marchons à l'ombre; nous serons beaucoup mieux; nous ne suerons pas autant. — Ez; itzalean ibil gaiten; hainitz hobekiago izanen gare; ez gare hainbertce icertuco.

Ne marchez pas si vite. — Ez hain laster ibil.

Je vais toujours trop vite. — Bethi lasterregui noha.

Je suis déjà fatigué; donnez-moi le bras. — Yadanic nekhatua naiz; emadazut besoa.

Reposez-vous un peu. — Phausa-zaite aphurtto bat.

J'en ai bien besoin. — Arras behartua naiz.

Voulez-vous prendre quelque chose? — Nahi duzu cerbait hartu?

Avez-vous rien porté avec vous? — Deusic ekharri duzu zurekilan?

Comme vous le dites, rien; j'ai oublié; mais il y a ici une auberge. — Diozun bezala, deus; ahantci dut; bainan bada hemen ostatu bat.

Entrons-y; nous allons demander à manger, — à boire. — Sart-gaiten; galdatuco dugu yatera,—edatera.

Sortons; comme les chemins sont sales! — Yalgui gaiten; bideac zoin cikhinac diren!

En effet, il y a beaucoup — Bai eiki, lohi hainitz

de boue; il faut marcher sur la pointe des pieds. — bada; sangoen puntan ibili behar da.

Il va commencer à pleuvoir. — Uria hastera doha.

Mettons-nous à l'abri. — Eman gaiten atherbean.

Quel contre-temps! — Cer nahigabeco dembora!

Comme on glisse! — Nola lerratcen den!

Prenez garde de tomber! — Beguira zaite erortcetic!

La pluie cesse; voilà une éclaircie, profitons; faisons vite; d'ailleurs, il est temps de nous retirer. — Uria baratcen da; huna atheriarte bat, balia gaiten; laster eguin dezagun; bertzalde, itzul ordu dugu.

Malgré cette maudite pluie, nous avons fait une bonne promenade. — Uri madaricatu horren gatic, phasegu on bat eguin dugu.

Une autre fois, nous serons plus heureux. — Bertce aldi bathez, urusago izanen gare.

Ainsi soit-il. — Halabiz.

19me DIALOGUE. — XIX BITARTECO SOLASA.

Sur le jeu de cartes. — *Carta yocoaren gainean.*

Aimez-vous à jouer aux cartes? — Maite duzu carta yocoan artcea?

Un peu, pour m'amuser et pour tuer le temps. — Aphur bat, yostatceco eta dembora hiltceco.

A quel jeu jouons-nous? — Cer yocotan artcen gare?

A celui que vous voudrez, peu m'importe. — Nahi duzun yocotan, bardin zaut.

Vous êtes fort en tout? — Orotan hazcar zare, zu?

Pas beaucoup. — Ez hambat.

Demandons une table, un jeu de cartes et des jetons. — Galda dezagun mahai, bat, carta pare bat eta tantoac.

A combien jouons-nous? — Cembana ari gare?

A 5 c., à 25 c., c'est assez; à 50 c. ce serait trop. — Sos bana, bortzna sos, bada aski; hamarna sos, sobera liteke.

C'est vrai; au delà, le jeu deviendrait un amusement dangereux. — Hala da; handic goiti, yocoa yosteta lanyerosa bilhaca lizateke.

Voyons à qui sera à faire cartes? — Ikhus dezagun nori izanen den carten eguitea.

A qui l'aura plus forte? — Handiena duenari?

Levez, monsieur. — Alcha zazu, yauna.

C'est à vous à faire; mêlez-les bien, coupez et jouons tout de bon. — Zuri da eguitea; nahaskitzu ongui, copa-zazu eta gaiten-ar cin cinez.

Il sera permis de faire des signes à son partenaire et de parler. — Haizu izanen da bere lagunari kheinuen eguitera eta minzatcera.

Vous les avez mal données; il y a une carte de retournée; à refaire. — Gaizki eman ditutzu; bada carta bat itzulia; berriz eguin.

Faites-y attention. — Khasu-emozu.

Combien avez-vous de jeux, de points? — Zombat yoco ditutzu; zombat phondu?

Nous avons gagné. — Irabaci dugu.

Vous avez perdu. — Galdu duzu.

Changeons de place. — Lekhuz khambia gaiten.

Jouons alternativement. — Gaiten-ar aldizca.

J'ai la tête échauffée. — Burua berotua dut.

J'en ai assez; cessons. — Badut aski; bara gaiten.

Pas encore; donnez moi la revanche. — Ez oraino, emadazut arraenya.

Ce sera la dernière; il est tard; il est temps de nous en aller. — Azkena izanen da; berant da; yoan ordu dugu.

C'est fini ; qu'avez-vous gagné?

Akhabo da ; cer irabaci duzu?

Et vous, qu'avez-vous perdu ?

Eta zuc, cer galdu duzu?

Pas grand'chose.

Ez gauza handiric.

Cela vaut mieux , car le jeu a des chances malheureuses.

Horrela hobeki da, ecen yocoac adarrac makhur ditu.

20me DIALOGUE.

XX BITARTECO SOLASA.

Sur la chasse, la pêche, le jeu de paume.

Ihiciaren, arrantzaren, pilotaren gainean.

Allons-nous à la chasse ?

Bagoaci ihicira ?

Avez-vous un bon fusil, une bonne meute de chiens ?

Baduzu chizpa on bat, zakhur alde on bat ?

Oui ; et vous, avez-vous de la bonne poudre ?

Bai ; eta zuc, baduzu bolbora onic ?

Aussi.

Bai eta ere.

Où irons-nous ?

Norat yoanen gare ?

Il y a des lièvres et des bécasses à une lieue d'ici, dans une forêt.

Badira erbiac eta pecadac hementic leko bat bidetan, oihan batean.

Allons-y.

Goacen harat.

Nous sommes fatigués ; reposons-nous.

Nekhatuac gare ; phausa gaiten.

Revenons ; il est près de midi ; j'ai faim.

Itzul gaiten ; eguardi phonduan da ; gosetua naiz.

Nous ferons un bon dîner, si nous avons le temps de faire plumer notre gibier.

Bazcari on bat eguinen dugu, baldin dembora badugu gure ihicien biphil-arazteco.

A peine arriverons-nous pour une heure.

Doidoia oren batetaco ethorrico gare.

Irons - nous cet après-midi à la pêche au bord de la mer ?

Yoanen gare arratzalde huntan arrantzalat itsas bazterrerat ?

Vous voudriez peut-être du poisson frais pour souper ?

Nahi cinduke naski arrain fresco afariteco ?

Non pas précisément ; mais je voudrais m'amuser aussi l'après-midi.

Ez bada preseski ; bainan yoztatu nahi nintazke cre arrats-aldean.

Nous irons demain à la pêche, allons ce soir jouer à la paume.

Bihar arrantzalat yoanen gare ; goacen gaur pilotan artcera.

C'est un bel amusement que le jeu de paume.

Yosteta ederra da pilota yocoa.

Quand on joue avec mesure ; car, passer mesure nuit au corps.

Izariz yocatcen dencan ; ecen, izariz goiti gorphutzarentzat caltecor da.

Jouerons-nous au blé, au rebot, à la longue ?

Bleca, errabotean ala lachoan arico gare ?

Comme il vous plaira.

Placer duzun bezala.

Avec le gant ou à main nue ?

Escu larruz ala escu hutz ?

Vous aurez le choix.

Hautua izanen duzu.

Tête à tête, deux à deux, ou quatre à quatre ?

Buruz buru, birazca ala laurnazca ?

Nous verrons tantôt si nous aurons des compagnons.

Sarri ikhusico dugu eia lagunic ukhanen dugun.

Que dites-vous du nouveau procédé de prendre la balle que Melchior nous a importé en France et que le petit Mathieu Borotra a si bien appris, l'em-

Cer diozu pilotaren atchikitceco molde berriaz, Melchiorrec Frantcialat ekharri daucunaz eta Mathiu Borotra ttikiac hoin ongui ikhasi duenaz, yokari guciac

13

portant sur tous les joueurs par la justesse de son coup d'œil et la beauté de son jeu?

gairrhaitcen dituela bere begui ukhaldi zucenaz eta bere yoco ederraz?

Les uns l'agréent; d'autres aiment mieux l'ancien mode de jouer des Dassance, Perkin, Gascoina, qui consiste à faire glisser la paume dans le gant.

Batzuec onhesten dute; bertce batzuec maiteago dute Azantza, Perkin eta Cascoinaren yokatceco leheneco moldea zoina baitatza escularru barnean pilotaren lerraraztea.

Commençons.

Has gaiten.

Voyons à qui sera le premier à jouer.

Ikhus dezagun nori izanen den lehenic yokatcea.

Pair ou impair?

Bakotchi ala biritchi?

Tête ou croix?

Khurutce ala pil?

Je n'en peux plus; je suis éreinté, je suis brisé.

Ez naiteke ar guehiago; erreinetaric ecindua naiz, ehoa naiz.

Nous achèverons une autre fois.

Bertce aldi batez akhabatuco dugu.

———

21ᵐᵉ DIALOGUE.

XXI BITARTECO SOLASA.

Le salut et la bien venue à un ami, à une connaissance.

Agurra eta ongui ethorria adichkide bati, ezagun bati.

———

Je vous salue, Monsieur, — madame.

Agur, yauna, andrea.

Salut, jeune homme, — jeune fille, — garçon, — fillette, — enfant; soyez le bien venu.

Agur, guizon gaztea, — nezcato gaztea, — muthilla, — nescatcha, — haurra; ongui ethorri zarela.

Comment êtes-vous?

Nola zare?

Bien, — très-bien, et vous ? — Ongui, — arras ongui, zurearen galde?

Je vais asez bien, Dieu merci, et chez vous, tous se portent bien ? — Aski ongui noha, Yaincoari eskher eta zure etchean, guciac ongui ekhartcen dira?

Passablement, je vous remercie, et chez vous aussi, sans doute, tous sont bien ? — Askitto ongui, eskerric aski, eta zuen etchean ere dudaric gabe, guciac ongui dira?

Mille fois merci, nous allons tous bien. — Mila esker, guciac ongui goaci.

Pierre, apporte un siége à monsieur, — madame. — Piarres, ekhar-oc alkhi bat yaunari, — andreari.

Asseyez-vous, prenez cette chaise, je vous prie. — Yart zaite, hart-zazu kadera hau, othoi.

Il y avait longtemps que je ne vous avais point vu. Vous avez engraissé depuis lors. — Azpaldi bazuen ez cintudala ikhusi ; guerostic hunat guicendu zare.

En effet, il y a quelque temps. — Hala da, badu dembora aphur bat.

Avez-vous de bonnes nouvelles de votre fils, — de votre fille? — Baduzu zure semearen, alabaren berri onic ?

Oui ; j'en ai reçu tout récemment. — Bai ; izan ditut berri berritan.

Il va bien? — Ongui doha ?

Pas trop ; il est enrhumé. — Ez sobera ; marrhanta da.

Oh ! cela n'est rien. — Oi ! deus ez da hori.

Y a-t-il dans votre pays quelque chose de nouveau? — Bada zuen herrian deus berriagoric?

Pas grand chose, et ici ? — Ez da gauza handiric, eta hemen?

Non plus. — Ez eta ere.

D'où venez-vous mainte-nant? — Nondic heldu zare orai?

Je viens de la ville. — Hiritic heldu naiz.

Qu'y avez-vous appris? — Cer ikhasi duzu han?

Que le prix des céréales a baissé. — Bihia merkatu dela.

Tant mieux. — Hambat hobe.

Qu'une maison s'est brû-lée. — Etche bat erre dela.

Tant pis. — Hambat gaichto.

Que les Français ont remporté une victoire. — Frantsesec bitoria bat irabaci dutela.

Il ne faut pas s'en éton-ner. — Ez da miresteco.

Que l'Anglais est jaloux de nos succès. — Anguelesa bekhaizti dela gure guerthacari onez.

Cela ne date pas de ce jour. — Ez da hori egungoa.

Qu'on voudrait enlever au Saint-Père son pa-trimoine. — Aita Sainduari khendu nahi diozketela bere onthasunac.

Cela ne serait pas juste. — Ez lizateke hori zucen.

Je n'ai pas appris d'autre nouvelle. — Ez dut bertce berriric ikhasi.

Où allez-vous d'ici main-tenant? — Norat zohaci orai hemen-tic?

Je m'en vais à la mai-son. — Etcherat noha.

Restez encore ici; il est de bonne heure; vous avez du temps. — Zaude oraino hemen; goiz da; baduzu asti.

Pas beaucoup; je ne puis rester plus longtemps. — Ez hambatic; ez naiteke guehiago egon.

Nous dînerons ensemble. — Elgarrekin bazcalduco gare.

Merci; je suis attendu chez moi pour midi. — Eskherric aski; nere et-chean igurikia naiz eguerdico.

Vous prendrez au moins quelque chose, un petit coup de vin, un verre d'eau sucrée?	Cerbait bederen hartuco duzu, arno colpetto bat, baso bat ur eta asucre?
Ce sera une autre fois.	Bertce aldi bat izanen da.

22me DIALOGUE.	XXII BITARTECO SOLASA.
Le congé et l'adieu.	*Despeida eta adioa.*

Pardon si je vous quitte.	Barkhatu uzten bazaitut.
Quoi! vous vous en allez si vite?	Cer! hoin laster bazohaz?
J'ai besoin de m'en aller.	Yoan behar naiz.
Qu'est ce qui vous presse?	Cerc lehi-arazten zaitu?
Je dois aller quelque part dans un quart-d'heure.	Noraibet yoan behar naiz oren laurden baten buruan.
Il valait bien la peine de venir nous voir pour rester si peu.	Balio zuen gure ikhustera ethortcea hoin guti egoitccotz.
Je reviendrai bientôt.	Laster berriz ethorrico naiz.
N'y manquez pas.	Ez hutsic eguin.
Soyez tranquille; je reviendrai quand vous y penserez le moins; je vous le promets, vous pouvez me croire.	Zaude descantsu; gutien uste duzularic, itzulico naiz; hitz-emaiten dautzutenean, sinhets nezakczu.
Nous verrons; nous vous attendrons; vous savez que vous nous faites toujours plaisir chaque fois que vous venez.	Ikhusico dugu; igurikico zaitugu; badakizu bethi atseguin eguiten daucuzula ethortcen zaren aldi gucicz.

Je n'en doute pas.	Ez dut dudatcen.
Nous aurons toujours un lit à votre disposition.	Ohe bat izanen dugu bethi zuretzat.
Je l'accepte pour une autre fois.	Bertce aldi batetaco onhartcen dut.
Au revoir donc, je ne veux pas vous retenir plus longtemps.	Berriz ikhus artean beraz; ez zaitut guehiago atchiki nahi.
Oui, au revoir.	Bai, berriz ikhus artean.
Jusques à quand? à la semaine prochaine, — au mois prochain?	Noiz arte-dino? helduden astea-dino, —helduden hilabetea-dino?
Venez le plus tôt possible.	Zato ahalic lasterrena.
C'est assez; bon jour!	Aski da; egun on.
Que Dieu vous donne une bonne nuit.	Yaincoac dizula gau on.
Pareillement.	Gauza bera.
Portez-vous bien.	Izan ongui, — ekhar zaite ongui.
Donnez-moi la main.	Emadazut escua.
Beaucoup de compliments aux gens de la maison : au père, — à la mère, — au frère, — à la sœur.	Goraintci hainitz etchecoeri : aitari, — amari, —anaiari, — arrebari.
Adieu.	Adios.
Sans adieu, — pas d'adieu.	Ez adioric.

23me DIALOGUE.

Pour demander de l'argent.

XXIII BITARTECO SOLASA.

Diru galdatceco.

Monsieur, madame, il y a quelqu'un à la porte; on frappe.	Yauna, —andrea, athean bada norbait ; yoca ari dira.
Voyez qui est là ; faites-le entrer.	Ikhus-azu nor den hor ; sar-araz-zazu.

C'est moi, monsieur.	Ni naiz, yauna.
Qui êtes-vous ?	Nor zare zu ?
Un étranger.	Arrotz bat.
D'où êtes-vous ?	Nongoa zare ?
Je suis Anglais, — Français, — Espagnol, — Parisien, — Bordelais, — Dacquois.	Anguelesa naiz, —Frantsesa, —Espagnola, — Paristarra, — Bordelesa, — Akiztarra.
Comment vous appelez-vous ?	Nola deitcen zare ?
Je m'appelle Marie ; — Pierre....	Deitcen naiz Maria, — Piarres ...
Qui demandez-vous ?	Nor galdatcen duzu ?
Vous, monsieur, j'ai besoin de vous parler.	Zu, yauna, mintzatu behar zaitut.
Que voulez-vous ?	Cer nahi duzu ?
J'ai un mot à vous dire.	Hitz bat erran behar dautzut.
Pourvu qu'il ne soit pas long ; montez, — entrez.	Baldin lucea ez bada ; igan zaite, — sart-zaite.
Vous ne me connaissez pas?	Ez nauzu ezagutcen ?
Il me semble que oui.	Iduritcen zaut bai.
Veuillez m'écouter.	Othoi, adi-nezazu.
Qu'y a-t-il à votre service?	Cer da zure cerbitzuco
Pas grand'chose.	Ez gauza handiric.
Parlez.	Mintza-zaite.
Je viens vous demander quelque chose.	Cerbaiten galdez heldu nautzu.
Que vous faut-il ?	Cer behar duzu ?
Un peu d'argent en prêt.	Diru gutitto bat maileguz.
Combien ?	Zombat ?
Cent francs seulement.	Ehun libera choilki.
Je ne puis vous les donner maintenant ; j'en	Ez ditzazkezut orai eman; neronc hekien behar-

ai besoin moi-même aujourd'hui; peut-être demain...

retan naiz egun ; behar bada bihar...

Cependant, vous m'auriez fait plaisir en me les donnant aujourd'hui ; j'ai besoin de payer une dette ce soir même.

Bizkitartean , atseguin eguinen cinautan egun emanez ; gaur berean zor bat pagatu behar dut.

C'est fâcheux pour vous ; mais c'est impossible ; cette fois vous devrez frapper ailleurs.

Zuretzat lastimagarri da ; bainan, ez daite ; aldi huntan, bertcetan yo beharco duzu.

Veuillez me dire où je pourrais en trouver.

Erran diezadazut nun khausi dezakedan.

Il y a ici dans le voisinage un riche banquier ; peut-être lui?..

Bada, hemen auzoan dirudun aberats bat ; beharbada harc ?..

Où demeure-t-il ?

Non dago ?

A la deuxième porte en descendant ; allez-y de ma part.

Bigarren athean yaistean , zohaz nere phartez.

Pardon , monsieur.

Barkhatu, yauna.

Il n'y a pas de quoi.

Ez da ceren.

J'y vais de ce pas.

Harat banoha urhats huntan.

Attendez ; je vais vous ouvrir la porte.

Iguric-azu ; athea idekico dautzut.

Ne vous dérangez pas à cause de moi.

Ez zaitecela neregatic desarrima.

C'est le moins que je puisse faire.

Gutienic eguin dezazuketena da hori.

J'ai bien l'honneur , monsieur, de vous saluer.

Agur, yauna, ohore handirekin.

Bonne chance.

Guerthacari on.

24me DIALOGUE.

Pour faire faire quelque démarche.

XXIV BITARTECO SOLASA.

Cerbait urhats eguin-arazteco.

Monsieur, madame, je viens vous faire une prière.

Qu'est-ce ?

Pour une faveur.

Laquelle ?

Je voudrais.

Quoi ?

Que vous fassiez une démarche pour moi.

Auprès de qui ?

Auprès de monsieur le maire, — de monsieur le curé, — du juge de paix.

Oui, je le veux.

Vous me ferez un grand plaisir.

De quoi s'agit-il ?

D'une affaire grave.

D'un mariage, d'un procès ?

Précisément, c'est cela.

Je ferai tout mon possible pour vous.

Je vous en prie.

Laissez cela sur mon compte.

Je vous devrai de la reconnaissance.

Et quand voulez-vous que je fasse votre commission ?

Yauna,—andrea, othoitz baten eguitera heldu nautzu.

Cer da ?

Fagore batentzat.

Zoin ?

Nahi nuke.

Cer ?

Neretzat urhats bat eguin bacineza.

Noren ondoan ?

Yaun auzo-aphezaren, — yaun crretoraren, — bakhezco yuyearen ondoan.

Bai, nahi dut.

Atseguin handi bat eguinen dautazu.

Certaz datza ?

Eguiteco phizu batez.

Ezcontza-batez, — auci batez ?

Preseski, hori da.

Nere ahal guciac zuretzat eguinen ditut.

Othoizten zaitut.

Utz-zazu hori nere gain.

Ezagutza zor izanen dautzut.

Eta noiz nahi duzu zure mezua eguin dezadan?

Le plus tôt possible.	Ahalic lasterrena.
Je la ferai aujourd'hui ou demain.	Egun edo bihar eguinen dut.
Pourquoi pas aujourd'hui même, si vous le pouviez ?	Cergatic ez egun berean eguiten ahal bacindu ?
Tout de même aujourd'hui ; rien ne m'en empêche.	Orobat egun berean ; deusec ere ez nau trabatcen.
Je viendrai demain chercher la réponse.	Bihar ethorrico naiz errephoztaren bilha.
Vous me trouverez chez moi à deux heures.	Bi orenetan nere etchean kausituco nauzu.
Votre serviteur, — votre servante.	Zure cerbitzari, — zure nescato.
A demain mon cher, — ma chère.	Bihar dino, nere maitea.

—

25me DIALOGUE.	XXV BITARTECO SOLASA.
Pour obtenir un emploi.	*Kargu baten ardiezteco*

—

Monsieur, — madame, pardonnez-moi si je viens vous interrompre.	Yauna, — andrea, barkha diezadazut zure asaldatcera yiten banaiz.
En quoi puis-je vous être agréable ?	Certan agrada citzaket ?
Il y a quelques jours que je suis sans moyens d'existence, sans pouvoir gagner du pain.	Badu cembait egun, bicitceco seguidaric gabe naicela, oguia ecin irabaciz.
Que désirez-vous ? Un emploi quelque part, au bureau de... à la garde, à l'octroi?	Cerguticiatcen duzu? Kargu bat nombait..., co teguian, guardian, octroan?
Quelque chose n'importe où.	Cerbait non nahi.

Je verrai, mais je crains. Ikhusico dut, bainan berdur naiz.

Je vous en prie. Othoizten zaitut.

Il n'y a de vide nulle part. Nehon ez da hutsic.

Promettez-le moi pour quand il y en aura. Hitz emadazut izanen deneco.

Cela ne dépend pas de moi seul. Ez datza hori ni baithan bakharric.

Cependant, si vous le vouliez bien, il me semble que votre voix l'emporterait. Bizkitartean, nahi bacindu ongui, iduritcen zaut zure boza nausi litakeiela.

Je ferai tout mon possible. Nere eguin ahal guciac eguinen ditut.

Je ne vous en demande pas davantage. Ez dautzut guehiago galdatcen.

Si je le puis, de bon cœur. Eguin ahal badezaket, bihotz onez.

Vous êtes trop bon pour agir autrement. Oneguia zare bertce guisaz eguiteco.

Si ce n'est pas aujourd'hui, ce sera demain. Egun ez bada, bihar izanen da.

Que ce soit le plus tôt possible ; car je suis à battre le pavé et je meurs de faim. Ahalic lasterrena izan bedi ; ecen, galtzada zapatcen ari naiz eta goseac hila nauca.

Soyez bien assuré que je ne vous oublierai pas. Segur izan zaite ez zaitudala ahantcico.

Merci d'avance ; dans cet espoir, je pars content. Aincinetic esk herric aski ; esperantza hortan, bocic banhoa.

26me DIALOGUE. XXVI BITARTECO SOLASA.

Pour demander un avis. *Abisu baten galdatceco.*

Vous voilà ? Hor zare ?

Oui, me voici encore. Bai, hemen naiz oraino.

Avez-vous besoin de quel- Cerbaiten beharra baduque chose? — zu ?

Je ne viens pas vous de- — Ez naiz diru galdez yiten.
mander de l'argent.

Et quoi donc? — Eta ceren bada?

Des avis. — Abisuen.

Avec grand plaisir. — Atseguin handirekin.

Que feriez-vous si vous — Cer eguin cinezake nere
étiez à ma place? — lekhutan bacinde?

A votre place, voici ce — Zure lekhutan banintz,
que je ferais. — huna cer eguin neza-
keien.

Vous croyez? — Uste duzu?

Si vous m'en croyez, voilà — Sinhesten baldin banin
ce que vous devriez — duzu horra cer eguin
faire. — behar cindukeien.

Et que me dites-vous — Eta cer erraiten dautazu
de telle autre affaire? — bertce hunelaco egui-
tecoaz?

Je ne sais pas trop ; cela — Ez dakit sobera ; hori ez
n'est pas facile. — da errech.

Que dois-je donc faire? — Cer eguin behar dut beraz ?

Je ne vois qu'un seul — Ez dut bide bakhar bat
moyen ; c'est... Que — baicen ikhusten ; hura
dites-vous? — da... Cer diozu?

Je crois que vous avez — Uste dut arrazoina du-
raison. — zula.

Telle est mon opinion. — Hori da nere ustea.

Je suis tout à fait de vo- — Osoki zure abisuco naiz.
tre avis.

Et dans telle autre chose, — Eta bertce hunelaco gau-
auriez-vous agi comme — zan, nic bezala cgui-
moi? — nen cinduen ?

Pas tout à fait ; vous — Ez arras ; gaizki abiatu
vous y êtes mal pris. — zare.

Quel parti fallait-il pren- — Cer escualde hartu behar
dre? — citakeien?

Attendez ; il me vient — Zaude ; gogorat gauza

une idée; qu'en dites-vous? que vous en semble?

bat heldu zaut; cer diozu hortaz? cer iduritcen zautzu?

Je suis résolu à la suivre.

Deliberatua naiz zure gogoaren arabera eguitera.

Vous feriez bien.

Ongui eguin cinezake.

J'aurais dû la suivre plus tôt.

Lehenago seguitu behar nukeien.

Enfin, de telle autre chose, qu'allons-nous faire?

Azkenecotz, bertce horrelaco gauzaz ceren eguitera goaci?

Il faut prendre un parti ou un autre.

Escu-alde bat edo bertce hartu behar da.

Prenons-nous-y de cette manière ou de cette autre?

Goacen huntaric edo hartaric?

Non; il faut s'y prendre autrement.

Ez; bertce moldez ari behar gare.

Soit.

Boha, — izan bedi.

27ᵐᵉ DIALOGUE.

Pour remercier.

XXVII BITARTECO SOLASA.

Eskerren emaiteco.

Que venez-vous faire ici, ce panier sous le bras?

Certarat heldu zare hunat otharre horri galtzarpean?

Je ne viens pas vous apporter grand chose.

Ez nitzautzu heldu gauza handirekin.

Vous avez là quelque chose de bon.

Baduzu hor cerbait onic.

Rien qu'une paire de poules.

Ez deus oillo pare bat baicic.

Vous êtes bien bon de vous souvenir ainsi de moi.

Ongui ona zare nitaz horrela orhoitccco.

Ne les refusez pas pour si peu; daignez les

Ez ditzazula utz gutieguiz; agrada bekitzu

agréer et les goûter, de bon appétit, avec votre dame.

eta yasta zaitzu, yanbide onean, zure andrearekin.

Catherine, viens prendre ce panier et ôtes-en le contenu.

Cathalin, haugui otharre hunen hartcera eta khentzkin barnecoac?

Vous prendrez quelque chose, n'est-ce pas? vous devriez vous rafraîchir; vous êtes échauffé.

Cerbait hartuco duzu, hala da? frescatu behar zare, berotua zare.

Mille fois merci, je n'ai besoin de rien; je ne prendrai rien.

Mil eskher, ez dut deusen beharric; ez dut deus hartuco.

Eh bien! êtes-vous content de ce que j'ai fait pour vous?

Eta bada! bocic zaude zuretzat eguin dutanaz?

Précisément je viens vous en remercier.

Preseski, zuri eskherren emaitera heldu naiz.

La chose n'en valait pas la peine.

Gauzac ez zuen balio.

Oui, certes, et je n'oublierai jamais votre bienfait.

Bai, segur, eta ez dut nihoitz ere zure onguieguina ahantcico.

Véritablement, vous êtes trop bon.

Eguiaski, oneguia zare.

Si je l'avais pu, je vous en aurais donné davantage, pour vous témoigner toute ma reconnaissance.

Guehiago eman ahal izan banu, emanen nauntzun, nere ezagutza guciaren zuri erakhustera emaiteco.

C'est bien assez, si ce n'est trop.

Yadanic bada frango, sobera ez bada.

Vous m'avez rendu un grand service; une autre fois, je vous récompenserai mieux.

Cerbitzu handi bat eguin dautazu; bertce aldi batez, hobekiago saristatuco zaitut.

S'il vous arrivait de nouveau d'avoir besoin de moi, vous me trouveriez toujours disposé à vous faire du bien.

Berriz guerthatcen balitzaitzu nitaz behar izaitea, bethi causituco nauzu ekharria zuri ongui eguitera.

Je le veux bien; mais aussi, ce sera toujours à charge de revanche.

Nahi dut bai ongui; bainan ere, bethi ordaina zuri emaitecotan.

Je vois que vous avez bon cœur et de la reconnaissance; il y a plaisir à faire du bien à des gens comme vous.

Bihotz ona duzula bai eta ezagutza baduzula ikhusten dut; atseguin da zu bezalacoeri ongui eguitea.

Je vous quitte, en vous renouvelant mes remerciements.

Uzten zaitut berriz nere eskherrac bihurtcen daitzutalaric.

28me DIALOGUE.

Conversation sur la paix et la guerre.

XXVIII BITARTECO SOLASA.

Bitarteco solasa bakhearen eta guerlaren gainean.

Que savez-vous de nouveau?

Cer berri dakizu?

Je n'ai pas encore lu les journaux de ce jour; les avez-vous lus

Ez ditut oraino egungo paperac iracurtu; zuc iracurtu ditutzu?

Je n'ai fait qu'y jeter un coup d'œil.

Ez diotet begui ukhaldi bat baicic botatu.

Y avez-vous appris quelque grande nouvelle, bonne ou mauvaise?

Han ikhasi duzu cerbait berri handi, on edo gaichto?

Je ne m'en suis pas aperçu.

Ez naiz deusez ere ohartu.

Comment sommes-nous

Nola garc bertce pu-

avec les autres puissances ?

chantciekilan ?

Toujours au même point ; assez bien.

Bethi phondu berean ; askitto ongui.

Allons - nous à la paix, ou à la guerre ?

Bakerat bagoaci , ala guerlarat ?

On ne peut en rien dire de certain.

Ez daiteke hortaz deus seguric erran.

Les apparences sont pour la paix, c'est vrai ; mais il est à craindre qu'elle ne dure longtemps ; les choses sont trop embrouillées ; l'horizon est trop chargé pour que la guerre n'éclate pas tôt ou tard.

Itchurac bakhearen alde dira, eguia da ; bainan beldurtceco da ez dezan luzaki iraun ; sobera nahaskeria da ; cerua sobera cargatua guerlac, goiz edo berant, zaphart ez eguiteco.

Or donc, notre Empereur fait tout son possible pour arranger toutes choses ; tout en procurant le bien-être à son peuple par toutes sortes de moyens, il voudrait, au dehors, concilier des intérêts si opposés et faire au gré de tous.

Alta bada, gure Emperadoreac ahal guciac eguiten ditu gauza gucien chuchentceco ; bere populuari bicitceco molde ona bilhatcen duelaric bide suerte guciez , nahi luke herriz campoco hambat elgar contra dohacin intresac chuchendu eta ororen gogora eguin.

Cela n'est pas facile ; cependant , si quelqu'un doit réussir , c'est bien lui.

Ez da hori errech ; bizkitartean , nehorc eguitecotz, harc eguinen du ongui.

Comment sommes - nous avec les Anglais ?

Nola gare Anguelesekin ?

En apparence, très-bien ;

Itchuraz bai, arraz on-

le nouveau traité de commerce est fait pour affermir notre paix avec eux, s'ils n'étaient pas si jaloux de nous et s'ils ne nous faisaient pas opposition presque en toutes choses.

gui; comercioco tratu berria eguina da heickitaco gure bakhearen fincatceco, ez balire gutaz diren becen bekhaizti eta ez balire casic gauza gucietan gure contra pharatcen.

En Italie, comment les choses vont-elles tourner ?

Italian, nola gauzac ifzulico othe dire ?

Dieu seul le sait; il est bien difficile de deviner quelle en sera l'issue; Rome et le Saint-Père touchent de trop près l'Eglise; jusqu'ici, tous ceux qui ont voulu s'attaquer à elle injustement ont été brisés contre ce rocher; Dieu a dit que les portes de l'enfer ne prévaudront pas contre elle, et sa parole ne passera pas.

Yaincoac bakharric hori badaki; gaitz da asmatcea nola akhabatuco diren; Erruma eta Aita Saindua sobera hurbil danic Eliza hunkitcen dute; orai artean hari zucen contra bihurtu nahi izan diren guciec leher eguindute harroca horren contra; Yaincoac erran du ifernuco athece haren contra deus ez dezaketela eguin eta harren hitza ez da iraganen.

Laissons de côté ces questions; elles ne nous concernent pas; parlons d'autres choses; savez-vous des nouvelles de la guerre ?

Utz ditzagun galde horiec bazterrerat; ez dira guri behatcen; mintza gaiten bertce cerbait gaucez; guerlaco berriric badakizu?

Oui; on dit que les Français ont remporté

Bai; diote Frantsesec bitoria bat eraman du-

14

une victoire ; qu'elle leur a coûté cher ; qu'il y a eu un carnage épouvantable ; beaucoup de pertes d'hommes de part et d'autre ; il y en a qui assurent qu'il y a vingt mille hommes de tués et beaucoup de blessés ; que l'infanterie a beaucoup souffert ; la cavalerie pas autant ; qu'après une journée de combat, l'ennemi a pris la fuite.

tela ; hainitz gosta zaiotela ; izan dela sarraski bat icigarria ; guizon hainitz chahutu direla alde batetic ala bertcetic ; badira seguratcen dutenac badela hogoi mila guizon hilic eta hainitz colpaturic ; oinezcoec hainitz sofritu dutela ; zaldizcoec ez hoinbertce ; egun bat guducan aritu ondoan, etsaiac ihes eguin duela.

De qui tenez-vous tous ces détails ?

Noren ganic dakizkitzu chehetasun horiec oro ?

De personnes qui ont lu les dépêches.

Berriac iracurtu dituzten yendetaric.

Bah ! les télégraphes rapportent souvent des mensonges ; qui connaît la vérité ?

Bah ! telegrafa berriketariec ardura guezurrac erraiten dituzte ; norc daki ongui eguia ?

Quoiqu'il en soit, vivent les Français ! ce sont de bons soldats, ils n'ont pas de pareils au monde.

Cer nahi izan dadien, biba Frantsesac ! soldado onac dire ; ez dute munduan pareric.

29me DIALOGUE.

Idem. Sur les mariages.

XXIX BITARTECO SOLASA.

Orobat. Ezcontcen gainean.

Savez-vous cette nouvelle ?

Badakizu berri hori ?

Laquelle ?

Zoin ?

Français	Basque
L'héritière de X... se marie.	X... co andregucia ezcontcen da.
Avec qui ?	Norekin ?
Avec l'héritier de X...; qu'en pensez-vous ?	X... co premuarekin; cer zaitzu escontza hortaz ?
Je dis que ça me paraît un mariage assorti.	Diot ezcontza guisacoa zautala.
D'après moi, aussi.	Nere ustez, ere bai.
Ils auront beaucoup de jaloux.	Bekhaizti asco izanen dute.
Cela pourrait arriver, comme toujours ; les mauvaises langues ne se tairont pas ; on y trouvera quelque chose à redire.	Hori guertha daiteke, bethi bezala ; mihi gaichtoac ez dire ichilic egonen ; cer edo cer erraiteco edireinen dute.
Que portent-ils en dot ?	Cer ekhartcen dute dotetzat ?
Cent mille francs chacun.	Ehun mila libera bakhotchac.
C'est beau ; ce n'est pas peu.	Eder da ; ez da guti.
Le futur est un bien digne jeune homme.	Senar gueia ongui muthil gazte guisacoa da.
La future n'est pas moins digne ; on la dit bien élevée ; elle fera une bonne maîtresse de maison.	Emazte gueia ez da gutiago guisacoa ; diote ongui alchatua dela ; etcheco andre on bat eguinen du.
Voilà ce que c'est que d'avoir une bonne mère qui, tout en aimant, ne pardonne rien à ses enfants.	Horra cer den ama on baten izaitea, maite dituelaric bere haurrac, deus barkhatcen ez diotena.
Sa fille lui en rendra grâces un jour.	Bere alabac egun batez hortaz eskherrac bihurtuco deraizco.

Tant il est vrai que le bien le plus sûr que puissent nous laisser nos parents, c'est une bonne éducation.

Hambat baita eguia gure burrhasoec utz dezakeguten onthasunic segurena dela ongui alchatcea.

Vont-ils rester ensemble, jeunes et vieux ?

Elgarrekin egoitecoac dire, zahar gazteac ?

Je crois que oui.

Uste dut bai.

Je crains qu'ils n'aillent pas bien tous ensemble, qu'ils ne puissent s'entendre ; une rupture est inévitable, quand les goûts et les caractères sont différents.

Beldur naiz ez daiten, oro elgarrekin, ongui yoan, ez dezaten elgar adi ; haitesbada makhurtcen da, gostua eta yitea bertcelacoac direnean.

L'avenir nous le dira, attendons.

Gueroac erranen deraucu, gauden beha.

Il n'y a rien, pour avoir la paix, de plus sûr que de vivre séparément.

Ez da, bakhea izaiteco, deus seguragoric nola berech bicitcea.

Quand épousent-ils ?

Noiz dire espos ?

La semaine prochaine.

Helduden astean.

Y aura-t-il beaucoup d'invitations aux noces ?

Izanen othe da gomitu hainitz ezteietarat?

On parle d'une quarantaine.

Berrogoi batez da aiphu.

Je veux aller les voir aux pieds des autels.

Yoan gogo naiz aldare oinetan hekien ikhustera.

Vous viendrez me chercher ; nous irons ensemble.

Nere bilha ethorrico zare ; elgarrekin yoanen gare.

30ᵐᵉ DIALOGUE.

XXX BITARTECO SOLASA.

Idem. Sur les accidents, les maladies et les morts.

Orobat. Guerthari gaichto eritasun, eta hilen gainean.

——

Avez-vous appris ces nouvelles ?

Yakin ditutzu berri horiec ?

Quoi donc? qu'y a-t-il ?

Cer bada ? cer da ?

Un navire a fait côte ; cinq hommes se sont noyés ; de plus, vingt voyageurs ont péri en chemin de fer, par suite de l'explosion de la chaudière ; ce n'est pas tout : le même jour, une voiture a versé et dix personnes ont pris mal.

Untci batec kosta eguin du ; bortz guizon itho dire ; bertzalde, hogoi bideyant chahutu dire burdinazco bidetan, bertza leherturican ; ez datza hortan gucia ; egun berean, carro bat uzcailli da eta hamar presunec min - hartu dute.

Vous ne savez pas encore ?

Ez dakizu oraino?

Non, quoi ?

Ez , cer ?

Une épidémie fait des ravages terribles.

Izurrite batec sarraski icigarriac eguiten ditu.

Où ?

Nun ?

Je ne me souviens pas où.

Ez naiz orhoit nun.

Qu'est-ce ? le choléra ?

Cer da ? kolera ?

Oui, sans doute.

Bai , naski.

Plaise à Dieu qu'il n'arrive pas ici.

Balinba ez zaucu hunat ethorrico, Yaincoac ez du nahico, aguian.

Avez-vous rien de bien nouveau ici ?

Baduzue hemen deus berriagoric ?

Monsieur , — madame X.... est fort malade.

X.... yauna , — andrea arras eri da.

Qu'a-t-il? hier encore il paraissait bien portant.

Cer du ? atzo oraino ongui ekhartcen cen.

Il a été frappé d'un coup de sang.

Odol colpe batec yo du.

Les médecins en ont-ils désespéré ?

Medicuec hartaz etsi dute ?

On le dit ; il n'échappera pas, dit-on.

Hala diote ; ez omen du escapuric.

Tant pis ; c'était un si brave homme.

Hambat gaichto ; hain guizon prestua cen.

Ils sont rares les hommes comme lui.

Arrado dira hura bezalaco guizonac.

Autrement, y a-t-il ici beaucoup de mortalité?

Bertcenaz, bada hemen hiltce handiric ?

Mais non; seulement tel.. est mort.

Ez bada ; choilki, hunelacoa... hil da.

Quand ?

Noiz ?

Avant-hier ; on l'a enterré ce matin.

Herenegun ; goiz huntan ehortci dute.

A-t-il pu se confesser ?

Cofesatu ahal izan da ?

A peine il a reçu l'extrême-onction.

Doidoia azkhen gantzudurac ukhan ditu.

Le pauvre! quel bon homme c'était !

Gaichoa ! zoin guizon ona cen !

C'est une bien grande perte pour sa famille ; il y fait un grand vide.

Galtce handia da haren familiarentzat ;   huts handia   eguiten   du han.

Combien d'orphelins laisse-t-il ?

Zombat umezurtza uzten ditu ?

Rien que cinq.

Bortz baicic ez.

Sa pauvre veuve doit être toute désolée , savez-vous s'il lui a reconnu quelque chose.

Haren alharguntsa gaichoa , dena deboilatua behar da izan ; badakizu cerbait ezagutu dionez.

Je crois qu'il lui a laissé la jouissance de ses biens ; il aurait aussi favorisé du quart l'aîné

Uste dut bere onthasunen gozamena utci dioen ; laurdenaz ere fagoratu duke haur guehiena ;

de ses enfants ; il l'aimait, dit-on, beaucoup.

maite zuen, omen, hainitz.

Les voilà donc en grand deuil. Comme les choses changent ; que de vicissitudes en ce monde !

Horra beraz nun diren dolu handitan. Gauzac nola cambiatcen diren ; cembat gorabehera mundu huntan !

Que voulez-vous y faire ; c'est là notre dernière fin.

Cer nahi duzu eguin ; hori da gure azkhen fina.

31me DIALOGUE.

XXXI BITARTECO SOLASA.

Idem. Sur les récoltes, les vendanges et le cours de divers prix.

Orobat. Bihi altchatce, mahas biltce eta asco precioen kursaren gainean.

Y a-t-il dans votre pays apparence de bonne année ?

Bada zuen herrian urthe on baten itchura ?

Oui, si le beau temps continue comme jusqu'à ce jour.

Bai, baldin aro onac irauten badu egun artean bezala.

Les semailles ont-elles été faites en temps favorable ?

Ereginizac eguinac izan dire aro onean ?

Comme ci, comme ça ; la sécheresse les a fait retarder d'abord et puis la pluie ; à la fin elles ont été faites de quelque manière sur un sol assez humide.

Hulache, halache ; idorteac guibela-araci ditu lehenic eta guero uriteac, azkenean, nolaizbait, eguinac izan dire azki trempu onean.

Le froment est-il beau ? le maïs est-il bien sorti ?

Oguia ederric dago ? arthoa ongui athera da ?

Ils vont assez bien.

Aski ongui dohaci.

Et la vigne, a-t-elle la maladie encore cette année ?

Eta mahastiac, eritasuna badu oraino urthe huntan ?

Elle n'a pas paru, mais elle est à craindre.

Ez da aguertu ; bainan, beldurtceco da.

Il faut la soufrer.

Sofria eman behar zaio.

C'est trop cher.

Garastiegui (khario) da.

L'eau de savon la guérit, dit-on, aussi bien.

Salboin urac, diotenaz, senda-arazten du hoin ongui.

Cela ne coûte pas beaucoup ; on peut en faire l'expérience sur quelques grappes.

Ez da hori hainitz gostatcen ; phoroga daiteke zombait mulkhoen gainean.

On dit aussi qu'en la frottant avec le jus des grappes malades, on lui fait du bien.

Diote, ere, mulkho erien yusaz thorratuz, on eguiten diotela.

Cela n'est pas difficile à faire ; mais en tout cela je ne connais aucun remède efficace.

Ez da hori gaitz eguitea ; bainan ; horietan, orotan ez dut erremedio osoric ezagutcen.

Quel est le prix des céréales ?

Cer da bihiaren precioa ?

Très-cher ; le froment est monté à trente francs ; le maïs fait vingt francs.

Arras khario ; oguia hogoi eta hamar liberetarat igan da ; arthoac hogoi libera eguiten du.

C'est trop cher pour le menu peuple.

Sobera garasti da yende chehearentzat.

C'est une année mauvaise pour lui ; je ne sais comment il peut vivre, comment il peut joindre les deux bouts.

Urthe gaichto bat da harentzat ; ez dakit nola bici daitekeien, nola hi buruac yunta ditzazkeien.

Le prix des bestiaux

Aberen precioa ez da

n'est pas moins élevé; on ne peut pas en approcher; jamais ils n'ont été si chers, et ils deviennent de plus en plus rares.

gutiago gora ; ez daiteke hekietarat hurbil; nihoitz erc ez dira izan hoin khario ; eta guerorat eta arradoago dohaci.

D'où cela vient-il ?

Nundic heldu da hori ?

Sans doute, de ce qu'on en emporte beaucoup par le chemin de fer et que le pays se dégarnit.

Naski , hainitz buru eramaiten dutelacotz burdinazco bideaz eta herria husten delacotz.

En revanche, la race porcine se vend comme l'eau.

Ordainez, acienda beltza ura bezala saltcen da.

Vous venez du marché; à combien se vendait-elle?

Merkhatutic heldu zare; cembana saltcen cen ?

A 50 c. le demi-kilog.

Hamarna sos libera.

Et les œufs et les fromages, qu'ont-ils fait?

Eta arroltceec eta gasnec, cer eguin dute ?

Les œufs, 40 c la douzaine; le fromage 30 c. le demi-kilog.

Arroltceec, zortci sos dotcena ; gasnac, sei sos libera .

C'est bien bon marché.

Ongui merke da.

Y avait-il beaucoup de monde ?

Bacen han yende hainitz?

Un assez bon nombre.

Parrastatto bat.

Y avez - vous appris rien de bien nouveau ?

Han ikhasi duzu deus berriagoric ?

Pas grand chose.

Ez gauza haudiric.

—

32ᵐᵉ DIALOGUE.

XXXII BITARTECO SOLASA.

Idem. Sur le temps.

Orobat. Demboraren gainean.

—

Quel temps fait-il ?
Beau temps.

Cer dembora eguiten du?
Dembora ona.

Il a fait mauvais temps hier et toute la semaine dernière.

Dembora gaichtoa eguin du atzo eta yoanden aste gucian.

Il était temps qu'il se mît au beau.

Ordu zuen onerat eman cezan.

Avons-nous apparence de beau temps pour demain ?

Aro onaren itchurac baditugu biharco ?

Je le croirais ; cependant le temps s'assombrit.

Uste nuke ; bizkitartean, dembora goibeltcen ari da.

En effet, je vois des nuages s'élever à l'horizon, et les montagnes se charger de brouillards.

Hala da bai, ikhusten ditut hedoiac ceruan gora altchatcen eta mendiac lanhotz cargatcen.

Il va commencer à pleuvoir.

Uria hastera doha.

Voyez quelle averse !

Beha-zazu cer erauntsia !

Mettons-nous à l'abri.

Atherbean phara gaiten.

Quel hiver rigoureux !

Cer negu borthitza !

Il neige, — il tonne, — il grêle.

Elhurra, — ortcia, — harria ari da.

Quel terrible temps ! Dieu est fâché contre nous ; ce sont là ses verges et ses châtiments.

Cer dembora icigarria ! Yaincoa gure contra hasarre da ; horiec dire haren cigorradac eta gastiguac.

Dorénavant, les matinées seront fraîches.

Hementic goiti, goiztiriac fresco izanen dire.

Ah ! quel froid !

Ai ! cer hotza !

Il y a de l'air, —du soleil, — du vent.

Bada aire, — iguzki, — haice.

Le vent a changé.

Haicea itzuli da.

Le soleil se lève, — se couche.

Iguzkia altchatcen da ,— etzaten da.

Il y a clair de lune.

Hil argui churi da.

Oh ! quelle belle nuit !

Oi ! cer gau ederra !

Comme les étoiles bril- | Izarrec, nola dirdiratcen
lent au firmament | duten ceruan !
Quelle belle journée ! | Cer egun ederra !
Il fera chaud demain. | Bero eguinen du bihar.
Quelle forte chaleur ! | Cer bero gaitza ! Ithotcen
J'étouffe. | ari naiz.
Allons à l'ombre. | Goacen itzalerat.
Attendons le beau temps. | Gauden dembora onaren
| beguira.

33me DIALOGUE.
Idem. Sur l'heure.

XXXIII BITARTECO SOLASA.
Orobat. Tenoraren gainean.

Quelle heure est-il ? | Cer tenor da ?
Il est une heure, deux heures sonnées. | Oren bat da, bi oren dira yoac.
Avez-vous entendu ces heures ? | Oren horiec aditu ditutzu ?
Oui, c'étaient trois heures. | Bai, hirur orenac ciren.
Regardez à votre montre. | Beha-zozu zure zarpaco oren guidariari ?
Il est près de quatre heures. | Laur orenac dira hurbil.
Regardez au cadran solaire. | Beha-zozu iguzkico oren guidariari.
Il est plus de cinq heures. | Bortz orenac baino guehiago dire.
Ecoutez le son de la cloche. | Adi-zazu eskila soinua.
Six heures sonnent. | Sei orenac yoiten ari dira.
C'est bientôt l'heure de souper. | Laster afariteco ordu da.
Bientôt sept heures vont sonner. | Berehala zazpi orenac yoitera dohaci.

A quelle heure pourrai-je vous voir demain?

Cer ordutan ikhus citzaket bihar?

Venez à huit heures et demie.

Zato zortciac eta erdietan.

J'arriverai à neuf heures, au plus tard.

Bederatcietan ethorrico naiz, berantenaz.

Pourquoi pas à midi, nous dînerons ensemble.

Cergatic ez eguerditan, elgarrekin bazcalduco gare.

Comme le temps passe vite.

Dembora zoin laster dohan.

Oui, ainsi passe la vie de l'homme.

Bai, hola iragaiten da guizonaren bicia.

Il est temps de nous en aller.

Yoan ordu dugu.

Il est minuit précis.

Gau erdi da chuchen.

Allons à la maison.

Etcherat goacen.

Soupez et dormez.

Eguizu afari eta lo.

Bonne nuit, — bonne matinée, — bon soir.

Gau on, — goiz on, — arrats-alde on.

34me DIALOGUE.

Idem. Sur le français et le basque.

XXIV BITARTECO SOLASA.

Orobat. Frantsesaren eta escuararen gainean.

Parlez-vous le basque?

Escuaraz mintzo zare?

Pas trop; je le comprends assez bien, quand on parle posément.

Ez sobera; endelgatcen dut aski ongui, erreposki mintzo direnean.

Et vous, savez-vous le français?

Eta zuc, badakizu frantsesa?

Un peu, pas beaucoup.

Aphur bat; ez hambat.

Vous ne savez pas bien le français ni moi le basque; comment donc nous entendre?

Zuc, ez dakizu ongui frantsesa, nic ere ez escuara, nola bada elgar adi?

Parlons toujours, bien

Mintza gaiten, bethi,

ou mal, et sans honte l'un de l'autre.

ongui edo gaizki, eta bata bertcearen ahalgueric gabe.

Il n'y aura pas lieu ainsi de nous moquer et de rire, si nous faisons des fautes.

Guisa hortan ez da elgar trufatceco eta hirri eguiteco hideric izanen, hutsic eguiten badugu.

Comment appelle-t-on ceci en français ?

Frantsesez nola deitcen da hori ?

Le voici; et cela, comment le nomme-t-on en basque ?

Huna nola; eta hura, nola deitcen da escuaraz ?

Ainsi.

Hunela.

C'est bien.

Ongui da.

Enseignez-moi comment il faut demander telle chose ?

Erakhus diezadazut nola galdatu behar den holaco gauza ?

Ecoutez-moi bien.

Adi-nezazu ongui.

Répétez-le de nouveau ?

Erradazut berriz ?

Il n'est pas difficile à retenir.

Ez da gaitz atchikitceco.

C'est possible, mais j'ai la tête fort dure, et d'ailleurs le basque est plus difficile à apprendre que le français.

Baditake, bainan, burua arras gogorra dut, eta bertzalde, escuara gaitzago da ikhasteco ecen ez frantsesa.

Faites bien attention.

Khasu eguizu ongui.

Oui, pourvu que vous prononciez bien et lentement toutes les paroles.

Bai, baldin eta hitz guciac, ongui eta emeki, erraiten badituzu.

Comment dit-on ?

Nola erraiten da ?

De cette manière.

Guisa huntan.

Que veut dire ce mot-là ?

Cer erran nahi du hitz horrec ?

Ce mot signifie...

Hitz horrec erran nahi du....

A force de parler, à la fin, vous l'apprendriez.	Mintzatcearen borchaz, azkenean, ikhas cinezake.
J'y renonce; c'est trop difficile.	Ikhastea arnegatcen dut; nekheegui da.
Il ne faut pas se décourager.	Ez da lotsatu behar.
Il est facile de le dire, à celui qui le sait.	Dakienari errech da horrela erraitea.

35me DIALOGUE.

XXXV BITARTECO SOLASA.

Idem. Pour affirmer et nier une chose.

Orobat. Gauzabaten sustengatceco eta ukhatceco.

Avez-vous appris telle nouvelle?	Ikhasi duzu hunelaco berria?
Oui, je l'ai su; mais je ne puis le croire.	Bai, yakin dut; bainan, ez dezaket sinhets.
Cependant, cela est vrai.	Bizkitartean, hori eguia da.
Vous le dites; mais moi je ne le crois point; non, cela n'est pas.	Zuc diozu; bainan nic, ez dut sinhesten; ez, ez da hori hala.
Je vous dis que si.	Erraiten dautzut baiez.
Et moi, je vous dis que non.	Eta nic, erraiten dautzut ezez.
Je vous le dis sérieusement.	Cin cinez erraiten dautzut.
Vous voulez me tromper.	Enganatu nahi nauzu.
Je vous le prouverai.	Progatuco dautzut.
C'est un mensonge.	Guezur bat da hori.
Je vous jure que c'est la vérité.	Cin eguiten dautzut eguia dela.
Non, cela ne peut pas être.	Ez, hori ez daiteke izan.

C'est très-sûr ; vous pouvez me croire. — Arraz segura da ; sinhets nezakezu.

J'ai de la peine à le croire — Nekhe zait sinhestea.

J'en suis sûr. — Segur naiz.

Vous le pensez ainsi. — Zuc horrela uste.

Je vous demande bien pardou, mais cela est ; je vous parle en vérité. — Ongui barkha-diezada-dazut, bainan, hori hala da ; eguiaz mintzo nautzu.

Taisez-vous ; comment cela pourrait-il être ; ça n'a pas d'apparence. — Ichilt zaite ; nola izan daiteke hori ; ez du horrec itchuraric batere.

J'en ai la certitude. — Segurantza badut.

Vous voulez vous moquer de moi. — Nitaz trufatu nahi zare.

Quel homme incrédule ! — Cer guizon sinhets gaitza!

Quel homme crédule ! — Cer guizon sinhets bera !

Rien de plus vrai. — Ez da eguia handiagoric.

Rien de plus faux. — Ez da guezur handiagoric.

Que je meure si je mens. — Hil nadiela guezurra baldin badiot.

Ne parlez pas ainsi inutilement. — Ez zaitela horrela mintza alferretan.

Vraiment, tenez, le voilà ; je lève le bras. — Hain eguiaz, ori, hara besoa, alchatcen baitut.

Vous faites exprès ; ne me faites pas inquiéter. — Aleguia bai ari zare ; ez ni khecha-araz.

Restez avec votre tête dure, puisque vous ne voulez pas me croire. — Zaude zure buru gogorrarekin sinhetsi nahi ez nauzunaz gueroztic.

Réservez vos mensonges pour d'autres ; vous ne me les ferez jamais — Erresalbazkitzu bertcentzat zure guezurrac ; ez daitatzu nihoitz ere

croire , à moi.	niri sinhets-aracico.
Allez donc vous promener , bon jour.	Zohaz beraz phaseatcera, egun on.
Pareillement.	Gauza bera.

36me DIALOGUE.	XXXVI BITARTECO SOLASA.
Idem. Pour exprimer le doute , la surprise , l'admiration.	*Orobat. Gauza dudazcoen, ustegabecoen eta miragarrien erraiteco.*

On dit que....	Diote....
Oh ! bah !	Oi ! bah !
Serait-il probable ?	Othe daiteke ?
Quoi ! oui ! vraiment !	Cer ! bai ! eguiazki !
C'est assez vraisemblable.	Badu aski eguiaren itchura.
Oui , en vérité.	Bai , hain eguiaz.
Il n'y a rien d'étonnant à cela.	Ez da hortan deus miretsgariric.
Je doute que cela soit.	Dudatcen dut hori hala ditakeicla.
Cela pourrait arriver.	Hori guertha daiteke.
Vous m'effrayez.	Harritcen nauzu.
Il n'y a rien d'impossible.	Ez da deus guertha ez daitekeienic.
C'est cela, mais....	Hala da , bainan. ..
Cela se voit tous les jours.	Hori ikhusten da egun oroz.
C'est une chose inouïe jusqu'ici; une nouvelle inattendue pour moi.	Orai dino aditu ez den gauza da hori , uste gabeco berria neretzat.
On a vu des choses plus étonnantes.	Ikhusi da gauza espantagarriagoric.
Vous le dites ; pour moi, j'en suis effrayé.	Zuc diozu ; ni seguric harritua naiz.

Laissons cela ; que me dites-vous de ?...	Utz dezagun hori ; cer diozu... taz ?...
Oh ! chose admirable !	Oi ! gauza miragarria !
N'est-ce pas que c'est beau !	Ez dea ederra !
C'est on ne peut plus charmant.	Ez daiteke izan charmagarriagoric.
Quel spectacle !	Cer gauza ikhusgarria !
J'en suis ébloui.	Llilluratua naiz.
Moi aussi.	Ni ere bai
Il n'a jamais rien paru d'aussi beau.	Ez da nihoitz ere holacorie aguerthu.
En verrons-nous jamais d'autre.	Ikhusico othe dugu seculan berteeric.
Difficilement.	Nekhez.

<hr>

37me DIALOGUE.   XXXVII BITARTECO SOLASA.

Idem. Pour témoigner la joie et l'affliction.   *Orobat. Bozcarioa eta atsekhabearen seinalateeco.*

<hr>

Vous ne savez pas encore ?	Ez dakizu oraino ?
Quoi donc ?	Cer bada ?
Telle chose.	Holaco gauza.
Oh ! quel bonheur !	Oi ! cer zoriona !
J'en ai bien plaisir moi aussi.	Arras atseguin dut nie ere.
O mon Dieu ! que je suis content !	Oi Yainco ona ! zoin bocie nagon !
Quel baume, quelle douceur pour le cœur !	Cer balsama, cer gozoa bihotceco.
Rien ne pouvait m'arriver de plus heureux.	Deus ez zakidan guertha urusagoric.
Non plus qu'à moi.	Ez eta niri ere.
Mes vœux sont accomplis.	Nere botuac complituac dire.

15

Tous mes désirs sont satisfaits.

Nere nahi guciac betheac dire.

Je savais que je ne pouvais vous apprendre une plus agréable nouvelle.

Banakien ez nezakezula berri atseguin-agoric ikhas.

J'en suis fou de joie.

Bozcarioz choratua nago.

J'étais sûr de vous rendre heureux.

Segur nintcen zorionean zure ezartcea.

Oui, certes; j'en suis plus heureux que de la possession de toutes les richesses de ce monde.

Bai, segur; urus-ago naiz hortaz mundu huntaco onthasun guciac izaiteaz baino.

Je vous crois aisément; car, contentement passe richesse.

Sinhesten zaitut errechki, ecen barneco bozcarioa onthasun guciez goragocoa da.

Cela est bien vrai.

Hori egui handia da.

Oui, sans doute; mais aussi, il est dit qu'à la joie succède l'affliction.

Bai, naski, bainan ere, errana da bozcalentciaren ondotic atsekhabea heldu dela.

Auriez-vous quelque mauvaise nouvelle à m'apprendre?

Bacinukea, othe, cerbait berri gaichto niri ikhasteco?

Hélas, oui, telle chose...

Ondicotz, bai, hunelaco gauza....

Oh! dans quelle affliction vous me plongez.

Oi! cer atsekhabean pulumpatcen nauzun.

Je ne pouvais vous le cacher davantage.

Ez nezakezun gorde guehiago.

J'en suis dans le chagrin.

Grignan handian nago.

Vous en êtes inconsolable.

Ez zaitezke contsola.

Quel affreux malheur!

Cer zorigaitz tristea!

Quel malheureux accident!

Cer guerthacari ondicozcoa!

Quelle déplorable néces-sité !	Cer ecinbertce auhenda-garria !
Quelle fatalité lamenta-ble !	Cer lastima nigareguin-garria !
Quelle action criante !	Cer eguitate deithora-garria !
Quelle perte inattendue !	Cer ustegabeco galtcea !
C'est vraiment désespé-rant.	Eguiazki etsigarri da.

38me DIALOGUE.	XXXVIII BITARTECO SOLASA.

Idem. Pour faire les re-proches , pour mena-cer , pour exprimer la colère.	*Orobat. Gaizkien errai-teco , mehatchatceco , haserreduraren era-khusteco.*

Vous êtes là ?	Hor zare ?
Oui, me voici, qu'y a-t-il ensuite ?	Bai, huna ni, cer da guero ?
Ce qu'il y a ? c'est que je suis fort fâché con-tre vous.	Cer den ? zure contra arras hasarre naicela.
Pourquoi ?	Cergatic ?
Parce que.	Haren gatic.
Quel mal vous ai-je fait?	Cergaizki eguin dautzut?
Vous me mettez toujours en mauvaise humeur.	Bethi ezarteen nauzu alde-arte gaichtoan.
Pourquoi êtes-vous si in-quiet ?	Certaco zare hoin khe-chu ?
Méchant que vous êtes !	Zu zaren bezalaco gai-chtoa !
Qu'est-ce qui vous aigrit ainsi ?	Cerc horrela gaitzesten zaitu ?
Vous êtes dégoûtant.	Narnagarria zare.
Quelle mouche vous pique ?	Cer ulic chiztatcen zai-tu ?
Fi donc ! quelle vilainie vous m'avez faite ?	Hu bada ! cer itsuskeria eguin derautazun ?

Qu'est-ce qui vous agite ?	Cerc nahasten zaitu ?
Vous devriez avoir hon-te !	Ahalguetu behar cinte-ke !
De quoi ?	Certaz ?
Vous ne savez pas que vous avez mal agi.	Ez dakizu gaizki eguin duzula.
En quoi et comment ?	Certan eta nola ?
N'y revenez plus.	Ez berriz itzul.
Dites-moi clairement ce que vous avez contre moi, sans me faire ainsi des reproches.	Garbiki erradazut cer duzun neretaco, guiza hortan niri gaizkica ari gabe.
Je vous pardonne cette fois, mais gare si vous recommencez.	Aldi huntan barkhatcen dautzut, bainan guardia berriz hasten bazare.
Mais, monsieur, expli-quez-vous donc, je suis rassasié de votre blague.	Bainan, yauna, cheheki mintza zaizkit bada ; asea naiz zure crasiez
Ne me répondez pas ain-si, ou je vous casse la tête.	Ez niri, horrela, iher-dets, edo burua hauts-ten dautzut.
Doucement, je vous prie, doucement.	Eztiki, othoi, eztiki.
Vous êtes un mauvais drôle.	Tchirtchil tchar bat zare.
Et vous un autre.	Eta zu bertce bat.
Si je prends un bâton, je vous abîme.	Makilla bat hartcen ba-dut, chehacatcen zai-tut.
Je voudrais vous voir.	Nahi cintuzket ikhusi.
Allez vite loin d'ici, sans quoi gare à vous !	Zohaz laster hementic urrun, bertcenaz guar-dia zuri !
Je m'en vais ; quel dia-ble d'homme !	Banoha ; cer guizon de-brua !

39me DIALOGUE.

XXXIX BITARTECO SOLASA.

Pour acheter ou vendre un cheval, une paire de bœufs, une vache.

Zaldi baten, idi pare baten, behi baten erosteco edo saltceco.

Ce cheval est-il à vendre?

Zaldi hori saltcecoa da ?

Oui ; voulez-vous l'acheter?

Bai ; nahi duzu erosi?

Il est très maigre ; il a l'air fatigué.

Arras mehea da ; iduriz nekhatua da.

N'importe ; il est bien bon, soit pour selle, soit pour voiture.

Deus ez du munta, arras ona da ; bai azpico, bai carroco.

Quel âge a-t-il ?

Cer adin du ?

Sept ans au plus.

Zazpi urthe gorenaz.

Oui, et le surplus.

Bai, eta gaineracoac bertzalde.

Examinez-le ; voyez ses dents.

Mira-zazu ; beha-zozute hortceri.

On ne peut plus connaître son âge ; il ne marque plus.

Ez daiteke guehiago horren adina ezagut ; cerratua da.

Vous ne vous y entendez pas.

Ez zare aditcen.

Il a les yeux troubles, l'encolure longue, la tête basse, la crinière dégarnie, le poitrail étroit, la croupe vilaine et les jambes grosses. C'est un cheval vieux, usé et maladif.

Beguiac nahasiac ditu, lephoa luce du, burua aphal, khomba murritz, bulharra hertsi, guibel aldea itsusia, zangoac ere ditu lodi; zaldi zahar bat da hori, higatua eta ericorra.

Ne le dépréciez pas ainsi ; il est meilleur que vous ne croyez.

Ez dezazula horrela aphal ; zuc uste duzun baino hobeago da.

Voyons; faites-le mar-
cher; au pas, — au
trot, — au galop.

Ikhus; ibil-araz-zazu;
urhatsean, — trostan,
— calopan.

Il est ombrageux, — ré-
tif, — boîteux; il n'est
pas bien dressé; il ne
vaut pas grand'chose;
combien voulez-vous
en faire ?

Icicorra da, — yaus-
corra — maingua; ez
da ongui hecia; ez du
gauza handiric balio;
cembat eguin gogo
duzu hortan ?

Cent louis (trois cents
francs).

Ehun luis (hirur chun
libera).

Vous vous moquez de
moi; vous me deman-
dez là un prix fou; le
double de ce que ça
vaut.

Nitaz trufatcen zare;
precio erho bat gal-
datcen dautazu hor;
balio duenetic doblia.

Voulez-vous le prendre
pour quatre-vingt-dix
écus ?

Hartu nahi duzu laur
hogoi eta hamar luise-
tan ?

Non, non.

Ez, ez.

Laissez-le donc; je trou-
verai d'autres ache-
teurs que vous.

Bego beraz; causituco
dut zutaz bertzalde
bertce erosleric.

A qui sont ces bœufs ?

Idi horiec, norenac di-
re ?

Les miens.

Nereac.

Sont-ils à vendre ?

Saltcecoac dire ?

Oui; voulez-vous les
acheter ?

Bai; erosi nahi ditutzu ?

Que valent-ils, d'après
vous, quelque chose
haut ou bas ?

Cer balio dute, zure us-
tez, guti gora behera ?

Vous conviennent-ils ?

Guiza zaizkitzu ?

Ils sont un peu petits et
étroits.

Ttipittoac dire eta her-
tchizcoac.

Cinquante pistoles (dix
francs la pistole), se-
rait-ce trop vous de-
mander ?

Berrogoi eta hamar pis-
tola, sobera zuri gal-
datcea othe liteke ?

Vous ne voulez pas faire de traité avec moi, je m'en vais. — Ez duzu nerekilan traturic eguin nahi ; banoha.

Venez ici. — Zato hunat.

J'arrive ; mais donnez-moi votre dernier prix. — Heldu naiz ; bainan, emadazut zure azkhen precioa.

Ils valent certainement le prix que je vous ai demandé ; mais, tenez, prenez-les pour quarante-huit pistoles ; je veux pouvoir traiter une autre fois aussi avec vous. — Balio dute segurki galdatu dautzutan precioa ; bainan, ori, hart zaitzu berrogoi eta zortci pistoletan ; nahi dut zurekilan bertce aldi batez ere tratu eguin ahal izan.

Combien laisserez-vous pour arrhes ? — Zombat erreszat utcico ditutzu ?

Tout ce que vous voudrez, vingt francs, quarante francs. — Nahi ditutzun guciac, hogoi libera, berrogoi libera.

Et quel délai pour le paiement ? — Eta cer ephea pagamenduarenzat ?

Quinze jours, un mois, est-ce assez ? — Hamabortz egun, hilabete bat, bada azki ?

C'est fait ; donnez-moi la main. — Eguina da ; emadazut escua.

Ohé ! ami, cette vache est-elle à vous ? — Oho ! adichkidea, behi hau zurea da ?

Oui, elle est à moi ; vous avez idée de l'acheter ? — Bai, nerea da ; baduzu hunen erosteco gogoa ?

Combien donne-t-elle de lait par jour ? — Zombat esne emaiten du egunean ?

Dix litres. — Hamar phinta.

Que vaut-elle ? — Cer balio du ?

Huit louis d'or pour vous. — Zortci urhe zuretzat.

Voudriez-vous faire un échange ? — Nahi cinduke trucada bat eguin ?

Aussi bien, si cela me convient.

Hoin ongui, baldin guisa bazaut.

J'ai là, tout près d'ici, une vache grasse propre à la boucherie et qui ne me donne plus de lait ; voulez-vous venir la voir ? La voici.

Badut hor, hementic hurbil, behi guicen bat phicoco on dena eta esneric emaiten ez dautana ; nahi duzu ikhustera ethorri ? Huna non den.

Que me donnerez-vous en sus ?

Gaineratico cer emanen derautazu ?

Quoi ? Au contraire, c'est vous qui devez me donner le surplus.

Cer ? Aldiz, zuc eman behar dautazu gaineraticoa.

Nous ne pourrons nous entendre.

Ez dugu elgar adituco ahal.

Peut-être ; je crois que l'une vaut l'autre ; faisons seulement un échange sans surplus; et que ce soit fini en peu de mots.

Behar bada ; uste dut batac bertcea balio duela ; eguin dezagun choilki trucada bat gaineracoric gabe ; eta akhabo hitz gutiz.

Allez vous promener; tenez votre vache; je garde la mienne ; nous nous entendrons mieux une autre fois.

Zohaz phaseatcera; atchic-azu zuc zure behia; nic beguiratuco dut nerea ; hobekiago bertce aldi batez elgar adituco dugu.

40me DIALOGUE.

Pour acheter volaille poisson, légumes, fruits, au marché.

XL BITARTECO.SOLASA.

Merkhatuan, purailleria, arrain, eltcecari, fruitu erosteco.

Madame veut-elle rien acheter ?

Andreac cerbait nahi du erosi ?

Combien vaut cette paire de poules ?

Oillo pare hunec, zombat du balio ?

Prenez-les d'abord en mains, pesez-les, et voyez comme elles sont grasses et lourdes.

Lehenic escuetan hart zaitzu, hazta, eta ikhus zoin diren guicen eta phizu.

Comme ci, comme ça.

Hulache, halache.

Vous n'en trouverez pas de plus belles dans tout le marché.

Ez duzu merkhatu gucian ederragoric kausituco.

Il faut bien espérer que oui; pour combien me les donnerez-vous?

Bai, balinba; zombatean emanen deraiztatzu?

Pour quatre francs.

Laur liberetan.

Gardez-les; je m'en vais à d'autres.

Atchic-aitzu; bertcetarat banoha.

Trois francs et demi, dernier prix, les voulez-vous?

Hirur libera, azkhen precioa, nahi ditutzu?

Je n'en veux pas.

Ez ditut nahi.

Madame, pour 3 fr.

Andre, hirur liberetan.

Allons, je vous les prends.

Hots, hartcen deraizkitzut.

Je n'y gagne rien; vous faut-il des poulets, des canards, des chapons?

Ez dut deus horietan irabazten; baduzu oillasco, ahate, gaphoin beharric?

Pas aujourd'hui.

Egun ez.

Marie? A combien la livre de thon, — la douzaine de sardines?

Maria? Zombana libera athuna, — dotcena chardina?

A 50 c.

Hamarna sos.

Voulez-vous me le donner à 25 c.?

Nahi derautazu eman bortzna?

Diable! Vous croyez que je l'ai volé! adressez-vous à d'autres.

Debrua! Uste duzu ebatsia dutala! zohaz bertcetarat.

Sardines fraîches! sardines fraîches! Thon frais! thon frais!

Chardin fresco! charchina frescoa! Athun fresco! athun frescoa!

Marie ! à 40 c., 40 c !

Maria ! zortcira , zortci sos !

Combien vous en faut-il?

Zombat behar duzu ?

Une douzaine,—un demi-kilogr.

Dotcena bat , — libera bat.

Venez,—descendez.

Dathor,—yaitz zaite.

Marchande , donnez-moi des légumes pour le diner : choux, poireaux, carottes, persil, etc.

Tratularia , emadazut bazcariteco eltcecariac : aza, phorru, phastenagre, perrechil eta gaineracoac.

Les voilà.

Horra.

Combien le tout ?

Zombat guciec?

25 c.

Bortz sos.

A combien les petits pois?

Zombana ilhar chehea ?

A 50 c. le plat.

Gathelua hamarna sos.

Mesurez - m'en deux et mettez-les-moi avec précaution dans ce panier.

Izart diczadatzut biga eta pullikitto ezart otharre huntan.

Madame, vous faut-il du fruit ? des cerises, des fraises, des poires, des pommes ; il y a de tout ici à choisir.

Andre , baduzu fruitu beharric ? guereciac, marhubiac , udareac , sagarrac ; bada hemen gucietaric hautatceco.

Donnez-m'en pour 50 c. et des plus beaux.

Emadaitzut hamar sosena eta ederrenetaric.

Vous ne désirez pas autre chose ?

Ez duzu bertceric gucicia ceu ?

Non ; j'en ai assez pour aujourd'hui ?

E., egungo badut aski.

A demain donc.

Bihar dino beraz.

———

41me DIALOGUE.

XLI BITARTECO SOLASA.

Pour acheter des meubles

Mubleen erosteco.

———

Avez-vous des bois de lit à vendre ?

Baditutzu ohe zurac saltceco ?

Comment les voulez-vous ?	Nolacoac nahi dituzu ?
En noyer ou en cerisier, cela m'est égal, du moins cher.	Intzaurrezcoac edo guerecizcoac, bardin zaut, gutiena khario denetic.
Avez-vous aussi besoin de ciels-de-lit ?	Baduzu ere ohe ceru beharric ?
Faites-les-moi voir; vous n'en avez pas d'autres?	Erakhus–aitzut ; ez duzu berteeric ?
Oui ; mais c'est plus cher.	Bai ; bainan khariago dira.
Avez-vous des matelas, des oreillers, des couvertures ?	Badituzu matalazac, bururdiac, estalguiac ?
J'en ai de toutes sortes ; venez choisir.	Baditut mota gucietaric; zato hautatcera.
Et les chaises, les armoires, les malles, où les avez-vous ?	Eta kaderac, harmarioac, khutchae, non ditutzu?
Tout à l'heure; l'une après l'autre; les voulez-vous très-fortes?	Berehala ; bat bertcearen ondotic ; arras hazcarrac nahi dituzu ?
Quoi donc ? oui, certainement.	Cer bada ? bai , segurki.
Vendez-vous des garnitures de lit, rideaux, rechanges?	Saltcen ditutzu oheco garnidurac, dilingacoac, aldagarriac ?
Aussi ; de quelle qualité les désirez-vous ; et quel est le prix que vous voulez y mettre ?	Bai eta ere ; cer guisatacoac guticiatcen ditutzu, eta cer precio eman nahi diozute ?
Je les veux communes et à bon marché.	Arruntac eta merke nahi ditut.
Les voilà ; cela vous plaît-il ?	Horra non diren ; guisacoac zaizkitzu ?
Que vaut le tout ensemble ?	Cer du denac balio ?

Cent francs, le plus juste prix.	Ehun libera, precio zucenena.
Vous ne rabattez rien ?	Ez duzu deusic khentcen ?
Je ne le puis; mais je me charge de l'emballage.	Ez dezaket; bainan, balotetan ezartceaz kargatcen naiz.
C'est bien; on viendra les prendre demain; je dois aller, ce soir, acheter des vêtements.	Ongui da; bihar ethorrico dire billa; gaur, arropa erostera yoan behar naiz.
Salut, jusqu'à une autre fois.	Agur, bertce aldia-dino.

———   ———

42me DIALOGUE.   XLII BITARTECO SOLASA.

Pour acheter des vêtements.   *Arropen erosteco.*

———   ———

Bonjour; on vend ici des étoffes pour habits, n'est-ce pas ?	Egun on; hemen saltcen dire arropa gueiac, hala da ?
Oui, et de choix.	Bai, eta hautac.
A combien ce drap ?	Zombana oihal hori ?
A dix francs le mètre.	Berga hamarna libera.
C'est trop cher.	Sobera khario da.
Nous en avons à meilleur marché.	Merkeagoric ere badugu.
Celui-là me plaît, pouvez-vous me le donner à neuf ?	Agradatcen zaut hori, bederatcira eman dezakezu ?
Combien de mètres prendrez-vous ?	Cembat berga hartuco ditutzu ?
Une quinzaine.	Hamabortz bat.
Prenez toute la pièce.	Hart zazu pheza gucia.
Je n'ai pas besoin de tant.	Ez dut hoinbertcen beharric.

Français	Basque
Je ne puis donc vous le donner à ce prix.	Ez dezakezut beraz eman precio hortan.
Donnez-le moi à neuf et demi ?	Bederatci eta erdira emadazut ?
Vous ne l'aurez pas ; dois-je le couper, oui ou non ?	Ez duzu izanen ; phicatu behar dut, bai ala ez ?
Allons, coupez-le ; au moins, faitez-moi bonne mesure.	Hots, phica-zazu ; bederen eguidazut izari ona.
Tenez, voyez, je vous donne ceci en plus.	Ori, beha zazu, hauche emaiten derautzut gaineratico.
Voilà l'argent ; je viendrai le prendre tout à l'heure ; j'ai besoin d'acheter des rubans.	Horra dirua ; berehala ethorrico naiz horren harteera ; chingolac erosi behar ditut.
Madame, combien valent les rubans ?	Andre, chingolec, zombat dute batio ?
Il y en a de toutes sortes et de toutes largeurs ; du rouge, de l'écarlate, du blanc, du bleu, du vert, de toute couleur ; choisissez la.	Badire guisa gucietacoac eta zabaltasun gucietacoac ; gorriac, gorrigorriac, zuriac, urdinac, pherdeac, colore gucietacoac ; hor hauta.
Je voudrais acheter autre chose, et je ne me rappelle plus quoi.	Bertce cerbait erosi nahi nuke, eta ez naiz guehiago orhoit cer.
Pourquoi est-ce ?	Certaco da ?
Pour ornement d'un manteau, — d'un habit, — d'une robe, — d'un jupon, — d'une chemise.	Capa, — ailamendu, — arroba, zai-azpico, athorra baten edergailutzat.
Nous avons ce qu'il vous faut.	Zuc behar duzuna badugu.
Faites-le-moi voir.	Erakhus dezadazut.

Qu'est-ce que cela vaut?	Cer du horrec balio?
Je vous le donne pour cinq francs.	Bortz liberetan emaiten dautzut.
C'est trop ; ça ne vaut pas autant.	Sobera da ; ez du hoinbertce balio.
Je ne surfais jamais.	Ez dut nihoitz ere balio duenetic goiti galdatcen.
Donnez-le moi pour quatre francs.	Laur liberetan emadazut.
Je ne puis vous le donner ; j'y serais perdant. Voyez comme c'est bon et joli, c'est de la dernière mode ; je viens de le recevoir de Paris.	Ez dezakezut eman ; galtcean ninteke ; behazazu zoin ona den eta pullita ; azkhen modacoa da ; Parisetic berritan errecibitua dut.
Tranchons par moitié.	Erditic trentca dezagun.
Vous n'avez pas besoin d'autre chose ?	Ez du deus bertceric behar ?
Pas dans ce moment.	Ez oraico huntan.

43ᵐᵉ DIALOGUE.

XLIII BITARTECO SOLASA.

Pour acheter une montre et de la bijouterie.	*Zarpaco oren guidari baten eta urrhe cilharreriaren erozteco.*

Monsieur, — madame, donnez-vous la peine d'entrer. Asseyez-vous, voilà un siége; que demandez vous ?	Yauna, — andrea, sartzaite, nekhe ez bazautzu. Yart-zaite, horra alkhi bat ; cer galde-eguiten duzu ?
Je voudrais acheter une montre.	Zarpaco oren guidari bat erosi nahi nuke.
En or ou en argent ?	Urrhezcoa ala cilharrezcoa ?
Faites-m'en voir des deux.	Bietaric erakhutz dezadazut.

En voici une anglaise, elle est excellente. — Huna bat anguelesa, arras ona da.

Me la donnerez-vous à l'épreuve ? — Phoroantzan emanen derautazua ?

Oui; mais pour un an seulement. — Bai, bainan urthe batentzat choilki.

Quelle en est la valeur? — Cer du balioa ?

Deux cents francs. — Berrehun libera.

Que pèse la boîte en or? — Urrhezco estalguiac cer phizu du ?

Elle a soixante francs d'or. — Hirur hogoi liberaren urhea badu.

Mais, sur le prix, vous m'en réparerez une autre? — Bainan, precioaren gain, bertce bat moldatuco derautazu?

Qu'a-t-elle, voyons? — Cer du, eia ikhus?

Il y a peu de travail à faire. — Lan guti da eguiteco.

Le ressort est cassé ; il faut en mettre un nouveau ; que vous est-il arrivé ? — Erresorta hautsia da ; berri bat ezarri behar da ; cer guerthatu zautzu?

J'ai eu la maladresse de la jeter à terre. — Lurrerat botatceco moldegaitzkeria izan dut.

Le verre aussi est cassé, mais n'importe, je vous réparerai le tout sur le prix. — Berina ere hautsia da, bainan, ez du munta, dena moldatuco derautzut precioaren gain.

Pour quand vous la faut-il ? — Noizco behar duzu ?

Dans huit jours. — Zortci egunen buruan.

Vous l'aurez pour lors. — Orduco izanen duzu.

N'y manquez pas, je vous prie. — Ez hutsic eguin, othoi.

Avez-vous besoin de jolies chaînes en or? — Baduzu urrhezco gathe pulliten beharric ?

Non ; je voudrais une épingle en or ; que vaut celle-ci ? — Ez; urrhezco ichkilimba bat nahi nuke ; cer du hunec balio?

Je vous la donnerai bon marché ; pour dix francs elle est à vous.

Merke emanen derautzut; hamar liberetan zurea da.

Et cette bague et ces pendants ?

Eta errheztun hau eta petenta horiec ?

Ils sont en or pur ; ils valent vingt francs pièce.

Urrhegarhiz dira ; hogoi libera balio du bakhotchac.

Ce sera une autre fois ; je dois vous payer ; avez-vous de la monnaie ?

Bertce aldi batez izanen da ; pagatu behar zaitut ; cheheric baduzu?

Vous me payerez une autre fois.

Bertce aldi batez pagatuco nauzu.

Vous êtes à acheter votre trousseau, sans doute.

Zure yoyen erosten-ari zare, naski ?

Oui ; je vais bientôt me marier.

Bai ; laster ezkhontcecoa naiz.

Bonne fête ! amusez-vous bien.

Besta on ! yosta zaite ongui.

———

14me DIALOGUE.

XLIV BITARTECO SOLASA.

Pour faire quelque commande à un tailleur, à une couturière.

Cerbait manu eguiteco chachtre bati, dendari bati.

———

Ce maudit tailleur me fait bien attendre, un jour où j'ai tant à faire ; j'enrage ; allez lui dire s'il veut venir, oui ou non.

Chachtre madaricatu harrec ungui iguricarazten nau, hoinbertce eguiteco dutan egun batean ; errabiatcenari naiz ; zohazco erraitera ethorri nahi den, bai ala ez.

Me voici, monsieur, qu'y a-t-il pour votre service?

Huna ni, yauna, cer da zure cerbitzuco ?

Ah ! vous voilà ; j'allais

Ah ! hor zare ; ciu cinez

me fâcher tout de bon contre vous.

zure contra hasarretcera nindohan.

Je n'ai pu venir plus tôt ; j'ai travaillé toute la nuit pour coudre votre habit ! Je viens de l'achever ; voudriez-vous le mettre dessus ?

Ecin ethorri naiz lchenago ; gau gucia lanean-aritu naiz zure ailamenduaren yosteco ; akhabatcetic heldu naiz ; nahi cinuke soinean ezarri ?

Je le veux bien ; donnez-le - moi, croyez-vous qu'il m'aille bien ?

Bai, segur, nahi dut ; emadazut, ongui yohan zaitala uste duzu ?

Très-bien ; je défie qui que ce soit de le faire mieux.

Arras ongui ; nornahi desafiatcen dut hobekiago eguitetic.

Jactance. C'est le propre de tous les tailleurs. Les manches ne sont-elles pas trop étroites ?

Espantu. Chachtre guciena da hori. Mahungac ez othe dire hertsiegui ?

C'est la mode ; si vous voulez, je vous les élargirai.

Moda da hola ; nahi baduzu, largatuco deraizkitzut.

Non, il n'y a pas de quoi.

Ez, ez da ceren.

Boutonnez-vous et regardez-vous à la glace.

Potoina-zaite eta mirailean beguizta.

N'y a-t-il pas trop de plis par côté ?

Ez othe da, saihetsean, sobera plegu ?

Ils s'effaceront lorsque vous l'aurez mis dessus deux ou trois fois.

Eceztatuco dire biz-pahirur aldiz soinean ezarri duzuneco.

Nous le verrons après.

Guero ikhusico.

Avez-vous quelque autre ouvrage à me donner?

Baduzu othe bertce cerbait lan niri emaiteco?

Faites-moi un gilet et une paire de pantalons.

Eguidaitzut barneco bat eta galtza pare bat.

De quel drap, de quel

Cer oihaletic, cer precio-

16

prix, avec quelle dou-
blure ?

Je veux du bon et du
beau, quel qu'en soit
le prix ; le bon a tou-
jours plus de durée.

C'est cela, et à la fin,
c'est le meilleur mar-
ché ; car il est dit : le
drap de Rouen, étant
bon marché, est cher.

Voici la couturière ! Vous
allez me confectionner
au plus tôt une robe
et un jupon.

Quand voulez-vous que
je vienne ?

Demain même, si vous
le pouvez; et de bon
matin.

Je suis prise pour de-
main ; je viendrai
après-demain.

Soit donc après-demain;
n'y manquez pas.

Me voici.

Vous voilà; prenez-moi
mesure.

Comment faut-il vous
tailler la robe? com-
ment la voulez-vous ?

Je veux la taille serrée,
les volants amples.

Avez-vous assez d'étoffe ?

Oui, et du surplus.

Avez-vous quelque autre
chose à faire ?

tacoa, cer horradure-
kin ?

Onetic eta ederretic nahi
dut, nolaco nahi izan
dadien precioa ; onac
bethi iraupen gue-
hiago du.

Hala da, eta azkenic,
hura da merkena ;
ecen, errana da : Er-
roango oihala, merke
delaric, khario da.

Huna dendaria ! Eguin
behar daitatzu, lehen
bai lehen, arroba bat
eta zai-azpico bat.

Noiz nahi duzu ethor
nadien ?

Bihar berean , yiten
ahal bazare ; eta goiz
goicetic.

Biharco hartua naiz ;
etci ethorrico naiz.

Boha beraz etci ; ez hut-
sic eguin.

Huna ni.

Hor zare ; izaria hart-
diezadazut.

Nola behar dautzut ar-
roba phicatu? nolacoa
nahi duzu ?

Nahi dut guerria hertsi,
hegalac zabal.

Bai othe duzu guei aski ?

Bai, eta goitia ere.

Bertce cerbait gauza
eguiteco baduzu ?

Voici un mouchoir déchiré ; voilà un corsage usé ; faitez - y quelques points.	Huna mocones bat urratua ; horra yipoi bat higatua , eguiozute zombait phondu.

45me DIALOGUE.

Idem. A un cordonnier.

XLV BITARTECO SOLASA.

Orobat. Zapetaguin bati.

Avez-vous des souliers tout faits à vendre ?	Báduzu zapeta eguinic saltceco ?
Non ; mais je vous en ferai une paire tout de suite.	Ez ; bainan , pare bat berehala eguinen dautzut.
Prenez - moi mesure.	Izaria hart-diezadazut.
Comment les voulez-vous et pour quand ?	Nolacoac nahi ditutzu eta noizco ?
Il me les faut très-forts et le plus tôt possible.	Arras gothorrac behar ditut eta ahalic lasterrena.
Vous les aurez ainsi.	Hala izanen ditutzu.
Les derniers que vous m'avez faits étaient mal cousus ; ils avaient le talon trop bas et le cuir mauvais ; ils ont éclaté au bout de huit jours.	Azkenic eguin daitatzunac gaizki yosiac ciren ; takoin aphaleguiac cituzten eta larru tzarra ; zortci eguinen buruco zaparteguin dute.
Tel prix, tel ouvrage ; j'emploierai, cette fois, du bon cuir ; je leur ferai les talons hauts et je les coudrai bien ; mais vous les payerez dix francs.	Nolaco precioa, halaco lana ; aldi huntan larru onetic emanen diotet ; eguinen dioztet takoinac gora eta yosico ditut ongui ; bainan , hamar libera pagatuco ditutzu.

Qu'importe le prix, pour-vu qu'ils soient bons ; il me les faut absolu-ment pour dimanche.

Cerbait munta du pre-cioac, baldin onac ba-dire; baitezbada igan-deco behar ditut.

Les voulez-vous un peu serrés ? la pointe ron-de ou effilée ?

Hertchizco nahi ditutzu? punta biribil ala chor-roch ?

Faites-les moi de maniè-re à y entrer le pied à l'aise, et la pointe ron-de , car j'ai des cors aux doigts.

Eguidaitzut zangoa er-rechki sartceco guisan eta punta biribil, ecen khatchoac badi-tut erhietan.

Je les ferai avec soin ; vous n'aurez rien à redire.

Arthoski eguinen ditut; ez duzu berriz deus erraitecoric izanen.

Vous voilà ?

Hor zare ?

Oui , me voici ; je viens vous apporter les sou-liers; voudriez-vous les chausser pour voir s'ils vous vont bien ?

Bai, huna ni ; zure za-peten ekhartcera hel-du nauzu ; yauntzi nahi cintuzke ikhus-teco eia ongui yoaten zaizkitzun ?

Ils paraissent bien faits.

Iduriz ongui eguinac dire.

Tenez la corne ; asseyez-vous.

Ori adarra ; yart-zaite.

Le pied entre difficile-ment.

Zangoa nekhez sartcen da.

N'ayez pas peur ; tapez fort du pied.

Ez beldurric izan ; yo-azu sendoki zangoz.

Ne sont-ils pas un peu trop longs ?

Ez othe dira lucechegui?

On les fait ainsi mainte-nant; et d'ailleurs, il est bon que vos doigts, à cause de vos cors , puissent se mouvoir librement.

Horrela eguiten dituzte orai; eta bertzalde, zu-re erhiec on dute, zure khatchoen gatic, la-gnoki ibil ahal dite-cen.

Ne sont-ils pas aussi un peu étroits ?	Hertchizco ere ez othe dire ?
Ils s'élargiront en marchant.	Ibiliz largatuco dire.
Voilà votre payement.	Horra zure saria.
Vous n'avez pas de souliers à ressemeler ?	Ez duzu berriz zola-arazteco zapetic ?
Je ne sais ; demandez aux domestiques.	Ez dakit ; galde-eguizozute sehieri.

--- ---

46me DIALOGUE. XLVI BITARTECO SOLASA.

Idem. A une blanchisseuse. *Orobat. Bokheta eguile bati.*

--- ---

Vous m'apportez mon linge ?	Nere linya ekhartcen dautazu ?
Oui, madame, voici la note.	Bai, andre, huna khondua.
Voyons si tout y est ?	Ikhus eia oro hor diren ?
Deux paires de draps de lit.	Bi ohe aldagarri, — mihise.
Quinze chemises (d'hommes).	Hamabortz athorra.
Dix chemises (de femmes).	Hamar manthar.
Six chemises (d'enfants).	Sei chathar.
Deux caleçons.	Bi galtchoin.
Deux gilets.	Bi barneco.
Trois vestes.	Hirur gaineco.
Quatre jupons.	Laur zai-azpico.
Une robe.	Arroba bat,—soin bat,—zai bat.
Huit paires de bas.	Zortci galtcerdi pare.
Une paire de gants.	Escularru pare bat.
Deux pantalons blancs.	Bi galtza churi pare.
Neuf cravates.	Bederatci lephoco.
Onze mouchoirs.	Hamabi mocones.

Quatorze serviettes.

Hamalaur mahain-ainci-neco,—cerbita.

Trois nappes.

Hirur dafaila.

Sept essuie-mains.

Zazpi escu-chukhatceco.

Dix-huit torchons.

Heme-zortci thurchun.

Vingt chiffons.

Hogoi philtzar.

C'est le tout.

Hori da gucia.

Il me semble que cette chemise n'est pas à moi.

Iduritcen zaut athorra hau ez dela nerea.

Pardon, madame, elle porte votre marque.

Barkhatu, andre, zure seinalea dakharke.

Ceci n'est pas bien blanchi.

Ez da hau ongui churi-tua.

J'ai fait tout mon possible.

Ahal guciac eguin ditut.

Cela est bien abîmé.

Hori ongui phorrocatua da.

Or donc, je l'ai manipulé avec bien de soin.

Alta bada ongui arthoski escuetan ibili dut.

Voici un mouchoir déchiré.

Huna mocones bat urra-tua.

Il était on ne peut plus fragile.

Ecin guehiago uzterra cen.

Voilà des taches sur cette nappe.

Horra thona batzu dafaila hortan.

Je l'ai mise deux fois à la lessive, et je n'ai pas pu les enlever.

Bietan bokhetan ezarri dut, eta ecin khendu ditut.

Prenez le linge sale ; savonnez-le bien.

Linya cikhina hart-zazu ; salboina zazu ongui.

Quand faudra-t-il le rapporter ?

Noiz beharco da itzuli ?

Samedi matin, sans faute.

Larumbate goicean, fal-taric gabe.

Voulez-vous être payée à présent ?

Nahi zare orai pagatua izan ?

Non, madame, je préfère toucher l'argent tous les trois mois; votre servante.

Ez, andre, nahiago dut dirua altchatu hirur hilabetetaric; zure nescato.

— —

47me DIALOGUE.

XLVII BITARTECO SOLASA.

Idem. A un ouvrier agricole.

Orobat. Languile nekhatzaile bati.

— —

Holà hé! ouvrier, où êtes-vous ?

Hola hé! languilea, non zare ?

Ma foi! je me reposais.

Ala fedé! phausan nindagon.

Il paraît, puisque vous étiez étendu sur le gazon, derrière la haie.

Badu iduri, sorropilan, berro guibelean, etzana cinaudenaz gueroztic.

J'étais bien fatigué.

Ongui nekhatua nintcen.

Et le travail ?

Eta lana ?

J'ai beaucoup travaillé jusqu'à présent.

Orai-dino hainitz lanean aritu naiz.

Qu'avez-vous fait ce matin ?

Goiz huntan cer eguin duzu?

J'ai pioché ce carreau; j'ai tondu cette haie; j'ai taillé cette vigne; j'ai greffé cet arbre.

Alhur hau aitzurtu dut; berro hori murriztu; mahasti hura phicatu; arbola hori charthatu.

Vous avez fait de l'ouvrage. Aurons-nous des raisins cette année ?

Eguin duzu lan. Izanen othe dugu mahatsic aurthen ?

Il y en aura un peu, s'il n'y a pas d'oïdium.

Aphur bat izanen da baldin gaitzic ez bada.

La terre est-elle bien propre à recevoir la semence ?

Lurrac trempu on du haciaren errecebitceco ?

Oui, si le beau temps continue.

Bai, baldin dembora onac irauten badu.

Le temps est donc propice pour les semailles ?

Aro ona da, beraz ereguintcen eguiteco ?

A souhait ; désormais, on pourra, quand on le voudra, semer le froment, le maïs.

Nahi bezalacoa ; hementic aincina, noiz nahi, oguia, arthoa ereguint-daiteke.

L'année s'annonce bien.

Urtheac itchura ona du.

Oui ; les arbres aussi sont en pleine floraison ; ils seront chargés de fruits ; il y en aura abondamment.

Bai ; arbolac ere lore bethean dire ; fruituz leher eguinen dute; izanen da nazaiki.

Les jardins ne sont pas moins garnis.

Baratceac ez dire gutiago betheac.

Il n'y manque rien ; choux, carottes, poireaux, petits pois, tomates, piments, tout y a bien pris.

Ez da han deusen ere escasic ; aza , phaztenagre, phorru, ilharchehe, tomate, bipher, guciec ongui hartu dute.

Il est temps que vous buviez un coup de vin ; je suis venu pour cela.

Ordu da arno colpe bat edan-dezazun ; hortarat ethorri naiz.

Soyez le bien venu ; vive vous !

Ongui ethorri zarela; biba zu !

Buvez à ma santé, et puis vous allumerez votre pipe.

Edan-zazu nere osagarrian eta guero zure pipa phiztuco duzu.

A tantôt.

Sarri-dino.

48me DIALOGUE.

Idem. *A un perruquier.*

XLVIII BITARTECO SOLASA.

Orobat. Bizar-phicatzaile bati.

Allez chercher mon barbier, et dites-lui que je commence à m'inquiéter.	Nere bizar-phicatzailearen bilha zohaci; eta errocozu khechatcen hasten naicela.
Monsieur, il arrive; le voici.	Yauna, heldu da; huna non den.
Comme vous venez tard aujourd'hui; vous m'obligerez à en prendre un autre.	Zoin berant heldu zaren egun; bortchatuco nautzu bertce baten hartcera.
Je vous demande pardon, il m'était impossible de venir plus tôt.	Barkhamendu eske nautzu; ecin ethor ahal nintakeien lehenago.
Vous savez que j'aime à me faire raser de bon matin; n'y manquez pas une autre fois.	Badakizu goiz goicetic maite dutala bizarraren phica-araztea; bertce aldi batez ez hutsic eguin.
Des époux m'ont fait retarder aujourd'hui; cela ne m'arrive pas souvent; je suis venu en courant, après les avoir congédiés.	Espos batzuec berantaraci naute egun; ez zait hori maiz guerthatcen; lasterca ethorri naiz hec despeitu ondoan.
Vous avez toujours quelques prétextes, allons vite.	Bethi cerbait estacuru baduzu; hots fite.
De suite; l'eau est-elle chaude?	Berehala; ura bero othe da?
Vos rasoirs sont-ils bons et propres? essuyez-les et repassez-les.	Zure nabalac onac direa eta galbiac? chuca zaitzu eta chorrocht.
Oui, monsieur.	Bai, yauna.

Prenez garde de me couper ; faites bien attention.

Beguira ni phica ; eguizu ongui khasu.

Vous fais-je du mal ?

Min eguiten derautzuta?

Je crains que vous ne m'ayez coupé ; je saigne.

Beldur naiz phicatu othe nauzun ; odola dariot.

Pardon, monsieur; c'est un petit bouton qui a sauté.

Barkhatu, yauna, potoingno bat da yauci dena.

Que m'apportez-vous de nouveau ? vous êtes tous des nouvellistes, vous autres.

Cer berri ekhartcen dautazu ? berriketariac zarete guciac, zuec.

Ne parlez pas trop, monsieur, vous risquez de vous faire du mal; il n'y a rien de bien nouveau.

Ez sobera mintza, yauna, min-hartcea hirriscatcen duzu ; ez da deus berriagoric.

Est-ce fini ? peignez-moi maintenant les cheveux.

Akhabo dea ? orrazta zaitzut orai biloac.

Vous les avez tous crépus.

Osoki khuscuillatuac ditutzu.

Ils ne sont que plus jolis.

Pullitago baicic ez dire.

Regardez à la glace ; est-ce bien ?

Miraillari beha zozu ; ongui dea ?

C'est parfait.

Arras ongui da.

Quand faut-il que je revienne ?

Noiz behar naiz berriz itzuli ?

Venez après-demain.

Etci zato.

A quelle heure ?

Cer ordutan ?

A huit heures au plus tard.

Berantenic zortci orenetan.

Je serai plus assidu dorénavant.

Yarreikico naiz hobekiago hementic aincina.

49me DIALOGUE.

Idem. A un garçon, à une fille, qui veut se placer quelque part en qualité de domestique.

—

XLIX BITARTECO SOLASA.

Orobat. Sehi guisa nombait pharatu nahi den muthil, nescatcha bati.

—

Je suis en quête d'une place.

Lekhu baten eske nabila.

Quelle sorte de place désirez-vous ?

Cer lekhu guisa guticiatcen duzu ?

Quelconque ; cocher, jardinier, portier, valet de chambre, vacher, pasteur, je suis bon à tout.

Edo zoin ; carro-zain, baratce-zain, guelari, behi-zain, arzain, orotaco on naiz.

Ce n'est pas peu.

Ez da guti.

Je sais aussi un peu écrire et compter.

Izkiriatcen ere eta khondatcen aphur bat badakit.

Pas autre chose ?

Deus ez bertceric ?

Je m'entends aussi à soigner les chevaux et autres bêtes ; à cultiver les fleurs ; enfin, au besoin, je saurais servir à table.

Aditcen naiz ere zaldien eta bertce aberen arthatcen ; loren lantcen ; azkenean, behar orduan, mahai cerbitzatcen badakiket.

Je voudrais me placer quelque part cuisinière, — femme de chambre, — bonne d'enfants.

Nahi ninteke nombait pharatu, coiciner, — guelari,—haurt-zain.

Que savez-vous faire ?

Certan dakizu ?

Un peu de tout.

Orotaric aphur bat.

Savez-vous coudre, repasser, faire des reprises et des points ?

Badakizu yosten, lisatcen, phaseguen eta phonduen eguiten ?

Oui ; je sais faire tout cela.

Bai ; badakit horien gucien eguiten.

Etes-vous déjà restée quelque part domestique ?

Yadanic nombait sehi egona zare ?

Je suis restée deux ans dans une ville et trois dans une autre, dans de bonnes maisons.

Egon naiz bi urthe hiri batean eta hirur bertce batean, etche on batzuetan.

Avez-vous des certificats de bonne vie ?

Baduzu bicitce oneco paperic ?

J'en ai des meilleurs.

Hoberenetaric baditut.

Quel âge avez-vous ?

Cer adin duzu ?

J'ai trente ans.

Hogoi eta hamar urthe ditut.

Savez-vous parler en basque, — en français ?

Badakizu escuaraz, — frantsesez mintzatcen ?

Un petit peu ; je les comprends mieux.

Aphurtto bat ; hobekiago endelgatcen ditut.

Quels gages demandez-vous ?

Cer soldatac galdatcen ditutzu ?

Que voulez-vous me donner ?

Cer eman nahi dautazu ?

Dix francs par mois, et en outre, la nourriture et le blanchissage. Cela vous suffit-il ?

Hamar libera hilabeteca eta bertzalde, hazcurria eta churitasuna. Bazautzu hori aski ?

Cela me suffit.

Hori bazaut aski.

Eh bien ! je vous prends chez moi ; mais je dois vous dire d'avance que je n'aime pas les rapporteurs ; et que j'entends que vous soyez réservée dans vos paroles et silen-

Eta bada, nere etchean hartcen zaitut ; bainan aincinetic erran behar dautzut salhatariac ez ditudala maite eta aditcen dutala erresalbatua izan zaiten zure solasetan bai eta ichila

cieuse sur les choses du dedans comme sur celles du dehors.

barneco nola campoco gaucetan.

Soyez tranquille sur ce point ; quand voulez-vous que je vienne définitivement ?

Phondu hortan zaude descantsu ; noiz nahi duzu alderat ethor nadien ?

Dès demain.

Bihar danic.

A demain donc ; votre très-humble servante.

Bihar-dino beraz ; zure cerbitzari guciz humila.

—   —

Idem. A un médecin, à un chirurgien.

Orobat. Medicu, barber bati.

Appelez au plus tôt le médecin le plus célèbre et le meilleur du pays.

Deit-zazu ahalic lasterrena herrico medicuric aiphatuena eta hoberena.

Tout de suite... le voilà qui arrive.

Berehala... horra non ethortcen den.

Faites-le entrer.

Sar-araz-zazu.

Monsieur est-il médecin ou chirurgien ?

Yauna medicu da ala barbera ?

L'un et l'autre.

Bat eta bertcea.

Je suis très-malade, et je ne sais trop ce que j'ai.

Arras eria naiz eta ez dakit sobera cer dutan.

Vous ne devez pas avoir grand mal, puisque vous ne savez pas ce que vous avez ; depuis quand êtes-vous alité ?

Ez duzu min handiric izan behar, ez dakizunaz gueroz cer duzun ; noizdanic ohatua zare ?

J'étais encore debout hier ; le mal m'a pris tout à coup.

Atzo oraino tchutic nindagon ; gaitzac betbetan hartu nau.

Voyons ; d'où vous plaignez-vous le plus ?

Ikhus ; nontic, guehienic, arranguratcen zare ?

De la tête, — des poumons, — du ventre ; je souffre un peu de partout.

Burutic, — bulharretaric, — sabeletic ; orotaric aphur bat sofritcen dut.

Ne vous effrayez pas ; cela n'est rien ; voyons le pouls ; montrez-moi la langue.

Ez ici ; ez da hori deus ; ikhus pholtsua ; erakhus diezadazut mihia.

Le pouls est un peu agité ; la langue un peu épaisse ; le sang un peu échauffé ; vous avez un peu de fièvre.

Pholtsua nahasiche da ; mihia lodiche ; odola berotuche : sukhar aphurtto bat baduzu.

Qu'avez-vous fait ces derniers jours ? Avez-vous commis quelque excès ? comment ce mal vous est-il arrivé ?

Cer eguin duzu azkhen egun horietan ? Cerbaitetan soberanioric eguin othe duzu ? nola ethorri zautzu gaitz hori ?

J'ai beaucoup mangé avant-hier ; j'ai sué, et puis je me suis refroidi ; à la suite de cela, j'ai eu des frissons.

Hainitz yan dut herenegun ; icertu naiz eta guero hoztu ; hartaric seguidan, hotz ikharac izan ditut.

C'est une sueur rentrée, ou peut-être un coup de sang.

Icerdi sartu bat da hori, edo behar-bada odol colpe bat.

C'est possible. Atch ! aïe !

Izan daite. Atch ! aï !

Une petite saignée vous fera du bien ; ce soir vous prendrez un bain de pieds, et puis nous verrons.

Sangre ttipi batec on eguinen dautzu; gaur, mainhu bat hartuco duzu eta guero ikhusico dugu.

Pourrai-je prendre quelque chose ?

Cerbait hart-dezaketa ?

Rien que de la tisane aujourd'hui ; demain, vous prendrez un peu de bouillon,—un peu de volaille, — un peu de veau, ou quelques pruneaux.

Deus, ur egosia baicen, egun ; bihar, hartuco duzu salda chorta bat, — oillaki gutitto bat , — aratchcki puchca bat edo cembait adan melatu.

Sapristi ! comment exister ainsi. Pourrai - je me lever ?

Crebius ! horrela nola bici. Yciki naiteke ?

Non ; vous devez rester au lit et chaudement encore

Ez ; ohean egon behar zare eta beroki halere.

Je m'en vais voir d'autres malades ; bonjour , à demain.

Banoha bertce eri batzuen ikhustera ; egun on , bihar dino.

On vous accompagnera jusqu'en bas ; lavez vos mains avant de sortir.

Beherat-dino lagunt duco zaituzte ; zure escuac garbitz - kitzu yalgui baino lehen.

Que dites-vous, monsieur, de notre malade ?

Cer diozu, yauna, gure eriaz ?

Il n'y a rien de dangereux , mais laissez-le bien tranquille; fermez les volets de sa chambre ; ne faites pas de bruit; ne lui donnez rien à manger; tenez-lui les pieds chaudement ; je reviendrai demain matin.

Ez da deus lanyeric ; bainan , utz-zazue descantsu onean ; cerra-zaitzue guelaco leihoac ; ez harrabosic eguin ; ez deus eman yatera ; atchic-oitzue sangoac beroki ; bihar goicean itzulico naiz.

Avez- vous dormi ?

Loric eguin duzu ?

Pas du tout, ou très-peu ; je suis tout en sueur, tout en feu ; j'ai éprouvé, de temps en temps, des vertiges

Batere ; edo arras guti ; dena icerditan nago ; dena sutan ; noicetic noicera , ukhan ditut burtzora hatzu zoine-

et j'ai cru mourir ; il me venait un voile devant les yeux.

tan hil uste izan baitut; heldu zaitan bela bat beguien aincinerat.

Il faudra prendre un lavement ce matin, et ce soir une purge ; cela passera, ne vous découragez pas pour si peu.

Laamendu bat hartu beharco duzu goiz huntan eta gaur purga bat ; iraganen da hori ; ez lotsa hoin gutientzat.

Vous m'abandonnez à présent de cette manière?

Orai uzten nauzu guisa huntan ?

Pas encore ; vous m'enverrez tantôt quelqu'un pour me donner de vos nouvelles.

Ez orainic ez ; sarri norbait igorrico derautazu zure berrien emaiteco.

Bonsoir, monsieur, je viens vous porter des nouvelles de notre malade.

Gau on, yauna, yiten nautzu gure eriaren berriekilan.

Eh bien! comment va-t-il?

Eta bada ! nola doha ?

Il n'est pas plus mal ; il a passé une bonne journée.

Ez da gaizkiago ; egun on bat iragan du.

Je savais que cela ne serait rien ; puisqu'il va mieux, je puis cesser de venir.

Banakien ez cela hori deus izanen ; ongui dohanaz gueroztic, yitetic bara ninteke.

S'il lui arrivait quelque chose de plus fâcheux, nous viendrions vous prévenir.

Deus gaichtoagoric guerthatcen balitzaio, zure abisatcera ethor guintezke.

C'est bien ; cela suffit.

Ongui da ; hori aski da.

Nous viendrons vous rémunérer quand il sera tout à fait guéri.

Zure saristatcera ethorrico gare, osoki sendatu denean.

MANUEL DE LA CONVERSATION

FRANÇAIS-BASQUE.

| 3me PARTIE. | HIRURGARREN PHARTEA. |

Sujets et modèles de billets et de lettres.

Billet eta letra, edo ikhiriozco mezu, gueiac eta modelac.

1. Pour faire, accepter, ou refuser une invitation.

1. Gomitu baten eguiteco, onharteco, edo errefusatceco.

Monsieur et Madame A.... présentent leurs respects à Monsieur et Madame D..... et les prient de vouloir les honorer de leur présence, dimanche prochain, à l'heure de dîner, midi précis.

A.... Yaun-Andrec heren errespetuac emaiten daizcote D.....Yaun-Andreri eta othoizten dituzte ohora ditzaten beren presentciaz, helduden igandean, bazcal orduan, eguerditan chuchen.

AUTRE.

BERTCE BAT.

Madame C... prie Monsieur E..... de vouloir bien venir souper avec elle, de mardi en huit, à cinq heures, et lui envoie ses meilleurs compliments.

C.... Andreac othoitzten du E..... Yauna ethor dadien harekilan afaritera, asteartetic zortci, bortz orenetan, eta igortcen daizco bere goraintci hoberenac.

17

AUTRE.

Mon cher monsieur, vos affaires vous permet-traient-elles de venir dîner avec nous lundi prochain, à six heures ? Nous aurions plaisir de vous procurer la connaissance d'un parent,—d'un ami qui vient de nous arriver. Agréez nos salutations affectueuses.

BERTCE BAT.

Nere yaun maitea, zure eguitecoec haizu-ut-ciren othe zaituzkete, helduden astelchenean, ethorcera, sei orenetan, gurekilan bazcaritera ? Atseguin guinuke ethor-ri-berri zaucun ahai-de,--adichkide baten zuri ezagut - araztea. Agrada bekitzu gure amodiozco agurrac.

AUTRE.

Mon cher ami,
Faites-moi le plaisir de venir dîner avec moi, mercredi prochain, à midi ; je vous renouvelle tous mes compliments. Tout à vous.

BERTCE BAT.

Nere adichkide maitea,
Eguidazut atseguina, helduden asteazkenean, nerekilan bazcaltcera ethoriceco, eguerditan ; igortcen daizkitzut berriz nere goraintciac. Zurea osoki.

AUTRE.

Ma chère dame,
Soyez assez bonne pour venir nous voir demain au soir. Nous attendons quelques personnes qui seraient très - heureuses de faire connaissance avec vous. Nous serons en petit comité ; veuillez présenter nos bons sou-

BERTCE BAT.

Nere andre maitea,
Aski on izan çaite, bihar, arrats-aphalean ; gure ikhustera ethortce-co. Igurikitcen ditugu yende batzu urus litaz-keicnac zurekilan eza-gutcen eguitea. Bilkhura ttipitto batean izanen gare ; emoitzu, othoi,

venirs à votre mari et
embrassez pour nous vos
petits enfants.

gure orhoitzapenac zurer
senharrari eta besartea
zaitzu guretzat zure haur
ttipiac.

AUTRE (réponses).

BERTCE BAT (errepostuac).

Monsieur et Madame
D..... rendent leurs hom-
mages à monsieur et à
madame A.... Ils répon-
dront avec empressement
et joie à leur bonne in-
vitation.

D.... Yaun-Andrec be-
ren homaiac bihurtcen
diotzote A.....Yaun-An-
dreri. Lehiaz eta bocie
ihardetsiren dute hekien
gomitu onari.

AUTRE.

BERTCE BAT.

Monsieur F.... prie
Madame C.... d'agréer
ses respectueux remer-
ciements ; il aura l'hon-
neur de répondre à l'in-
vitation qu'elle a daigné
lui faire.

F..... Yaunac othoitz-
ten du C.... Andrea on-
hets ditzan haren eskher
errespetuz bethenc; iza-
nen du eguin nahi izan
dioen gomituari ihardes-
teco ohorea.

AUTRE.

BERTCE BAT.

Mon cher Monsieur,
Mes affaires m'empê-
cheront de profiter de
l'aimable invitation que
vous m'avez faite pour
lundi prochain ; ce sera
pour une autre fois ; daignez agréer mes remer-
ciements.

Nere Yaun maitea,
Nere eguitecoec debe-
caturen naute baliatcea
helduden astelcheneco
eguin dautazun gomitu
maithagarriaz ; bertce aldi batez izanen da ;
agrada bekitzu nere
eskher onac.

AUTRE.

Mon cher ami ,
Un grand rhume m'a pris tout à coup et m'empêche de venir dîner avec vous, mercredi prochain ; je craindrais, en venant, d'aggraver mon mal ; recevez mes remerciements.

2. *Pour faire une demande.*

Monsieur,
Pardonnez-moi si je viens vous exposer ma grande misère ; je me trouve dans un très-grand besoin ; je suis un pauvre père de famille ; je n'ai pas de pain à donner à mes enfants et je suis sans travail ; ayez pitié de moi, je vous prie ; la réputation de vos bontés m'a fait prendre l'audace de venir vous demander l'aumône ou du travail.

Je suis avec un profond respect, monsieur, votre très-humble et très-obéissant serviteur.

BERTCE BAT.

Nere adichkide maitea,
Marrhanta handi batec betbetan hartu nau eta debecatcen daut zurekilan bazcaltcera ethortcea, helduden asteazkenean ; beldur ninteke, ethorriz , nere minaren gaichto - araztea ; nere eskherrac errecebi-zaitzu.

2. *Galde baten eguiteco.*

Yauna,
Barkha diezadazut nere escasi handiaren erakhustera heldu banauzu ; behar handi handi batean aurkhitcen naiz ; aita familiaco gaicho bat naiz ; ez dut oguiric nere haurreri emaiteco eta lanic gabe naiz ; urrical zakizkit, othoi ; zure ontasunen aiphamenac har-araci daut zuri amoinaren edo lanaren galde - eguiteco ausartcia.

Errespetu handi batekin nago, Yauna, zure cerbitzari guciz humila eta guciz yautsia.

AUTRE.

Mon cher ami,
Sachant combien vous êtes bon et porté à rendre service, j'ose vous prier de vouloir bien me procurer une bonne place quelque part ; je vis dans l'oisiveté ; il n'y a rien à faire ici, et quand il y a du travail, on gagne peu ; honorez-moi, je vous prie, d'une réponse ; je vous remercie d'avance.

BERTCE BAT.

Nere adichkide maitea,
Yakin zoin zaren ona eta cerbitzu eguitera ekharria, ausartatcen naiz zure othoitztera toki on bat nombait edirein dezadazun ; esdeuskerian alfer nago ; ez da deus hemen eguitecoric eta lana dencan ere, guti irabazten da ; ohora nezazu, othoi, errepostu batez ; aincinetic eskherrac bihurtcen daizkitzut.

AUTRE.

Madame,
J'aurais absolument besoin de causer avec vous d'une affaire bien importante ; je vous prie donc de m'annoncer, au plus tôt, quand, quel jour et à quelle heure je pourrai vous trouver.
Jusqu'au plaisir de vous voir.

BERTCE BAT.

Andre,
Banuke, baitezbada eguiteco guciz premiatsu batez zurekilan solas eguin beharra ; othoizten zaitut beraz, ahalic lasterrena, adi-araz dezadazun noiz, zoin egunez eta cer tenorez ikhus citzazkedan. Zure ikhusteco atseguina dukedan artean.

AUTRE.

Messieurs,
Je vous prie, venez à mon secours ; je me trouve dans une triste

BERTCE BAT.

Yaunac,
Othoizten zaituztet, nere laguntcera hel zaizkitet ; arteca tsar batean

situation ; je dois payer demain même une dette et je suis sans argent ; seriez-vous assez bons, l'un ou l'autre, de me prêter cent francs ; je vous les remettrai à la fin de ce mois ; vous ne pourriez me rendre un plus grand service. Merci d'avance.

aurkhitcen naiz ; bihar berean zor bat pagatu behar dut eta diruric gabe naiz; aski onac cintazketea, bat edo bertcea, chun libera maileguz emaiteco ; hilabete hunen hundarrean itzulico daizkitzutet ; cerbitzu handiagoric ez cinezaketet eguin. Eskherric aski aincinetic.

5. *Pour remercier*.

Monsieur,

J'ai reçu votre réponse qui me fait voir que je n'avais pas affaire à un ingrat ; je vous dois des actions de grâces pour les bontés que vous avez eues pour moi ; que vous rendrai-je pour tant de bienfaits !

Recevez l'assurance de ma plus vive reconnaissance.

5. *Eskherren bihurtceco*.

Yauna,

Errecebitu dut zure errephostua erakhusten dautana ez nuela eguitecoa eskher gaichtodun batekin ; eskherrac zor deraizkitzut neretzat izan dituzun ontasunentzat. Cer bihurtuco deraitzut hainbertce ongui eguinentzat !

Errecebi-zazu nere ezagutza bicienaren segurantza.

AUTRE.

Madame,

On ne frappe jamais en vain à la porte de votre cœur ; il s'ouvre toujours à la voix de la prière ; vous venez d'en

BERTCE BAT.

Andre,

Ez da nihoitz ere alferretan yoca artcen zure bihotceco atheari ; bethi idekitcen da othoitzaren boza aditcean ; frogantza

donner une nouvelle preuve en m'obtenant la faveur que je demandais ; je ne saurais comment assez vous en remercier.

Votre très-humble serviteur.

berri bat emanic zaude galdatcen nuen fagorea ardietsiz ; ez nakike nola zuri eskherric aski bihurt.

Zure cerbitzari guciz humila.

AUTRE.

Mon cher ami,

On reconnaît les véritables amis dans les occasions ; votre attachement pour moi ne m'a jamais paru aussi grand que cette fois ; vous vous êtes empressé de me secourir dans un grand besoin ; je ne saurais, désormais, faire assez pour vous ; comptez donc toujours sur moi.

Votre meilleur ami pour toujours.

BERTCE BAT.

Nere adichkide maitea,

Adichkide onac ezaguteen dire behar orduetan ; neretzat duzun estecamendua, ez zait iduri, izan dela, nihoitz ere, hoin handi nola aldi huntan ; behar handi batean lehiatu zare nere socorritcera ; ez nakike, oraidanic, eer aski eguin zuretzat ; khonda-zazu heraz bethi nere gainean.

Zure adichkideric hoberena bethicotz.

4. Pour souhaiter la bonne année.

4. Urthe onaren desiratceco guticiatreco.

Monsieur, madame,

Je manquerais à la reconnaissance que je vous dois, si je ne me souvenais de vous, à ce renouvellement d'année ; ma première pensée, ce

Yauna, andre,

Zuri zort dautzutan ezagutzari huts eguin nezake, ez banintz, urthe berri huntan, zutaz orhoitceu ; nere lehen gogoeta, goiz huntan, zu-

matin, a été pour vous; laissez - moi vous renouveler les vœux que mon cœur a déjà faits pour vous, devant Dieu. Bonjour et bonne année; que cette année soit meilleure pour vous que les précédentes; que la paix, la tranquillité et la santé vous accompagnent en cette vie, et que le bonheur éternel soit la récompense de vos vertus dans l'autre.

retzat izan da. Utz-nezazu, nere bihotzac, yadanic, Yaincoaren aincinean, zuretzat eguin dituen botuen zuri berritcera; egun on eta urthe on; urthe hau, har-aincinecoac baino, hobeago izan dadiela zuretzat; bakeac, descantsuac eta osasunac lagunt-zaitzala bicitce huntan eta bethiericaco zoriona izan dadiela zure berthuten saria bertcean.

AUTRE.

Mon cher ami,

Les années, en se renouvelant, ne font que resserrer davantage les liens de notre amitié; si le ciel a écouté ma prière, l'année qui commence sera toute bonne pour vous; car je lui ai demandé, pour mon meilleur ami, la santé, la tranquillité et la paix, qui sont les véritables biens de ce monde, et pour les deux, l'union la plus étroite pour cette vie et pour l'autre.

BERTCE BAT.

Nere adichkide maitea,

Urtheec, berritcean, ez dute gure adichkidantzaren lokharriac guehiago baicic tinkatcen; ceruac aditu badu nere othoitza, hastera dohan urthea zuretzat guciz ona izanen da; ecen galdeguin daizcot, nere adichkide hoberenarentzat, osasuna, descantsua eta bakea, zoinac baitire mundu huntaco onthasun eguiazcoac, eta bientzat, batasunic hertsiena bicitce huntaco eta bertceco.

AUTRE.

Mes chers parents,

Si mon bon ange a déposé aux pieds du Très-Haut les prières que je lui ai adressées pour vous ce matin, je ne doute pas que cette nouvelle année ne soit des meilleures pour vous; tout ce que l'amour le plus vif peut inspirer à un enfant reconnaissant, je l'ai demandé pour vous. La paix, la tranquillité, la santé, une longue vie, enfin, le ciel; voilà les biens que je vous ai souhaités en commençant cette année; voilà mes vœux, et voici mes étrennes : la sagesse, l'amour du travail, le désir de correspondre à vos bontés et de vous seconder un jour; reconnaissez-vous là la mesure de l'amour de votre enfant chéri pour vous ?

Je vous embrasse avec tendresse.

BERTCE BAT.

Nere burhaso maiteac,

Nere aingueru onac ezarri baditu Yaungoicoaren oinetan zuentzat, goiz huntan, eguin diotzodan othoitzac, ez dut dudaric urthe berri hau ez dadien zuentzat izan hoberenetaric; amodio bicienac gogorat eman ditzazkcienac oro haur eskherdun bati, zuentzat galdatu ditut. Bakea, descantsua, osasuna, bicitce luce bat, azkenic cerua, horra zueri desiratu ditudan onthasunac urthe hau hastean; horra nere botuac et huna nere estreinac : prestutasuna, laneco amodioa, zuen onfasuneri iherdesteco eta egun batez zuen lagunteeco guticia. Ezagutcen othe duzue hortan zuen haur maitearen zuen ganaco amodioaren izaria ?

Amulxuki besarkatcen zaituztet.

5. *Pour féliciter quel-qu'un, c'est-à-dire lui témoigner la part qu'on prend à son bon-heur.*

—

Monsieur,

J'appris, hier au soir, avec un bien grand plaisir, le bonheur que vous avez eu; je m'en réjouis avec vous; car tout ce qui vous regarde me touche vivement, depuis les plus petites choses jusqu'aux plus grandes, dans le bien comme dans le mal. La bonne place que vous avez obtenue n'est que la juste récompense de vos mérites.

—

AUTRE.

—

Mon cher ami,

J'apprends à l'instant même qu'il vous est échu un grand héritage; c'est une bonne nouvelle qui me réjouit autant que vous; il ne pouvait vous arriver rien de plus heureux; je vous en fais mon sincère compliment.

5 *Norbaiten felicitatceco, erran nahi da, haren zorioncan hartcen den atseguin - phartearen erakhusteco.*

—

Yauna,

Barda yakin dut ongui atsegui handirekin ukhan duzun zoriona; aleguératcen naiz zurekilan; ecen, zuri behatcen diren gauza guciec biciki hunkitcen naute, ttipienetaric handienetaratdino, onean nola gaichtoan; ardietsi duzun leku ona ez da zure merecimenduen sari zucena baicen.

—

BERTCE BAT.

—

Nere adichkide maitea,

Orai berean ikhasten dut primantza handi bat erori zautzula; hori da berri on bat zu becembat bozcariatcen nauena; ez liezakezuken guertha deus zorion handiagocoric; hortaz eguiten dautzut complimendu eguiazco bat.

AUTRE.

Monsieur, madame,
C'est avec bien grand plaisir que j'ai reçu la nouvelle du mariage de votre fils, — de la guérison de votre fille, — de la naissance de votre enfant.

Je me joins à vous pour rendre grâces à Dieu de cet heureux événement; vos amis ne sauraient trop prendre part à cette reconnaissance ; je prie Dieu qu'il bénisse toujours ainsi votre famille comme elle le mérite.

6. *Condoléance, c'est-à-dire, pour témoigner à quelqu'un la part qu'on prend à son affliction.*

Monsieur,
Quelle perte, grand Dieu ! Comme votre vertu est mise à l'épreuve! Vous avez joui jusqu'à présent de tous les avantages de la vie : biens, honneurs, plaisirs, rien ne manquait à votre bonheur ; pourquoi fallait-il qu'un

BERTCE BAT.

Yauna, andre,
Atseguin handirekin ukhan dut zure semearen ezkhontceco, -zure alabaren sendatceco, — zure haurraren sortceco berria.

Zuri yuntatcen naiz zorionezco guerthacari hortaz Yaincoari eskherren bihurtceco ; zure adichkidec ez dakikete sobera pharte hart ezagutza hortan; Yaincoari othoitz eguiten diot bethi horrela zure familia benedica dezan merci duen bezala.

6. *Auhena, erran nahi da, norbaiti erakhusteco haren atsekhabean harteen den phartea.*

Yauna,
Cer galcea, Yainco handia ! Zure berthutea nola den frogantzan ezarria ! Orai artean bicitce huntaco abantail guciez gozatu zare ; onthasun, ohore, atseguin ; deusen escasic ez zuen zure zorionac ; cergatic hedoi

nuage vint subitement obscurcir une vie si douce et si exempte d'afflictions ?

Croyez bien que je prends une grande part à vos douleurs ; plaise à Dieu que l'assurance de mon amitié les adoucisse un peu.

AUTRE.

Madame ,

Comment pouvoir vous consoler dans le désespoir où je vous vois plongée ; je ne puis vous adresser d'autres paroles que celles que Dieu m'inspire ; un mari est un autre soi-même pour une femme ; un compagnon, un ami que le ciel lui donne pour l'aider à porter le fardeau de cette vie ; perdre cet appui, c'est le plus grand des malheurs pour elle, surtout quand ce mari était bon à tous égards : sage, laborieux, doux, aimable ; mais la foi la console en lui donnant l'espoir de le revoir un jour au ciel ; cet espoir,

batec behar zuen ethorri betbetan hoin bicitce gozo eta atsekhaberic gabeco baten goibeltcera ?

Ongui sinhets-azu zure oinacetan pharte handi bat hartcen dutala ; aguian Yaincoac nahico du nere adichkidantzaren segurantzac ezti ditzan aphur bat.

BERTCE BAT.

Andre,

Nola zu contsola ahal pulumpatua ikhusten zaitudan etsimenduan ; ez dezakezut bertce solasic erran Yaincoac gogorat emaiten daizkidanac baicen ; senhar bat berore bezalaco bat da emazte barentzat ; lagun bat, adichkide bat ceruac emaiten dioena bicitce huntaco kargaren kharraiatcen haren laguntceco ; sustengu horren galtcea zorigaitcic handiena da harentzat, bereciki, senhar hura cenean, guisa guciz ona : zuhurra, languilea, eztia, maithagarria ; bainan, fedeac consolatcen du egun batez ceruan

vous pouvez l'avoir; les vertus de celui que vous avez perdu et votre courage qui ne faiblira pas dans l'affliction sont propres à le fortifier dans votre cœur; je vous laisse avec cette douce espérance; elle ne tarira pas, sans doute, tout à fait vos larmes, mais elle les rendra moins amères; et si de savoir qu'un ami y prend part peut les adoucir davantage, songez à moi, et sachez bien que mon cœur vous est plus attaché, dans votre malheur, qu'il ne l'était au milieu de vos joies et de votre bonheur.

haren berriz ikhusteco esperantza emanez; esperantza hori izan dezakezu; galdu duzunaren berthutecc eta zure kuraiac, erorico ez dena atsekhabean, eguinac dire zure bihotcean haren hazcartceco. Uzten zaitut esperantza gozo horrekilan; ez ditu, ez, naski osoki zure nigarrac agorturen, bainan bai gutiago kharas ezarrico; eta baldin yakiteac adichkide bat zure nigarretan phartelier dela ezti baditzake, nitaz orhoit zaite eta yakinzazu nere bihotza zuri yosiago dagola, zure zorigaitcean, zure bozcarioen eta zure zorionearen erdian cencan baino.

AUTRE.

Mon cher ami,
Les larmes soulagent le cœur; pleurez donc la perte d'un père si bon et si aimable; il vous laisse des biens et, ce qui est mieux, des vertus et de bons exemples, une vie de chrétien et la mort d'un patriar-

BERTCE BAT.

Nere adichkide maitea,
Nigarrec bihotza descantsatcen dute; eguizu beraz nigar hambat ona eta maithagarria cen aita bat galduric; uzten daizkitzu onthasunac eta hobeago dena, berthuteac eta etsemplu onac, guirichtinozco bicitce

che; ce sont là les meilleures consolations qu'un père puisse, en mourant , laisser à un enfant ; que cette pensée adoucisse l'amertume de vos larmes et de vos douleurs. Dieu et le temps feront le reste.

Votre meilleur ami.

bat eta patriarca baten heriotcea ; horiec dire aita batec, hiltcean, bere haurrari utz-ditzazkeien contsolacioneric hoberenac ; phentsamendu horrec ezti dezala zure nigarren eta zure oinacen kharaztasuna; Yaincoac eta demborac eguinen dute gaineracoa.

Zure adichkideric hoberena

---

7. *Pour faire des reproches.*

Mon cher ami,
Pourquoi donc ne me faites-vous pas de réponse ? Vous avez dû recevoir ma lettre ; je ne vous ferai pas de grands reproches ; peut-être ne les méritez-vous pas ; j'aime mieux vous abandonner aux remords de votre conscience que de me plaindre ; sérieusement, dites-moi ce qui vous a empêché de m'écrire ; j'aimerais mieux savoir que vous avez été un peu malade que de croire que vous m'aimez moins ; je ne serais pas moins pour cela votre tout dévoué ami.

7. *Gaizkien erraiteco.*

Nere adichkide maitea,
Certaco bada ez derautazu erre phozturic eguiten ? Nere letra errecebitu dukezu ; ez dantzut gaizki handiric erranen ; behar bada ez ditutzu mereci ; nahigo zaitut zure concientciaren harraren alhan utci ecen ez arranguratu ; cin cinez, erradazut cerc niri izkiribatcetic debecatu zaituen ; nahiago nuke yakin erichco izan zarela ecen ez sinhetsi gutiago maite nauzula ; ez ninteke horren gatic gutiago zure adichkide guciz ona.

AUTRE.

Mon cher ami ,
Ne dites plus que vous
connaissez l'amitié; il y a
six mois que je ne vous
ai écrit, parce que je n'ai
bougé du lit tout l'hi-
ver, et je n'ai pas eu la
moindre marque de vo-
tre souvenir ; je vois bien
que je pourrais être mort
sans que vous vous en in-
quiétiez, si mon ombre
ne venait vous reprocher
votre oubli ; prenez-y
garde, au moins ; cela
pourrait vous arriver ,
car je crois que je sau-
rai aimer au delà du
tombeau.

BERTCE BAT.

Nere adichkide maitea,
Ez guchiago erran
adichkidantza ezaguten
duzula ; sei hilabete ba-
du ez dautzutala izkiriatu
ceren ez naicen negu
gucian nere ohetic hi-
gnitu eta ez dut zure
orhoitzapen seinaleric
izan ; iklusten dut hil
izan nintakeiala zu ba-
tere khechaaraci gabe
nere itzala ez balitz zure
orhoitzapen escasaz gaiz-
kien erraitera ethortcen ;
guardia emozu bederen ;
ecen, uste dut maitha
nezakeciela hobitic urru-
nago.

AUTRE.

Monsieur, — Madame,
Il me semble que vous
faites bien peu de cas
de ma santé et que peu
vous importe que je me
porte bien ou mal ; il y
a quinze jours que je
suis alité sans que vous
ayez envoyé quelqu'un
pour demander de mes
nouvelles ; n'ai-je certes
pas raison de me plain-
dre et de vous faire des
reproches de votre oubli

BERTCE BAT.

Yauna, — Andre,
Iduriteen zaut arras
antsi guti duzula nere
osasunaz eta guti munta
zautzula ongui ala gaiz-
ki ekhar nadien ; hama-
bortz egun badu ohatua
naicela zuc nihor igorri
gabetaric nere berrien
galdez ; ez othe dut ba-
da arrazoin arrangurat-
ceco eta zuri gaizkien
erraiteco neretzat duzun
orhoitzapen escasaz eta

et de votre indifférence
pour moi; car, en ai-
mant, qui ne veut être
aimé ?

antsigabetasunaz; ecen,
maithatuz, norc ez du
maithatua izan nahi.

AUTRE.

Mon cher enfant,
Je ne voudrais pas trou-
bler la paix de votre âme
en vous grondant; mais
je vous aime trop pour
vous laisser grandir avec
vos vices et marcher de
travers. Je me fais donc
violence à moi - même
pour vous dire que vos
procédés à mon égard
blessent vivement mon
cœur; vous êtes tout
bon, mais pas assez
soumis à mes paroles;
vous aimez trop à faire
votre volonté; c'est là
un vice qui pourrait
dans l'avenir vous être
très-funeste et vous ren-
dre malheureux toute
votre vie; vous devriez
le combattre de bonne
heure; un peu plus
tard, vous ne pourriez
le vaincre que difficile-
ment; que mes repro-
ches ne vous aigrissent
point; prouvez-moi, au
contraire, que vous avez
la bonne volonté de vous

BERTCE BAT.

Nere haur maitea,
Ez nuke zure arimaco
bakhea goibeldu nahi
zuri erasiac eguinez;
bainan sobera maite zai-
tut zure bicioekin han-
ditcera eta makhur ibilt-
cera uzteco. Bortcha
eguiten diot beraz nere
buruari zuri erraiteco
nere alderat ditutzun
eguitateec biciki bihotza
colpatcen dautatela; gu-
ciz ona zare, bainan ez
aski yautsia nere hit-
ceri; sobera maite duzu
zure gogoaren arabera
eguitea; hori da bicio
bat, gueroan, zuretzat
hainitz caltecor litekeie-
na eta bici gucian doha-
cabe czar - citzakeina;
goiz-danie guducatu be-
har cinduke; guero
chago, ez cinezake ben-
zunt nekhez baicic; ne-
re gaizkiec ez citzatela
gaitzi-araz; aiticic, froga
dezadazut centzatceco
gogo ona baduzula gaiz-
ki horiec hartuz erra-

amender en les recevant de la même façon que je vous les ai adressées, avec affection et sans vous en plaindre.

nac izan zaizkitzun guisa berean, amodiorekin eta arranguratu gabe.

8. Pour faire des excuses ou demander pardon.

8. Excusen eguiteco edo barkhamendu escatceco.

Monsieur,

Ne dites pas, quand on ne vous fait point de réponse, que c'est parce que l'on ne vous aime point ; il ne faut jamais, ni en riant, ni autrement, prendre un ton de plaintes et de reproches ; vous devez croire, quand on ne vous écrit pas, qu'on ne l'a pu faire et que les raisons qui en empêchent sont bonnes ; il faut vous accoutumer à juger votre prochain avec bonté et charité, et pour mieux dire, à ne jamais juger, mais à croire que ses intentions sont bonnes ; je ne vous ai point répondu, parce que je n'en ai eu ni la force ni le loisir ; je ne vous le ferais pas encore si je ne craignais de vous faire fâcher davantage ; je suis malade depuis assez longtemps,

Yauna,

Errephosturic ez dautzutenean eguiten, ez erran ez zaituztelacotz maite dela ; ez da nihoiz ere, ez hirriz, ez berteenaz, arrangura eta larderia aireric hartu behar ; uste izan behar duzu, ez dautzutenean izkiriatcen, ecin eguin ahal dutela eta eguitetic debecatu dituzten arrazoinac onac direla ; usatu behar zare lagun proximoa bihotz onekin eta caritateekin yuyatcera, eta hobeki erraiteco, nihoiz ere yuyamenduen eguitera, bainan bai haren chedeac ona direla sinhetstera ; ez dautzut iherdetsi, ez nuelacotz ez indarric ez eta astiric ; ez nezakezut ere eguin oraino, ez banintz zu guehiago haserre - araz beldur ; eria naiz aspal-

18

et depuis que je com-
mence à me rétablir, les
affaires me débordent ;
voilà la raison de mon
silence.

Tout à vous.

diche huntan eta sendat-
cen hasiz gueroz, egui-
tecoac trumilka gainerat
heldu zaizkit ; horra nere
ichiltasunaren arrazoina.

Zurea gucia.

AUTRE.

BERTCE BAT.

Mon cher ami,

Je suis fort paresseux
quand il s'agit de faire
compliment à mes amis
ou de les assurer que je
les aime toujours ; je
crois qu'ils ne doivent
nijamais douter de cette
dernière chose ; quant à
l'autre, il me semble qu'il
importe peu à celui qui
l'écrit comme à celui qui
le reçoit ; voilà mes raisons, bonnes ou mauvai-
ses ; je vous les envoie
comme je les pense ; il
n'en est pas de même
quand il s'agit de rendre
service à quelqu'un que
l'on aime autant que
vous ; dites-moi donc en
quoi je puis vous être
agréable, et vous verrez
avec quel empressement
je viendrai vous marquer
ma tendresse.

Nere adichkide maitea,

Arras alferra naiz nere
adichkideri complimendu
eguiteaz eta bethi maite
ditudala segurtatceaz dat-
zanean ; uste dut ez du-
tela azkhen huntaz ni-
hoiz ere dudaric behar
izan ; eta bertceaz, idu-
ritcen zaut guti munta
duela izkiriatcen duenari
nola ukhaiten duenari ;
horra nere arrazoinac,
onac edo gaichtoac; igortcen daizkitzut gogoan
dabiltzadan bezala : ez
da berdin, zu be-
cen maite den norbaiti
cerbitzu eguiteaz datza-
nean ; erradazut beraz
certan agrada citzakedan
eta ikhusico duzu cer le-
hiarekin ethorrico naicen
zuri nere amulxutasuna-
ren erakhustera.

AUTRE.

Mon cher père, — ma chère mère,

J'accueille avec une grande reconnaissance vos reproches ; je les mérite à tous égards ; je tâcherai d'en profiter ; car je suis assuré que c'est votre affection pour moi et le désir de mon bien qui vous les ont dictés ; je reconnais mes torts ; je m'en repens et je m'en corrigerai ; vous n'aurez plus lieu de vous plaindre de moi, je vous le promets, et s'il m'échappe encore quelque faiblesse, soyez assuré que ce sera sans malice aucune.

Votre enfant chéri.

BERTCE BAT.

Nere aita maitea, nere anna maitea,

Ezagutza handi batekin ongui harteen ditut zure gaizkiac ; merci ditut guisa guciez ; bermatuco naiz hekiez baliatcera, ecen segur naiz neretzat duzun amodioac eta nere onaren guticiac erran-araci daizkitzula ; nere hobenac ezaguteen ditut, urrikitua naiz eta hekietaric beguiratuco naiz ; ez duzu guehiago nitaz arranguratceco bideric izauen ; nic, hitz derautzut, eta baldin cerbait flakecia escapatcen bazaut, segur izan zaite gaichtake...aric batere gabe izanen dela.

Zure haur maitea.

9. Pour recommander quelqu'un.

Monsieur, — madame,

Le porteur de cette lettre m'a prié de vous le recommander ; il prétend que j'ai beaucoup de crédit sur vous ; je ne sais pas s'il se trompe en cela ; quoi qu'il en soit, je fais ce qu'il me

9. Norbait gomendivan ezartececo.

Yauna, — andre,

Letra hunen ekhartzaileac othoiztu nau zure gomendioan ezar dezadan ; dio bothere hainitz zure gainean badutala, ez dakit hortan enganioan othe dagoen ; cer nahi izan

demande, et je vous prie de vouloir bien le favoriser et l'aider en ce que vous pourrez lui faire et autant que cela dépend de vous ; il a du génie pour plusieurs choses ; sa conduite, je la crois bonne ; vous la jugerez vous-même sur son visage ; pour le reste, une heure de conversation vous en dira plus en sa faveur que ce que je pourrais vous en écrire moi-même ; j'aurais plaisir si vous étiez assez bon pour lui chercher une assez bonne place, car je tiens beaucoup à lui.

Agréez....

dadien, galdatcen dautana eguiten dut eta othoizten zaitut fagora dezazun eta lagunt eguin ahal dezokezunaz eta zure aldetic denaz becen batean ; antce badu asco gaucetaco ; bici moldea uste dut ona duen ; ceronec yuyatuco duzu bere beguitartetic ; gaineracoez, oren laurden baten solasac guehiago erranen derautzu haren alde, izkirioz, neronec, hartaz, erran dezakezudanac baino ; atseguin nuke aski ona bacine horrentzat toki ontto baten bilhatceco ; ecen horri hainits atchikia naiz.

Agrada bekizu.

AUTRE.

Mon bien cher ami,

Que direz-vous de moi ; déjà, jusqu'à présent, vous m'avez donné assez de marques de votre grande bonté, et vous avez acquis bien des droits à ma reconnaissance ; malgré cela, il faut encore que je vienne vous importuner de

BERTCE BAT.

Nere adichkide guciz maitea,

Nitaz cer erranen duzu; yadanic, oraidino, eman izan daitatzu zure ontasun handiaz seinale frango eta dretcho asko hartu ditutzu nere ezagutzaren gainean ; hargatic, behar naiz oraino berriz zure asaldatcera ethorri ; zure falta da ;

nouveau ; c'est votre faute ; pourquoi êtes-vous si bon ? Je viens d'envoyer mon fils dans votre ville pour apprendre un état, — pour faire ses études, et vous savez aussi bien que moi de quels grands dangers un jeune homme est entouré dans une grande ville, et combien il a besoin de vigilance et de conseils pour ne pas y succomber, surtout quand il s'éloigne pour la première fois des ailes et des yeux de ses père et mère ; je voudrais donc que vous lui teniez lieu de père ; c'est pourquoi je vous donne tous mes droits sur lui ; en me rendant ce service, vous acquerrez de nouveaux titres à ma reconnaissance et à mon amitié.

certaco zare hoin ona? Nere senea zure hirirat igorri berri dut oficio baten ikhasteco, — bere estudioen egiteco, eta badakizu, nic becen ongui, cer lanyer handiez muthil gazte bat, hiri handi batean, inguratua den eta zombat atzartasun eta contseilu beharretan den hekietan ez crortececo, bereciki, lehen aldicotz bere aita-amen hegaletaric eta beguietaric urrunteen denean ; nahi nuke beraz aita orde izan zakizkion harentzat ; horra certaco haren gainean nere escu guciac emaiten daizkitzudan ; cerbitzu hori niri bihurtuz, titulu berri batzu izanen ditutzu nere ezagutza eta adichkidantzaren gainean.

10. Pour donner des conseils.

Il n'est pas aisé de donner de bons conseils; en voici quelques-uns que l'on peut donner sans crainte, à qui l'on veut, selon les besoins de chacun.

10. Contseiluen emaiteco.

Ez da crrech contseilu onen emaitea ; huna batzu nori nahi den, beldurric gabe, eman ditazkeienac, bakhotcharen beharren arabera.

1º Ne remettez jamais à demain ce que vous pouvez faire aujourd'hui.

2º Ne dérangez jamais personne, pour une chose que vous pouvez faire vous-même.

3º Ne dépensez jamais de l'argent avant de l'avoir dans vos mains.

4º N'achetez point ce dont vous n'avez pas besoin, sous prétexte de bon marché; c'est encore trop cher pour vous.

5º L'orgueil nous coûte plus cher que la faim, la soif et le froid.

6º Eloignez de vous la vanité, la luxure, la calomnie, les médisances et les railleries ; ce sont là de vilaines choses.

7º Ne paraissez au milieu du monde qu'autant que les devoirs de votre état le demandent ; qui aime le danger, y périt.

8º Défiez – vous des gens intéressés, vains et vindicatifs ; leur amitié ne peut que vous nuire.

9º Ne confiez à personne rien qui puisse vous nuire si c'est redit;

1º Ez biharrerat igor egun eguin ahal dezakezuna.

2º Ez behinere nihor asalda ceronec eguin dezakezun gauza batentzat.

3º Ez behinere diruric gasta escuetan izan baino lehen.

4º Ez eros behar ez duzun gauza, bere merkearen estacuruan; hura kharioegui da oraino zuretzat.

5º Urgulua guehiago gostatcen zaucu ecen ez gosetea, egarria eta hotza.

6º Urrunt-zaitzu zureganic banaloria, paillardiza, calomniac, medisentciac eta trufac; gauza itsusiac dire horiec.

7º Ez munduaren artean aguert zure estatuco eguinbideec   galdatcen duten arraura baicen; lanyera maite duenac, han errortcen da.

8º Mesfida-zaite yende intresatuez, arinez eta, mendecariez ; hekien adichkidantzac ez dezazuke calteric baicic eguin.

9º Nehori ez deus erran ceroni hobenic eguin dezakeienic berriz errana

sachez que les secrets les mieux gardés ne le sont que pour un temps.

balitz : yakin-azu secretuac hobekienic atchikiac ez direla dembora bateco baicic.

. 10° Parlez, écrivez, faites toutes choses comme si vous aviez mille témoins ; n'oubliez pas que, tôt ou tard, tout est su.

10° Mintza-zaite, izkiria-zazu, gauza guciac eguin aitzu mila lekhuco bacinintu bezala; ez ahantz goiz edo berant guciac yakiten direla.

11° Donnez toujours de bons conseils, si toutefois vous osez en donner ; il est plus aisé d'en prendre que d'en donner.

11° Emaitzu bethi contseilu onac baldin eta emaitera menturatcen bazare ; errechago da harteca emaitea baino.

12° Ne courez pas après le vrai bonheur ; il n'est pas sur terre, et s'il y était, ce ne serait pas toujours dans le mariage.

12° Ez ibil zorion eguiazcoaren ondoan ; ez da lurrean aurkhitcen, eta han balitz ere, ez liteke edirein bethi ezkhontzan.

13° Ne faites jamais d'excès dans le boire et le manger ; on ne se repent jamais d'avoir trop peu bu et mangé.

13° Ez soberanioric nihoiz ere eguin yan edanetan ; ez zaio seculan nihori urrikitcen gutiegui edanic eta yanic.

14° Ne soyez pas trop attaché aux plaisirs ; ils coûtent cent fois plus que les besoins ; le plus souvent, ils perdent l'âme et le corps.

14° Ez sobera yosia izan atseguineri ; ehun aldiz guchiago beharrac baino gostatcen dire; guc bienetan arima eta gorphutza galtcen dituzte.

15° Confiez-vous en Dieu ; n'ayez pas trop de soucis de l'avenir ; combien de chagrins nous ont coûté des malheurs

15° Confientcia izanzazu Yaincoa baithan ; ez antsia sobera izan guerocoaz ; zombat grigna ez zaizcute gosta nihoiz

qui ne nous sont jamais arrivés.

16° Méfiez-vous de vous-même ; si vous êtes en colère, comptez jusqu'à dix avant de parler, et jusqu'à cent, si vous êtes bien en colère.

17° Aimez le travail, fuyez la paresse, qui est la mère de tous les vices ; quand on le veut bien tout est facile ; rien de ce qu'on fait volontairement ne paraît pénible ; pour bien faire toutes choses, prenez-les du côté le plus facile.

18° Etes-vous marié ? Que votre mari ou votre épouse soit votre meilleur ami ; prenez ses conseils, donnez-lui les vôtres ; ne faites qu'un cœur et qu'une âme; supportez le fardeau l'un de l'autre ; soyez doux et endurant ; ne soyez pas trop jaloux; usez peu de plaintes, de murmures et de reproches ; le plus souvent, ils aigrissent et aliènent les cœurs.

19° Avez-vous des en-

guerthatu ez zaizcun zorigaitcec.

16° Ceronez mesfidazaite ; hasarre bazare, hamarretara-dino khondu eguizu mintzatu baino lehen eta chunetaradino ongui hasarre bazare.

17° Lana maita-zazu ; ihes eguiozu alferkeriari zoina baita bicio gucien ama ; ciuez nahi denean ongui, oro errech dire ; borondate onez eguiten diren gaucetaric ez da deus neke iduritcen ; gauza gucien ongui eguiteco hart-zaitzu alde errechenetic.

18° Ezcondua zare bai ? Zure senharra edo zure emaztea izan dadiela zure adichkideric hoberena ; hart-zaitzu haren contsciluac, zureac emoitzu ; ez bihotz bat eta arima bat baicic eguin ; yasan zazue, elgarren carga ; izan zaite ezti eta pairacor ; ez izan sobera bekhaizti ; usaia guti eguizu arrangurez, erasiez eta gaizkiez ; guehienetan, bihotzac gaitzesten eta bihur-arazten dituzte.

19° Haurrac baditutzu,

fants ? aimez-les comme il faut et jetez dans leurs cœurs les semences de toutes les vertus ; ils feront un jour la gloire, la joie et le bonheur de votre vieillesse.

bai ? behar den bezala maithatz-kitzu eta bota zaitzu hekien bihotcetarat berthute gucien haciac ; egun batez eguinen dute zure zahartcearen loria, bozcarioa eta zoriona.

20° Avez-vous des domestiques ? ayez-en soin; portez-les vers Dieu; donnez-leur le bon exemple; ne vous familiarisez pas avec eux, ils vous respecteront mieux.

20° Sehiac baditutzu, bai ? hekiez artha izan-azu ; Yaincoa ganat erakharz-kitzu; etsemplu ona emo-zute ; ez heiekin familier izan ; hobekiago errespetatuco zaituzte.

MANUEL DE LA CONVERSATION

FRANÇAIS-BASQUE.

4me PARTIE.   LAURGARREN PHARTEA.

Proverbes basques.   *Escualdunen zuhur hitzac.*

1. Soleil et eau, temps de mars.

1. Iguzkia eta uria, martchoaren aldia.

2. Mars avec la queue, avril avec la poitrine.

2. Martchoac bustanaz, aphirilac bulharraz.

3. En saint Marc, si tu as du maïs, jette-le en terre.

3. San Marc, arthoric baduc, lurrerat emac.

4. Mai est en quête de feu, en troc de pain.

4. Ogui orde dabila maiatza su eske.

5. Eau de mai, pain pour toute l'année.

5. Maiaitz urite, urthe oguite.

6. Mai pluvieux, juin poudreux, c'est alors que le laboureur est orgueilleux.

6. Maiatza uritsu, e-khaina erhautsu, orduan da laboraria urgulutsu.

7. Mai froid, année gaie.

7. Maiatza hotz, urthea boz.

8. En mai, que je sois petit ou grand, j'ai besoin de porter épi.

8. Maiatcean, ttipi baniz edo handi baniz, burutu behar niz.

9. La matinée rouge est présage de pluie.

9. Goiz gorriac dakharke uri.

10. La soirée rouge promet beau temps.

10. Arrats gorriac eder aldi.

11. Quand l'Orient est plus rouge que jaune, ne prête ton manteau de pluie à personne.

12. L'arc-en-ciel du matin, présage de pluie pour le soir.

13. Saint Laurent, la pluie dans une main, le tison dans l'autre.

14. Saint Simon et saint Jude, l'hiver est en vue.

15. Par saint Simon et saint Jude, les navires à l'ancre.

16. Celui qui ne sait pas prier Dieu, qu'il s'en aille à la mer.

17. La mer n'a point de branches (pour se sauver).

18. La femme du marin est souvent avec mari le matin, et veuve le soir.

19. Le monde ressemble à la mer : qui ne sait pas y nager, s'y noie.

20. Le jour où l'on se marie, est le lendemain du beau temps.

21. Celui qui prend femme pour sa dot, s'en repent, le lendemain, pour le mal qui lui en revient.

22. A Baïgorry, la

11. Goiz herria denean gorriago ecenez hori, hire uritacoa eztemala nehori.

12. Goiz horzadar, arrats ithuri.

13. Yondone Laurendi, escu batean uria, bertcean itchindi.

14. San Simon eta Juda, negua heldu da.

15. San Simon eta Judaetan, untciac ancoraetan.

16. Othoizten ezdakiena Jaincoari, berraio itsasoari.

17. Itsasoac adarric ez.

18. Itsasturuaren emaztea, goicean senhardun, arratsean alhargun.

19. Mundu hunec iduri itsasoa : iguerica ezdakiena ithotcera doha.

20. Ezcont-eguna aise izanaren biharamuna.

21. Emaztea hartcen duenac escont-sari hutsagatic, biharamuna du dolu eguna, gaiz darraiconagatic.

22. Baigorrin, bachera

vaisselle est toute d'or, et quand j'y arrive, elle est de terre.

urrhez, ni harat orduco lurrez.

23. Toujours, un serviteur fidèle et sage, est créancier, bien que payé.

23. Bethi, cerbitzari leiala eta prestua, harcedun da, bad'ere pagatua.

24. Jadis comme ça, aujourd'hui comme ci, après on ne sait comme.

24. Lehen hala, orai hola, guero ez yakin nola.

25. La montagne n'est pas nécessaire à la montagne, mais l'homme l'est à l'homme.

25. Mendiac mendiaren beharric ez, bainan, guizonac guizonaren bai.

26. Un œil suffit au vendeur, mais l'acheteur n'en a pas trop de cent.

26. Begui bat aski du saldunac, ehun ez ditu sobera erosdunac.

27. Un mauvais drap, étant bon marché, est cher.

27. Oihal tcharra, merke delaric, kario da.

28. A pain dur, des dents aiguës.

28. Ogui gogorrari haguin zorrotza.

29. Une pierre remuée n'engendre point de mousse.

29. Harri erabilic ez du bilteen odoldiric.

30. Vaut mieux le son seul, que ne pas manger du tout.

30. Hobe da zahi hutsa, ecin ez aho hutsa.

31. Celui qui a des noix à manger, trouvera assez de pierres pour les casser.

31. Intzaur duenac yateco, aurkit diro harri hausteco.

32. Tu as beaucoup, de beaucoup tu auras besoin.

32. Asco baduc, asco beharco duc.

33. Chacun approche le charbon de son pain.

33. Norc bere ophilari ikhatza.

34. Le gros poisson

34. Arrain handiac ya-

mange le petit.

35. Quand tu auras le loup en ta compagnie, aies le chien à ton côté.

36. A cent chevaux il faut cent selles.

37. Rome ne fut pas faite en une heure.

38. Celui qui refusa l'âne en don, fut obligé après de l'acheter.

39. Pays d'étranger, pays de loup.

40. L'étranger a la main dure.

41. Nourris-moi de la viande du jour, du pain de la veille et du vin de l'an passé, et je dirai adieu aux médecins.

42. Au flux du ventre l'eau est malsaine.

43. Veux-tu avoir les yeux sains? lie tes doigts.

44. Par trop remplir, le sac vient à crever.

45. Malheur, sois le bienvenu, pourvu que tu sois seul.

46. Chevalier, fais ton fils duc, il ne te connaîtra plus.

47. Le paresseux fait toujours l'occupé.

48. L'effronté a des perdrix rôties, au lieu

---

tentu ttipiac.

35. Otsoa lugun ducanean, ai, baihu hora saihetsean.

36. Ehun zaldic ehun saltoki behar.

37. Erroma ez cen oren batez akhabatu.

38. Astoa emaitzaz arbuiatu zuenac, guero erosi behar ukhan zuen.

39. Arrotz herri, otso herri.

40. Arrotzac escua latz.

41. Haz-nezac egungo haraguiaz, atzoco oguiaz, eta yazco arnoaz eta, medicua, bihoaz.

42. Sabeldurac gaitz ditu urac.

43. Sendo nahi dituca beguiac? lot-izac hire erhiac.

44. Betheguiz zorroa, lehertuz doha.

45. Gaitza, ongui athor, bakhar baathor.

46. Zalduna, eguic semea duke, ezagut ez huke.

47. Naguia bethi lantsu.

48. Ahalgue-gabeac ditu epher erreac, cer,

que le honteux n'a que les restes de pain

ahalgorrac , ogui mokhorrac.

49. A un père qui amasse, succède un fils qui dissipe.

49. Aita biltzaileari seme barreiari.

50. La mort à la fosse, les vivants à la soulée.

50. Hila lurpera, biciac asera.

51. Le jeu a des branches de travers.

51. Yocoac adarrac makhur.

52. Qui n'obéit pas à sa mère, obéit à sa marâtre.

52. Ama sinhesten ezduenac , amaizuna.

53. Le grain vient de la semence.

53. Hacitic bihia.

54. Le dernier mourant paie les dettes.

54. Azkhen hilac paga zorrac.

55. La fortune dit : qu'on me cherche.

55. Ditchac : bilha nezala, diotza.

56. La bonne fortune, comme elle est aveugle elle-même, rend aveugle ceux qui la suivent.

56. Ditcha onac , nola baita bera itsu, hari darraizconac itsutcen ditu.

57. Le besoin engendre les querelles.

57. Beharrac aharrac.

58. Ecoute d'abord , parle ensuite.

58. Beha lehenic, mintza azkenic.

59. Quand le hêtre tombe, chacun court aux branches.

59. Phago croriala, guciac laster-ari dira.

60. Les présents brisent les rocs.

60. Dohainac hausten tu harrocac.

61. Dis-moi qui tu fréquentes, je te dirai qui tu es.

61. Erradac norekin bici hizan, nic guero hiri nolaco hizan.

62. La pensée du fou, est qu'il est sage.

62. Erhoaren sinhestea, zuhur ustea.

63. Chaque oiseau trouve son nid beau.

63. Chori bakhoitzari eder bere habia.

64. Donne à pleins paniers, tu ne pourras recouvrer à poignées.

64. Emac zaretaz, bilha eztiroc ahurretaz.

65. L'impuissance est plus forte que le serment.

65. Ecina azkharrago ecin ez cina.

66. Couvre le foyer avec la cendre de la maison.

66. Etcheco sua etcheco hautsaz estal.

67. Le pauvre a mauvaise haleine.

67. Gabeac hatsa kharats.

68. Tous les pieds ne sont pas faits pour porter des souliers rouges.

68. Oin orori ezta emana oski gorri.

69. Tout mal a son pire.

69. Gaitz oroc bere gaitzagoa.

70. Le chat fait sa pêche sans se mouiller les pieds.

70. Gathua, oinac busti gabe, arrainkari.

71. Une jeunesse oiseuse produit une vieillesse malheureuse.

71. Goztari alferra, zahartce landerra.

72. A demain, c'est du fainéant le refrain.

72. Gueroa, alferraren leloa.

73. Quand le nid fut fait, l'oiseau mourut.

73. Habia eguin deneco, choria hil.

74. Qui accepte, s'engage.

74. Hartcen duena zortcen da.

75. Boire peu et croire peu est le fait du sage.

75. Guti edatea eta guti sinhestea zuhurraren eguitea.

76. L'enfant qui veut pleurer, tire la barbe à son père.

76. Haur nigar-galeac aitari bizarra thira.

77. Parole douce ne blesse point la langue.

77. Mihia hitz eztiac zaurtcen eztic.

78. Si tu veux vivre sans maladie, ne mange

78. Nahi baduc bici min gabe, ez hadila alha

jamais sans appétit.

79. Un trop grand empressement amène du retard.

80. Un beau parleur vaut une monture pour le voyage.

81. Le travail fait par force est un mauvais travail.

82. Le travail exécuté à la hâte est un travail inutile.

83. Feu de paille brûle vite.

84. Les présents au château sont en quête de quelque demande.

85. Le chien porte sa langue là où est son mal.

86. Chien affamé se rassasie de sommeil.

87. Il n'y a pas de vie sans peine.

88. On trempe la soupe là où l'on trouve du bouillon.

89. A chacun le sien est la voie de la justice.

90. Dans une terre molle, il est facile de faire un grand trou

91. Il voudrait autant de fromage que de pain.

92. Poule qui court est la proie des renards.

93. Plus la charrette

gose gabe.

79. Lehia gaitza berant garri.

80. Lagun elhestari hideco zamari.

81. Lan gaichtoa, bortchazcoa.

82. Lan lasterra, lan alferra.

83. Lasto su, laster su.

84. Yaureguico dohainac eskea ondoan.

85. Horac non mina han mihia.

86. Hora gose, loz ase.

87. Neke gaberic ezda biciterie.

88. Non salda, han zopa.

89. Nori berea da zucen bidea.

90. Lur beran cilo handi.

91. Ogui becembat gasna nahi luke.

92. Oillo ibilcari acherien yanhari.

93. Orga tcharrago

19

est usée, plus elle fait
de bruit.

karranka handiago.

94. Loup affamé n'a
pas de repos.

94. Otso gosea, phausu
gaitz.

95. Qui a mari a sei-
gneur.

95. Senhar duenac
yaun badu.

96. Sans feu, il n'y a
point de fumée.

96. Su gaberic ezda
kheric.

97. La corde se rompt
quand elle est trop ten-
due.

97. Tinkatuz sobera
zurda doha trenkatcera.

98. Les dictons des
vieux sont les dictons des
sages.

98. Zahar hitzac, zu-
hur hitzac.

99. Celui qui ne veut
pas entendre le son de la
cloche, ne doit point tirer
la corde.

99. Ceinua entzun nahi
ezduenac, ez soka thira.

100. Vieilles dettes
produisent nouvelles dou-
leurs.

100. Zor zaharra min
berritzale.

101. Le porc qui a
faim, rêve à la faîne.

101. Urde goseac ezkur
amets.

102. L'or court tou-
jours à la minière.

102. Urrhea bethi bere
ondora.

103. Les nouvelles ont
d'autant plus d'extension
qu'elles viennent de plus
loin.

103. Urrunago, ber-
riac handiago.

104. Opinion n'est pas
science.

104. Ustea ez da yaki-
tea.

105. Tout arbre a des
branches sèches.

105. Arbola oroc adar
cihar.

106. Mieux vaut un
bon ami qu'une centaine
de parents.

106. Hobe da adichkide
on bat ecen ahaide ehun
bat.

107. Ouvre la porte au
bonheur.

107. Zori-onari idokoc
athea.

108. Attends de pied ferme le malheur.

109. L'ormeau a de belles branches, mais il ne porte point de fruits.

110. L'âne de l'an passé brait cette année.

111. Je chasse les oiseaux, un autre les tue.

112. Laisse le bon pour le meilleur.

113. Le juge qui a l'âme perverse, a les lois dans ses griffes.

114. Le sage entend a demi-mot.

115. Hors de vue, hors de souvenir.

116. On oublie bientôt les morts.

117. Qui trop embrasse, mal étreint.

118. Le bien mal acquis ne profite jamais.

119. Tel père, tel fils; tel maître, tel serviteur.

120. Il n'y a pas de cheval qui ne bronche.

121. Toutes vérités ne sont pas bonnes à dire.

122. Un tiens vaut mieux que deux tu auras.

123. Il faut battre le fer tant qu'il est chaud.

124. Telle vie, telle mort.

108. Gaitzari agokoe beha.

109. Zunharrac eder adar, bainan fruituric ez ekhar.

110. Tchazco astoac aurthen orroa.

111. Choriac nic ohil, berteeac hil.

112. Utzac ona, hobea gatic.

113. Barnea harroduen alkateac, aztaparretan ditu leguac.

114. Zuhurrac hitz erdiz aditeen.

115. Bichtatic urrun, bihotcetic urrun.

116. Hilac laster ahauzten.

117. Sobera harteen duenac, gaizki tinkateen.

118. Gaizki bildua seculan ez baliateen.

119. Nolaco aita, halaco seme; nolaco nausi, halaco cerbitzari.

120. Ez da zaldiric erorteen ez denic.

121. Eguia guciac ez dira on erraiteco.

122. Bat izaitea hobeago da, bien esperantza baino.

123. Burdina bero deno, yo behar da.

124. Nolaco bicitce, halaco heriotce.

MANUEL DE LA CONVERSATION

FRANÇAIS-BASQUE.

5me PARTIE.	BORTGARREN PHARTEA.
Choix de poésies basques, prises dans les six dialectes, pour donner au lecteur une idée de chaque idiome.	Cantu berrechiac, escuaras, eta sei herrietaco mintzaian hartuac izacurtzaileari mintzaia bakotchaz ezagutzachea baten emaiteco.

1. BASQUE DU LABOURD.	1. LAPHURDICO ESCUARA.
Les regrets d'un basque émigré à Montevideo.	*Escualdun baten bihotz-minac Montebidorat yoanez.*

Entzunic espantutan Indien berria,
Beldurric ere gabe othe den eguia,
Montebidorat noha, cembait urtherentzat,
Aisia bildu nahiz azkhen egunentzat.

Entendant vanter le renom des Indes,
Sans même douter de sa vérité,
Pour Montevideo je pars pour quelques années,
Voulant m'assurer du bien-être pour mes derniers
   jours.

Ez naucan hainitz cela herritic yoaitea,
Guti nakien cer cen nigar eguitea,
Untcirat nohancan, orai dut sentitcen.
Damuaren eztena bihotcean sartcen.

J'ignorais combien c'est grande affaire de quitter
   son pays,
Je savais moins encore ce que c'est que pleurer.
Me rendant à mon vaisseau, maintenant je sens
L'aiguillon du regret entrer dans mon cœur.

   Bertce aldiz y'hrzkigun irritau egnaac,
   Tristerie orai ditut aldean lagunac.
   Adiotarat zaizkit nigarrez hurbiltcen,
   Iduri naiotela bethicotzat hiltcen.

Autrefois mes jours s'écoulaient dans la joie ;
Maintenant, tristes à mes côtés sont mes compa-
   gnons.
Pour les adieux, ils m'approchent dans les larmes.
Il leur semble qu'ils me conduisent pour toujours
   au tombeau.

   Sor lekhuan nituen esteca guciac :
   Ez dakit hantic urrun cer daucau biciac.
   Adios erratean herri maiteari,
   Bihotza zaurthua, naiz eman nigarrari.

Au lieu de ma naissance j'avais tous mes liens,
Je ne sais loin de là quel sort la vie me réserve.
En disant adieu à mon cher pays,
Le cœur brisé, je me prends à pleurer.

   Diruaren goseac etche ic narama :
   Utci behar dut aita, utci behar ama,
   Segurantzaric gabe nihoitz bihurtceco,
   Iragan atseguinac berriz cobratceco.

La soif de l'or m'entraîne loin de ma maison.
Je dois y laisser mon père, y laisser ma mère,
Sans certitude de revenir jamais
Et de retrouver mes jouissances passées.

Lur atecan zuhaitza laster iraunguitcen,
Desterruan guizona gazteric zaharteen :
Han galdaturen bethi herria bihotzac,
Escasa ez betheco irabaci untzac.

L'arbre transplanté languit sur le sol étranger,
Dans l'exil l'homme vieillit à la fleur des ans :
Là, le cœur réclame toujours le pays,
Et ce vide, les onces d'or gagnées ne pourront le
  remplir.

Desterruan non causi herrico mendiac,
Aiten eguin ederren lekhuco handiac ?
Ohitu ezkila ere ez dut adituren,
Bozcariorat ez nu bestelan deithuren.

A l'étranger, où trouver les montagnes du pays,
Témoins fameux des exploits de nos pères ?
Je n'entendrai pas non plus la cloche connue de
  mon village,
Elle ne m'appellera plus aux joies, aux fêtes.

Desterruco bidean erorteen denari
Lagun onic etzaio aguerteen sokhorri :
Eritcean, ez duke amaren artharie,
Hil daiteke inguruan nihor gabelaric.

A qui succombe sur la terre étrangère
N'accourent point, pour le secourir, des amis dé-
  voués ;
Malade, il n'aura point les soins d'une mère,
Il pourrait mourir sans être entouré de quelqu'un.

Adios, Escual herri, hambat onhetsia
Hire cerua zaitac ecin ahantcia.
Uzten darozkitciat maite ditudanac,
Ethor-bahi, aita-amac, haurreco lagunac.

Adieu, pays Basque, que j'appréciai tant;
Ton ciel, je ne saurais jamais l'oublier.
Je te laisse tous ceux que j'aime,
Mais, à titre de retour, mon père, ma mère, mes
    amis d'enfance.

Noizbait ahanzten badut ene ama ona,
Beldur ez nadin ethor, nigarrez dagona,
Ahanzten badut aita, ahanzten herria,
Nihoiz ez bekit mugui ahoan mihia.

Ah ! si jamais j'oublie ma bonne mère
Qui est dans les larmes, craignant de ne plus me
    voir;
Si j'oublie mon père, mes amis, mon pays,
Qu'à jamais ma langue reste immobile dans ma
    bouche.

Urrun, Yauna, niganic, othoi, zorigaitza
Hustua causitecco aita-amen egoitza!
Atcitic eguidazu bihur nadin laster,
Eta goza ditzadan luzaki, zuri eskher.

Eloignez de moi, Seigneur, je vous prie, le malheur
De trouver vide la demeure de mes père et mère !
Accordez-moi prompt retour des pays étrangers,
Afin que, grâces à vous, je jouisse longtemps en-
    core des auteurs de mes jours.

——   ——

Le Laboureur.   *Laboraria.*

Ohore, amodio laboriari,
Gure haztea gatic akhitcen denari !
Haren medioz lurrac cerbait du ematen,
Hari eskherrac ! oro guirade bicitcen.
        Ohore, amodio, etc.

Honneur, amour au laboureur,
Pour nous nourrir à celui qui s'épuise !
Par lui la terre fournit ses fruits,
Grâces à lui, tous nous vivons.
    Honneur, amour, etc.

 Haz-haurrac amagnoa amataco harteen,
 Hala balitz bezala bihotcez maithateen :
 Gure aitagnori, laborariari,
 Amodio dezogun eman haz-ordari.
    Ohore, amodio, etc.

Le nourrisson adopte pour mère sa nourrice,
Et comme telle, la chérit de tout son cœur :
A notre père nourricier, le laboureur,
Portons amour, c'est lui qui nous nourrit.
    Honneur, amour, etc.

 Asco lan eguitean, icertuz, akhituz,
 Bere osagarria miletan yokhatuz,
 Laborari gaichoac mundua du hazten,
 Eskherric nahi bada ez duen ukhaiten.
    Ohore, amodio, etc.

A force de travail, de sueurs, de fatigues,
En jouant mille fois sa santé,
Le pauvre laboureur nourrit les peuples
Bien que reconnaissance il n'obtienne aucune.
    Honneur, amour, etc.

 Ohean hiritarra dago ahanteiric,
 Arrangura guciac loan chorteiric,
 Laborariac ez du argui-lo eguiten
 Aztalac ihitcian goicic tu ezarten.
    Ohore, amodio, etc.

Au lit le citadin s'oublie,
Ensevelissant tout souci dans le sommeil ;
Le laboureur ne fait pas sommeil de jour,
Ses talons dans la rosée de bonne heure il plonge.
     Honneur, amour, etc.

    Aroaren beldurrez ez da baratuco,
    Hotzac, beroac, deusec ez du lotsatuco,
    Zombat ere baituke lana borthitzago,
    Hambat hobeki zaio bulharrez lothuco.
       Ohore, amodio, etc.

Le changement de temps ne l'arrêtera pas:
Le froid, le chaud, rien ne l'épouvantera;
D'autant seront ses travaux plus rudes,
D'autant il les bravera d'un cœur plus mâle.
     Honneur, amour, etc.

    Laborariac nekhez bilhatu oguia,
    Zuc gozatuco duzu, hiritar naguia ;
    Nahi bezala cira bethi zu izauen.
    Aski nekhez hare baitu arthoa ukhanen.
       Ohore, amodio, etc.

Le froment, péniblement récolté par le laboureur,
C'est vous qui le mangez, citadin indolent ;
A votre gré vous aurez toujours vos aises,
Assez difficilement lui se nourrira même de maïs.
     Honneur, amour, etc.

    Laboraria, yinen othe zaic eguna
    Lehen erregue batec hitzeman zaiena ?
    Goiz edo berant othe haic ikhusiren,
    Igant-oroz oilloa eltcean ezarteen ?
       Ohore, amodio, etc.

O laboureur, l'arrivera-t-il jamais, le jour
Que te promit jadis un bon roi ?
Est-ce que, tôt ou tard, l'on te verra
Chaque dimanche mettre la poule au pot.
      Honneur, amour, etc.

—   —

Rêve d'un Ermite pressé   *Ermitau baten ametsa*
par la faim.   *bere gosetean.*

—   —

      Bestetaco ongui nago
      Arropa onez betheric,
      Oinetican bururaino
      Berritan pampiguaturic.

Je suis pour les fêtes
Bien garni de bons vêtements,
Des pieds à la tête
Habillé tout à neuf.

      Bethor nahi den arrotza,
      Badut cer yaterat eman :
      Gauza franco, bero, hotza,
      Zopa ona lehenican.

Vienne l'étranger qui voudra,
J'ai de quoi lui donner à manger ;
Beaucoup de mets, chauds, froids;
D'abord, la bonne soupe.

      Egosiaren ondotic
      Emanen diot errea,
      Nahi duena zointaric,
      Guicena edo mehea.

Après le bouilli,
Je lui donnerai le rôti,
Ce qu'il désire, au choix,
Gras ou maigre.

Orkhatz, bildots, herbi, uso,
Oillo, oillanda, oillasco;
Idiki guicen, cikhiro,
Aratcheki ere franco.

Chevreau, agneau, lièvre, pigeon,
Poule, poulette, poulet;
Du bœuf gras et mouton,
Du veau aussi beaucoup.

Badut cerbait ahanteiric
Kocinan, zokho zokhoan;
Gauza bilduen erdiric
Ez duket memorioan.

J'ai oublié quelque chose
Dans le recoin de la cuisine :
La moitié des choses préparées
Je ne pourrais l'avoir dans ma mémoire.

Banaiz; han ditut ahanzter
Indi oillo tipittoac,
Pecardin, lebrochta, eper
Eta martotcha choriac.

J'y suis; pour peu j'y oubliais
Les petites poules d'Inde,
Bécassine, levreau, perdrix,
Et les oiseaux mûriers.

Han ditut oraino tortoil,
Phaztiz eta frikeciac,
Ez baitire segur trimpoil
Bethe garri gutittoac.

C'est là encore que se trouvent les tourterelles .
Les pâtisseries , les friandises ,
Qui ne sont pas certes
Peu rassasiantes.

   Zahagniac barrikekin
   Han dagozcat yuntaturie ;
   Frantcia Espagniakin,
   Hoberenac bilhaturie .

Les outres avec les barriques
Sont là par moi réunies ;
Vin de France avec celui d'Espagne ,
Les meilleurs que j'aie pu me procurer.

   Urzat dut emplegaturen
   Yurantzoneco churia ;
   Cabretongoac eguinen
   Aracico calabria .

Pour eau j'emploierai
Le blanc de Jurançon ;
Celui de Capbreton
Fera faire du bruit.

   Akhabo ; hor heldu zaitac
   Herioa beltz-ilhunic ;
   Aberats ala pobreac ,
   Higualki tratatcen ditic.

C'en est fait ; voilà que la mort arrive
Noire et sombre ;
Riches ou pauvres,
Elle les traite également.

BASQUE DU LABOURD MÊLÉ UN PEU AVEC LE GUIPUSCOAN.	LAPHURDICO ESCUARA GUIPUZCOCO ESCUA-RAREKIN NAHASTICA-CHE.

Achat d'un vieil Ane.   *Asto zahar baten eròs-pena.*

Asto bat erosi dut Manuel traturi ;
Acienda on bat da balia bedi.
Gorphutz gucian ez du nutza bat haragui,
Ile petic beguiac ez ditu agueri.
     Cer debru da hori ?
     Ekharria niri
     Arima galgarri,
     Erracan da sarri.
Landan phara dezagun chori haizagarri.

J'ai acheté un âne au maquignon Manuel ;
C'est une bonne bête, qu'elle profite.
Tout son corps n'a pas une once de chair,
Ses yeux ne paraissent pas de dessous son poil.
     Que diable est-ce ?
     Amené à moi
     Pour me faire perdre l'âme,
     Bientôt il est dans la fosse.
Mettons-le dans un champ pour chasser les oiseaux.

Lehen ere bannen asto horren fama :
Soumetic nola cen guezur truc izana ;
Lephua ere badu luce hirur khana,
Hezur eta larruia, dena uliec yana.
     Cer da hire lana ?
     Arri ! poco gana.
     Yuan duc hire fama,
     Lehen cerbait izana.
Testament eguitera yo duca ni gana.

Avant aussi je connaissais la renommée de cet âne ;
Sa carcasse avait été vendue en échange de mensonge,
Son cou aussi a trois cannes de longueur,
Ses os et sa peau sont tous mangés par les mouches.

       Quel est son travail ?
       Marche ! petit marcheur,
       Ta renommée n'est plus ,
       Toi qui fus quelque chose autrefois.
Es-tu venu chez moi pour faire ton testament ?

Le Mulet du Charbonnier.   *Ikhasketaco mandoa.*

    Hau da ikhazketaco mandoaren traza :
    Lephoa mehe du eta itchura gaitza,
        Ilia latza.
    Bastape gueitican zauriac baltza
        Oi hura salsa !
    Christaurie ez daiteke aldetic pasa.

Voici le portrait du mulet du charbonnier :
Maigre cou et triste mine,
       Poil rude et hérissé
Sous le bât son dos n'est qu'horrible plaie.
       O quelle sauce !
Il n'est pas un chrétien qui osât passer à son côté.

    Lephoa luce eta burua handi ,
    Matrail hezurra seco, dena beharri,
        Beguiac eri ,
    Bi sudur cilhoetaric mukhua dari,
        Ezpainac larri,
    Hortcie izan badu ere, ez du agueri.

Il a le cou long et la tête énorme,
La mâchoire décharnée, et il est tout oreilles ;

> Ses yeux sont malades,
> De ses naseaux suinte la morve ;
> Ses lèvres sont épaisses ;
> Si jamais il eut des dents, il n'en paraît plus.

> Bi hitcez aitzazue laur hatcen tailac ;
> Belhaunac handi eta makhur guidailac,
> Lurrera-zailac,
> Cortesia escatcen, mando abilla,
> Belhaunica dabilla,
> Guero lurrean ihaunzca, urde cirtcilla !

Ecoutez en deux mots l'histoire de ses quatre
  aplombs :
Ses genoux sont grands et son arrière-train tordu ;
> Il fait des révérences,
En quête de courtoisie, l'habile mulet ;
> Il fait des génuflexions ;
Puis il se roule à terre, le vilain cochon !

> Fantesia asco badu, mando lapurrac :
> Laur zangoac maingu eta hanca makhurrac,
> Yuntetan urac ;
> Ezpata bezain chorroch bizcar hezurra,
> Ez duc guezurra,
> Noiz larruturen zautan diat beldurra.

Il a beaucoup de caprices, ce fripon de mulet :
Il est boiteux des quatre jambes, et il a la hanche
  de travers,
> Les jointures engorgées ;
Aussi tranchant que le fil de l'épée est l'os de son
  échine.
> Je ne mens point,
Je tremble qu'à chaque instant il ne laisse sa
  peau.

Mando itsusi cikhin lotsagarria,
Hirekin galdu diat osogarria,
          Ai izurria !
Hi gatic samur diat ostalaria
          Jose Maria ,
Usaindu diocala etche gucia .

Vilain mulet, sale épouvantail,
J'ai perdu ma santé avec toi,
          O contagion !
A cause de toi, l'hôtelier est fâché contre moi,
          Joseph Marie !
Il dit que tu lui as empesté toute la maison.

          Buruco caprestuez badu urgulu,
          Sal ere balitzazke ahal bezain zalhu
                    Erosdun balu,
          Chiki baten saria eguiten balu,
          Charrantchac salbu ;
          Tratu hortan hainitcic ez likec galdu.

Du licol qui orne sa tête il est très-fier ;
Il le vendrait aussi bien, le plus tôt possible,
          S'il avait un acheteur ;
S'il en faisait le prix d'un petit verre
          A la réserve du caveçon ;
Il ne perdrait pas grand chose à ce marché.

          Aincineco petrailaz dago espantuz,
          Ceren eguina duen erdia trapuz,
                    Erdia espartsuz,
          Hatceman phusca guciac elgarri lothuz,
                    Ase naiz tratuz,
          Enfadaturic nago botican sarthuz.

Il se vante de sa bretelle de devant,
Parce qu'elle est faite moitié de chiffons
          Moitié de tresses de jonc,

          20

Avec tous les morceaux qu'il a pu ramasser et lier
  ensemble ;
            Je suis las d'acheter,
Il me répugne d'entrer dans la boutique d'un mar-
  chand.

        Socac galupan eta larrua trostan,
        Errecari behera yoan zaizkit postan.
                Ezpainac ozcan ;
        Ehun corropilo eta herrehun buztan
                Bakhotcharen puntan
        Hec baino hobelikec batere ez ukhan.

Les cordes au galóp et la traversière au trot,
Le long du ravin sont parties en poste.
            Il en grinçait des dents ;
On y comptait cent nœuds et deux cents bouts de
  queue
            A chaque nœud ;
Autant eût valu n'en avoir point que d'en avoir de
  telles.

        Manduac galdu darot manta bat figna
        Aitasoren demboran Cadicetic yina,
                Pedatchuz eguina,
        Oro coropil eta cilo ezkina ;
                Milla sorguina !
        Seculan etzait ganen mantaren migna.

Mon mulet m'a perdu une belle mante,
Au temps de mes aïeux venue de Cadix,
            Faite de toutes pièces,
Toute nœuds et criblée de trous à jour ;
            Mille sorciers !
Jamais je ne me consolerai de la perte de mon
  manteau.

Ene maudoac duen cinguila corda
Eguia denaz gueroz, erran behar da,
     Ez dirot gorda.
Yoanden zazpi urthean botican zor da,
     Dembora sobra!
Nihondic hartcecoac ez dirot cobra.

De mon mulet la corde des sangles,
Puisque c'est vrai, il faut le dire,
     Je ne puis le cacher,
Depuis les sept dernières années est due à la bou-
tique.
     C'est trop de temps!
Moi non plus, je ne puis parvenir à faire rentrer
mes créances.

Ikhatz zakhu cderren yabe dabilla,
Ahua nundic duhen ez daite bilha:
     Phorrosca mila,
Zazpi zortci pedatchu elgarrekilan
     Cilhoekilan,
Heien bethetzaileac badic aski lan.

Il court après de beaux sacs de charbon,
Dont il n'est pas possible de trouver l'ouverture;
     Ils sont en mille morceaux,
Ils ont sept à huit pièces ensemble
     Avec autant de trous,
Celui qui doit les remplir a assez d'ouvrage.

Zakherdi bat berria badu bercki,
Beldurra du ladronce nombait ideki
     Dahill ederki,
Capuzail tzar pusca bat larru bateki
     Componduz bethi,
Cirdina dariola hanketan beheiti.

Une frange neuve il a avec lui,
Il craint que les voleurs ne la lui enlèvent quelque
  part,
        Il avance majestueusement,
Un vieux lambeau de burnous avec une peau ;
        Il l'ajuste sans cesse,
Les pelures lui traînant le long des hanches.

        Escuaraz cinguila eta erdaraz chintcha
        Horren gaincan ere badut cer mintza,
              Biluaren guisa.
        Trenca dadin beldurrez ez dirot tinca
              Cargac eguin eta
        Hortan guezurric bada lephoa phica.

En Basque, sangle; et en Castillan, chincha,
Là-dessus aussi j'ai assez à dire,
        Aussi bien que sur le pelage de la bête.
    De peur qu'elle ne rompe, je n'ose la serrer,
        Cette sangle, quand j'ai fait ma charge.
    S'il y a du mensonge en cela, qu'on me coupe
      le cou.

        Mandoa zahartu zait, erastuac hautsi,
        Erostean eguin zorra oraino bici.
              Badut lan aski,
        Norat nahi yoan nadin zorra nausi ;
              Hobe dut naski
        Pherrac athera eta larrerat utci.

Mon mulet a vieilli, mes rênes sont brisées,
La dette que j'ai contractée pour les acheter vit
  encore.
        Ce n'est pas pour moi une petite affaire,
Quelque part où j'aille la dette me poursuit ;
        Il vaut mieux sans doute
Que je lui enlève les fers et que je l'abandonne au
  bois.

Nescatcha banintz eta magua falta,
Ikhazkinic ezkontzaz ez neio trata,
   Yaincoac barka,
Lastimagarri baita ikhazkin hauta,
   Dabilcan planta,
Bethiri etchetican ecin aparta !

Si j'étais fille et sans ressources,
Avec un charbonnier, de mariage je ne traiterais
 pas,
   Parce que, Dieu me pardonne,
Ce serait chose déplorable que le choix d'un char-
bonnier.
   Voyez comme il se démène
Pour chasser *bethiri* (la misère) hors de sa maison.

Ikhatza saldu eta ondoco planta :
Gaitceru bat arthoren saria falta ;
   Etcherat eta,
Andreac nigar eta haurrec marrasea,
   Ecin balaca,
Talotcho baten gairic ecin harrapa.

Le charbon une fois vendu, voici le résultat :
Il n'a pas l'argent nécessaire pour acheter une
 mesure de maïs ;
   Arrivé à la maison,
Il trouve sa femme en pleurs et ses enfants criant
 misère;
   Pas moyen de les consoler,
Quand on ne trouve pas seulement de quoi faire
 une galette de maïs.

Abarcatic has nadin emeki-emeki,
Haragui ustel urrin bat badu hereki ;
   Halere ederki

Aztal eta behatzac campoan bethi,
          Cilhua petic,
Zangoac erretceco perillic eztic.

En commençant par la sandale, tout doucement,
Une odeur de chair faisandée elle a avec elle ;
          Malgré cela joliment
Le talon et les ongles sont toujours à l'air.
          A la semelle est un grand trou,
Il n'y a pas de risque que le pied s'échauffe là-
dedans.

Galtzazpien berriac erranen garbi :
Botoinac chipi eta chiluac larri,
          Chotchac ezarri ;
Berrehun lekutaric larrua agueri,
          Braguetac irri,
Debruen den picorric gabe nauc sarri.

Du bas de mes culottes des nouvelles je donnerai
naïvement ;
Les boutons sont trop petits et les boutonnières
trop fendues,
          Je les retiens avec des chevilles ;
En deux cents endroits, elles laissent voir ma
peau,
          La braguette bàille en souriant,
Au diable, il ne m'en restera plus bientôt un seul
lambeau.

Barneco motch bat badut hagnitz ederra
Urratuaren bortchaz ez dirot cerra.
          Andre alferra !
Orratza duenean hariaz guerla,
          Apho phardela,
Sukhaldean lo dago yaiki eta berla.

J'ai un gilet court superbe
Que je ne puis fermer à force qu'il est déchiré.
    Femme paresseuse !
Quand elle tient l'aiguille, elle déclare la guerre au
  sujet du fil ;
    Crapaud criard et fainéant,
Elle s'endort au coin du feu à peine levée.

  Horra ikhazkinaren bici modua ;
  Gapeluaren cascuan chuchen cilhua,
    Phontuz bildua,
  Laur erhi trebesetan chutic bilhua ;
    Ene magua !
  Nola husten othe zait guiza-gaizua ?

Voilà du charbonnier la manière de vivre ;
Sur la crête de son bonnet il a toujours un trou,
    Repris à points perdus ;
De quatre travers de doigts ses cheveux sortent hé-
  rissés ;
      O mon magot !
Le pauvre, comment est-ce qu'il m'arrive de le
  vider ?

2. BASQUE DE LA BASSE-NAVARRE OU NAVARRE FRANÇAISE.	2. BASA-NAFARRECO EDO FRANTCIA NAFARRECO ESCUARA.
Le vicomte de Belzunce.	*Belzunce bizcondea.*

    Nafartaren arratza,
    Hila ala lo datza ?
    Ez dut endelgatcen.
    Belzunce bizcondea,
    Hain capitain handia,
    Ez baitzaut mintzatcen ;
    Hori zaut gaitcitcen.

La race des Navarrais
Est-elle morte ou endormie ?
Je n'y comprends rien.
Le vicomte de Belzunce,
Un si grand capitaine,
Elle ne m'en parle ;
Cela me blesse.

Haurretic cerbitzura
Eta ardura sura
Gogotic yoaten cen ;
Hanitcetan colpatu,
Eta bethi sendotu,
Hala behar baitcen.
Hiltceco damu cen.

Dès l'enfance au service,
Et souvent au feu,
Il allait volontiers,
Bien des fois blessé,
Et toujours guéri,
Parce qu'il devait en être ainsi.
Il eût été dommage qu'il mourût.

Hanovreco phartetic,
Harmadaren erditic
Erreguec deithu du ;
Itsasoz bertzaldeco,
Hundarren beiratceco,
Hura hautatu du,
Eta Anglesa icitu.

Des contrées du Hanôvre,
Du milieu de l'armée
Le roi l'a appelé
De l'autre côté de la mer,
Pour conserver ce qui restait ;

C'est lui qu'il a choisi,
Et l'Anglais s'en est effrayé.

> Heien bolbora finac
> Eta libera esterlinac
> Ez ciren askico
> Belzuncen garhaitceco,
> Gutiago zalhutceco;
> Fidel erregueren
> Orai eta lehen.

De celui-ci la poudre fine
Ni les livres sterling
Ne pouvaient suffire
Pour vaincre Belzunce,
Pour le faire marcher moins vite;
Fidèle à son roi
A présent comme avant.

> Hura yoanez gueroztic,
> Ez da harat Anglesic
> Batere hurrendu.
> Eguin dute espantu,
> Bai eta abiatu
> Nahiz atacatu;
> Bainan ez menturatu.

Depuis qu'il y est parti,
Jamais là-bas l'Anglais
N'a pas approché.
Ils ont fait des forfanteries,
Oui, et ils se sont mis en marche
Avec le projet d'attaquer;
Mais ils ne s'y sont pas hasardés.

> Bere eguitecoac naski
> Eguin dituzie hobeki
> Onduan Havanan.

Cembait tiro tira eta
Sartu dira yauzteca
Hirian triunfan;
Belzunz ez baitcen han.

Leurs affaires probablement
Ils les ont faites mieux
Après à la Havane.
Après quelques coups de fusil tirés
Ils sont entrés sautant
En triomphe dans la ville,
Parce que Belzunce n'était pas là.

Gotingoco phartian
Entzuten zutenian :
Belzunce heldu da !
Etgar gana bil eta :
Nun da eue baioneta ?
Oihuz : harmetara !
Bainan oro ikhara.

Dans la contrée de Goettingen
Lorsqu'ils entendaient dire :
Belzunce arrive !
Se pressant les uns contre les autres :
Où est ma bayonnette ?
Puis ils criaient : aux armes !
Mais tous tremblaient.

Belzunceren icena.
Eta haren omena
Urrun da hedatcen.
Erregueren gortetan,
Hiri eta campagnetan,
Norc ez du entzuten
Belzuncez mintzatcen ?

Le nom de Belzunce
Et sa renommée
S'étendent au loin.
A la cour du roi,
A la ville et à la campagne,
Qui n'entend pas
Parler de Belzunce.

    Zu hauren herritarrec,
    Bai eta Laphurtarrec ;
    Goraki diote :
    Escualdunen lilia
    Eta ohoragaila,
    Zu cira, Belzunce ;
    Luzaz bici cite.

Vos propres concitoyens,
Ainsi que les Labourdins,
Disent à haute voix :
La fleur des Basques
Et leur orgueil,
C'est vous, Belzunce.
Vivez longuement.

    Frantciac guero ere,
    Hanitz dembora gabe,
    Etsaiac baituzke ;
    Zure odoleticaco
    Aincindari onguisco
    Erreguec on duke :
    Othoi, ezkhont cite.

Plus tard aussi la France,
Avant beaucoup de temps,
Peut avoir des ennemis ;
Issus de votre sang
D'assez nombreux chefs
Seraient nécessaires au roi.
Nous vous en prions, mariez-vous.

La chanson de Perkain,   Perkainen yocari fama-
célèbre joueur de pau-   tuaren cantua.
me.

—   —

Noat yoaiten cira, neure adichkidia,
Donapaleurat dut oraico seguida ;
Urhe bat baderamat bertce baten bilha,
Baldin laphurtarrac yalkitcoac badira.

Où allez-vous, mon ami ?
Je dirige mes pas vers Saint-Palais ;
J'emporte une pièce d'or pour en chercher une
  autre.
Pourvu que les Labourdins sortent sur la place.

Laphurtarrac yin ciren trebesac doblezca,
Abil Aderren phartez bazuten nobleza.
Galdu duien gaichoac considera beza
Ez dela egun oroz Laphurtarren phesta.

Les Labourdins, les plus adroits, vinrent en double ;
Ader l'habile leur avait donné du reflet.
Que le pauvre diable qui a perdu songe
Qu'il n'est pas fête tous les jours pour les Labour-
  dins.

Azantzaco semia nic ez dut mendratcen,
Bere pareric ez du pilota botatcen ;
Baina Perkain hori etzuien harc lotsatcen,
Plaza guciarentzat bera aski baitcen.

Je ne rabaisse pas le mérite du fils d'Azanza,
Il n'a pas de pareil pour lancer la paume ;
Mais il n'intimidait point notre Perkain
Qui suffisait seul pour occuper la place.

Baduca curaieric, Curutchet ezkerra ?
Eramanen duguia diruric etchera ?
Baldin entregu hahiz airetic yoitera,
Nekez utciren diagu partida galtcera.

As-tu du courage, Curuchet le gaucher ?
Emporterons-nous de l'argent à la maison ?
Si tu es habitué à frapper la paume à la volée,
Difficilement nous laisserons perdre la partie.

Azantzaco Yaun Pedro, abila cirade ;
Mainhuiac hartu ditutzu, hainan debalde ;
Antzara chizterrac untsa yanican ere,
Leheneco pilotaz bethi prest guirade.

Monsieur Pierre d'Azance, vous êtes habile,
Vous avez pris des bains, mais en vain ;
Quand vous auriez bien mangé même des cuisses
d'oie,
Nous sommes toujours prêts avec la balle d'autre-
fois.

Heienec zazpi yocu, gurec bederatci ;
Haxarian bezala trebesian bethi *(bis)* :
Urguliez nahiz partida irabaci.

Les leurs avaient sept jeux, les nôtres neuf ;
Leur adresse était toujours aussi grande qu'au
commencement,
Par amour-propre voulant gagner la partie.

Guizon abillac badira, yaunac, Laphurdin ;
Ez dituzte estimatcen trebesac bardin ;
Captu hobiagoric ezbadute eguin ,
Ardura ibilico dira sakelac arhin.

Messieurs, il y a des hommes habiles en Labourd ;
Ils n'apprécient à la même valeur les hommes
adroits ;

S'ils ne font pas de meilleure prise,
Ils marcheront souvent les poches vides.

Orai duelarican bederatci urthe,
Baïgorrin irrigno bat eguin cinaucuten;
Gure gasna sariac yohan cindauz cuten;
Ordainac baitiau; orai hor conpon cizte?

Il y a maintenant neuf années,
Vous nous fîtes à Baïgorry un sourire moqueur.
Vous nous emportiez le prix de nos fromages;
Nous avons la revanche; arrangez-vous-la mainte-
nant?

———   ———

*Les joueurs de paume de   Ahazparneco pilotariac.
Hasparren.*

———

Ahazpandarrac Baionarat yoanac,
Pilota partida einic, lau hoberenac,
Baionesen contra; nahiz plaza arrotza etciren ez
[lotsa.
Irabaci dute diru eta fama;
Ontsa yoan da lana.
Etc......

Les joueurs de Hasparren sont allés à Bayonne,
Après avoir arrêté une partie de paume, les quatre
meilleurs
Contre les Bayonnais; quoique sur une place in-
connue,
Ils n'avaient point peur.
Ils ont gagné de l'argent et de la renommée;
Tout s'est parfaitement passé.
Etc......

Sur la guerre d'Italie.   *Italiaco guerlaren gai-*
nian.

—

Bi arrano bazauden liisia handian,
Beguiac zorrozturic, yuanden aspaldian.
Elgar hatceman dute celhai ederrian ;
Bat laster guelditu da hegalac lurrian.
Etc......

Deux aigles vivaient en grande rancune,
Avec des yeux perçants, depuis bien longtemps.
Ils se sont rencontrés aux prises dans une plaine
    magnifique ;
Bientôt l'un d'eux est resté à terre, les ailes
abattues.
    Etc.......

—

Les pauvres Voyageurs.   *Ibildari pobriac.*

—

Sendibalin balaueute diruric,
        Seguric,
Baguin duke cerbitzari bumilic,
        Abilic.
    Ez dugu diruric
    Ez eta creditic :
Egon behar dugu beguiac ilhunic,
    Cintzurra idorric,
    Sabela cimurric.

Si l'on nous savait de l'argent
        Assuré,
Nous aurions des serviteurs soumis,
        Bien dressés ;
    Nous n'avons point d'argent,
    Point de crédit :
Nous resterons l'œil morne,
        Le gosier sec,
        Le ventre vide.

Etcheco-andere gaztia cira zu ·
Beha zazu.
Gu ere zure yendiac guitzu,
Adi zazu.
Gu gaur hemen guitzu;
Zuc guti probetchu :
Gaur gura escoten peguilic ez duzu.
Bestenac baitutzu,
Beharturen zautzu.

Vous êtes la jeune maîtresse de la maison :
Voyez.
Nous sommes aussi vos clients :
Ecoutez.
Nous sommes installés ici pour la nuit,
Vous en aurez peu de profit :
Vous ne risquez pas d'avoir notre écot de
cette nuit,
Si vous obtenez celui des autres,
Cela vous vaudra.

Propos de Buveurs.   *Edalen elheac.*

La, la, la, la, la, la, la, len !
Mementogno bat egon gaiten.
La, la, la, la, la, la, la, lu,
Oraino untsa guitutzu.

La, la, la, la, la, la, la, len,
Restons un moment ici.
La, la, la, la, la, la, la, lu,
Jusqu'ici nous y sommes bien.

Sarrigno yoanen guitutzu ;
Yohan behar eta ecin pharti,
Erori eta ecin chuti....
Chacurrac : haur,
Gathuac : gnaur,
Arnuac huntala eman nu gaur.

Nous partirons bientôt ;
L'heure venue et ne pouvoir partir,
Tombé et ne pouvoir se relever....
  Le chien aboie,
  Le chat miaule,
Et moi, le vin me réduit en l'état où
 je suis.

Gaua zauen pasatcen,
Arnoac gu trompatcen,
Campotic etchera ondoan,
  Andria ohian,
  Colera handian,
  Escuara buruan,
  Latina golkhuan,
Frantsesez mintzatcen :
   Guizona,
   Hordia,
   Galdia
Non ago arren ?
Icho... o! arraila niagon gaur.
Icho, o, o, o ! arnoac huntala eman nin gaur.

La nuit pour nous s'écoule,
Le vin nous trompe.
Une fois rentrés dans notre maison,
  La femme se trouvera au lit,
  En grande colère,
  Le basque à la tête,
  Le latin à la gorge ;
Parlant le français, elle nous dira :
   Homme,
   Ivrogne,
   Perdu,
Où restes-tu si longtemps ?
— Chut. Ivre-mort je me trouve ce soir.
Chut donc ! le vin en cet état m'a mis ce soir.

Roscalio cantoria
Eta tristura gabia,
Arno hunin daude ;
Aberax guirade,
Tresor guciac
Orai guriac.
Gaua zauen pasatcen, etc.

Le chant de joie,
Exempt de tristesse,
Est dans le bon vin ;
Nous sommes riches,
Tous les trésors
Sont maintenant nôtres.
La nuit pour nous s'écoule, etc.

Oillarrac yoitian : cucurucu,
Ordian etcheraco guira gu,
Batciec hala,
Bertciec hula,
Errana gatic acholaric estugu
Cucurucu,
Nor guira gu?
Landibartarrac guirade gu.
Gaua zauen pasatcen, etc.

Quand le coq chantera : cucurucu,
Alors vers la maison nous partirons,
Les uns comme ci,
Les autres comme ça,
Du qu'en dira-t-on nous sommes sans souci.
Cucurucu,
Qui sommes-nous, nous?
Landibarriens nous sommes, nous.
La nuit pour nous s'écoule, etc.

La Maison de l'ivrogne.   *Hordi etchea.*

Ortcirale arratsian
Garrucetie yin nindian :
Afaldu behar bidi·n ,
Painac hartu nintian.

Un vendredi soir,
J'arrivais de Garris;
Au lieu de souper,
J'attrapai des coups bien tapés.

Ondoco egun goician ,
Zopicunac elteian ,
Gosaldu behar bidian,
Elteia hautsi guindian.

Le lendemain matin ,
Le potage étant au pot ,
Au lieu de déjeûner ,
Nous cassâmes le pot.

Ama semiac nilotic
Lothu zaizkidan gogotie ;
Debri emaztiac , ederki
Mahain azpirat arthiki.

La mère et le fils par les cheveux
Me prirent bel et bien ;
La femme, possédée du démon joliment,
Me jeta sous la table.

Emazte mila debruia !
Utz dautan pacientcia ,
Ala nahi nau naia
Arras idoki bicia.
Etc.

Femme possédée de mille démons !
Laisse-moi prendre patience,
Ou bien me veux-tu
Tout à fait arracher la vie.
Etc.

Chansons contre les bu- veuses Navarraises.	Cantuac Nafartar emazte edalien contra.

Salbatore arratsaldian
Arneguin, etche batian,
Bortz nechea gazte elgarrekin,
Andre ezcondu bat heiekin,
Placer harteen ilhunekin,
Gathulu gorriarekin.

Le soir de l'Ascension,
A Arnéguy, dans une maison,
Cinq jeunes filles réunies,
Une femme mariée avec elles,
S'égayaient à la faveur des ténèbres,
L'écuelle de terre rouge à la main.

Arnoa zuten Phauguenian,
Auzoric hurbilenian ;
Batec dio bertceari,
Dominicac Mariari :
Haurrac, zuen graciari !
Yanac behar din edari.

Elles prenaient le vin chez Phaügue,
Le voisin le plus proche ;
L'une des buveuses dit à l'autre,
Dominica se tournant vers Marie :
Enfants, à votre santé !
La nourriture demande la boisson.

Alhabac amari : ya, ya, ya,
Gathulna bethia da,
Amac dio alabari :
Edanzan, hurrupa hori.
Hire coloriac gorri,
Horrec behartin ezerri.
Etc.

La fille répondant à sa mère : assez, assez,
L'écuelle déborde.
La mère dit à sa fille .
Bois, il n'y a qu'une gorgée :
Tes couleurs rouges,
Ce liquide doit te les rendre.
Etc.

Même sujet.   Suiet bera

Laur emazteren nombra baduga herrian,
Ardura baitirade chimunen etchian.
Barda arratsian, han iragaitian,
Ikhusi nituen basua eskian.

Nous comptons quatre femmes dans le village
Qui souvent vont visiter l'auberge de Simon.
Hier, dans la soirée, passant auprès,
Je les vis le verre à la main.

Lehen horrec dio : arnoaren gozua,
Horrec makhurtu deraut niri mathua.
Bigarren horrec dio : ago ichilic
Eniken acholic huntan ithua gatie.

La première de s'écrier : ô douceur du vin,
C'est ce qui m'a dérangé mon bonnet.
La seconde ajoute : tais-toi,
Je n'aurais point de soucis quand en ce vin je
    me noierais.

Hirurgarren horrec : zauzte ichilic ;
Eguin ez dezaten gutaz irriric.
Laurgarren horrec ostalersa galda :
Partida dohatsa ! dugun edan pinta.

La troisième à son tour : faites silence ,
Pour que le public ne se rie pas de nous.
La quatrième appelle l'hôtesse, demande du vin et
  dit :
O l'heureuse partie de plaisir ! buvons-en un litre.

———   ———

La vie de deux époux. Bi senhar-emazlen bici
modua.

———   ———

Ene auzoteguian
Bi senhar emazte
Bakhean bici dira
Hasarratu arte ;
Guardia elgarrekin
Behin makhurcetic ;
Heien zucentzaileac
Lan handiac ditic.

Dans mon voisinage,
Deux époux
Vivent en paix
Tant qu'ils ne se mettent pas en colère ;
Mais gare qu'entr'eux
Un jour ils ne se brouillent ;
Celui qui se mêle alors de les réconcilier
Entreprend une œuvre difficile.

Lehenic inteirinaz,
Guero deihadarca ;
Guero berritz escainca
Azkhenecotz yoca ;

Horra cer bici modu
Duten maiz seguiteen :
Dudaric gabe gostu
Diote causiteen.

D'abord ils poussent des gémissements,
Puis des cris d'alarme ;
Viennent ensuite les menaces
Et, à la fin, des coups ;
Voilà quel genre de vie
Ils mènent souvent ;
Sans doute que du goût
Ils y prennent.

Guizonari on zaio
Zorta bat gorritic,
Emazteari berritz
Tlotta bat horitic,
Haurra-Mari ichilca,
Piarres haltoki ;
Bakhotcha bere alde,
Dabiltza abilki.

L'homme se plaît à boire
Un bon coup de vin rouge,
La femme à boire
Une goutte d'eau-de-vie jaune,
La petite Marie en cachette,
Pierre ouvertement,
Chacun de son côté,
Ils agissent habilement.

Ostatutic lekhora
Bapo eta eder,
Senharra ez dadila
Sukhaldean aguer ;
Guardia eman bezo
Bere andreari,
Ttottaren ondorio,
Omore gachtoari.

Au sortir de l'auberge,
Le ventre plein et le visage radieux,
Que le mari ne se hasarde pas
De paraître au foyer;
Qu'il prenne garde
A sa dame,
Qui, à la suite de sa goutte,
Devient de mauvaise humeur.

Guizon etche galgarri,
Arno edalea,
Ahalgue behar huke
Hola bicutcea?
Haicen bezalacoa,
Arraila goicetic,
Ohakit liguin tzarra,
Beguien bichtatic.

Homme qui ruines la maison,
Grand buveur de vin,
Tu devrais avoir honte
De vivre ainsi.
Misérable que tu es,
Ivre-mort dès le matin,
Va-t-en, méchant, dégoûtant,
Loin du rayon de mes yeux.

Haurra-Mari gaichua,
Ez bada hasarra?
Hi bezalaco baten
Badinat beharra:
Emazte baliosa,
Eztia, ichila,
Holaco bakhar batec
Balio tin mila.

Ma pauvre petite Marie,
Ne te mets donc pas en colère.

D'une femme comme toi
J'ai grandement besoin :
Femme précieuse,
Douce, discrète :
Une telle femme, toute seule,
En vaut mille.

    Guizon alfer, tzar gormant,
    Cikhin itsusia,
    Aspaldion nauc hitaz
    Aselcen hasia ;
    Bethi guerla gorria,
    Seculan bakherie,
    Ifernuan hide due
    Hi baino hoberie.

Homme paresseux, méchant et gourmand,
Sale et vilain,
Déjà, depuis longtemps, de toi
Je commence à m'ennuyer ;
Toujours la guerre civile,
Jamais de paix,
Il doit y avoir, en enfer,
Meilleur que toi.

    Othoi, ago ichilic,
    Ene emaztea,
    Indan, bai laster guero,
    Bi arten bakhea ;
    Cer nahi dun enekin
    Guerlan irabaci ?
    Lehen ere badakin
    Nola hutan heci.

Tais-toi, je t'en prie,
O ma femme !
Donne-moi, et lestement,
Deux liards de paix ;

Que veux-tu avec moi
Gagner à la guerre ?
Tu sais bien autrefois aussi
Comment je t'ai dressée.

Emazteac orduan
Hartcen du erkhatsa;
Eta chiminiatic
Guizonac laratza;
Batec uma abala
Berteeac, ai, ai, ai!
Oi ! cein eder guduan
Holaco bi etsai.

La femme alors
Prend en main le balai;
Et du foyer
L'homme saisit la crémaillère;
Autant l'un donne de rossées
Autant l'autre s'écrie : aïe, aïe, aïe!
Oh ! qu'il est beau de voir lutter
Deux pareils ennemis !

Eltce, zarthain, gathilu,
Oro, nahasteca,
Lurrerat aurdikiac,
Dabiltza ihausca,
Yoaiten naiz yaun andere
Heien bakhetcera;
Umaturic hor naute
Egorri etchera.

Pots, poêles, assiettes,
Tous, pêle-mêle,
Jetés à terre,
S'en vont roulant les uns sur les autres.
Ce voyant, je m'en vais vers ce monsieur
    et cette dame,

Leur porter des paroles de paix ;
Je fu smal reçu, car, voilà que, bien rossé,
Ils me renvoyèrent chez moi.

— —

3. BASQUE DE LA SOULE.   3. SUBEROCO ESCUARA.

—

La Mort d'une mère.   *Ama baten hiltcea.*

—

Alzuruco ceinia
Nigarrez ari da ;
Goure ama houn, maitia,
Goiz hountan hil beita.

La cloche d'Aussurucq
Verse des larmes ;
Notre mère bonne, chérie,
Ce matin est morte.

Hamazortci ehun eta hougueita bian
Agorrilaren hamazortceiguerenian,
Ama hil beitceicun aurhiden artian,
Goiz goizanco hirurguerren orenian.

En mil huit cent vingt-deux,
Le dix-huitième du mois d'août,
Notre mère expira au milieu de ses enfants,
Sur les trois heures du matin.

Agorrilan, uthurriac dirade agortcen,
Odeiec ezteielacotz houric ekhartea,
Goure beguiac dirade uthurriteen ;
Ezpeitirade seculan agorturen.

En août, les fontaines tarissent,
Parce que les nuages ne leur portent pas d'eau,
Nos yeux deviennent des fontaines :
Ils ne tariront jamais.

Agorrila egunac, ala egun gaichtoac !
Gaitcerazten beitutu arauz ekhi burnac.
Ekhia, gorda itzac hire leihurac ;
Bicia beitu galdu goare am't hounac.

Les jours d'août, quels terribles jours !
Sans doute que l'aurore les rend mauvais.
Soleil, cache tes rayons ;
Notre bonne mère a perdu la vie.

Gazterie hiltcia, bai, ala hiltce tristia !
Ekhia, hire leihurac uxalteen dic lilia.
Ekharteen duca bai hirekin bicia,
Biciarekilan oraino hiltcia ?

Mourir jeune, oui, ah ! quelle triste mort !
Soleil, ton rayon fiétrit la fleur.
Portes-tu donc avec toi la vie,
Et avec la vie encere la mort ?

Arima hounec dute bidian, umen, euri ;
Lancerra goizaz gueroz Alzurucan da ari ;
Othoitz eguicie oroc Jincoari
Batzarre eguin dizon gour'ama hounari.

Les bonnes âmes, dit-on, ont sur leur route la
      pluie ;
Depuis ce matin il bruine à Aussurucq ;
Adressez tous des prières à Dieu
Pour qu'il fasse bon accueil à notre bonne mère.

Celiac zabalduric orai dutut ikhousten ,
Ainguruac lehian oro dirade jarten.
Ainguru bat goiti harat da joaiten ;
Gu tristerie guirade heben barateen.

Je vois maintenant les cieux ouverts ,
Je vois tous les anges dans l'empressement.
Un ange monte vers le ciel ;
Nous , nous restons ici-bas dans l'affliction.

La Prison. *Gaztelia.*

Hegaburu Ezkioula, atzaman die Garaian ;
Izan balitz guizon galant bere demboran ,
Etzatekien ez etchezain gaztelian.

On a arrêté Hegaburu Esquiule à Garay ;
Si dans son temps il avait été galant homme ,
Il ne serait pas locataire en prison.

Barkocheco hurgaian, beguiac nutien lurrian ,
Acusatu nundien hanco cortian
Eia cer ebatsi nien il herrian.

Au bourg de Barcus, je baissais les yeux,
On m'avait accusé là en cour
D'avoir volé au cimetière.

Alo , guizonac, corage ? Paubeac behar ducie ;
Hanco justicierac haiduru daude,
Justo puni citzaden , oguen baducie.

Allons, hommes , courage! vous devez aller à Pau;
Les gens de justice vous attendent ,
Pour vous punir justement , si vous êtes coupables.

Zazpi haurren aita niz , eta niz gaztelian ,
Oguen handi eguin beitut orori mundian.
Pharcamentu galtho nago Jincoari , celian.

Je suis père de sept enfants, et je suis en prison ,
Parce que j'ai fait grand tort à tous en ce monde.
J'en demande pardon à Dieu , au ciel.

Consultations matrimo-	*Ezkontzaco consultac.*
niales.	

Ezkhontdiac, erradacie ezkhonduren nizanez.
Bazterretan ikhousten tut ezkhondiac nigarrez.
Hutsic eguinen othe deit holahola egonez ?

O mariés ! dites-moi si je dois me marier ?
De tous côtés je vois les mariés dans les larmes;
Commettrai-je une faute en restant comme je suis.

> Harteen badut ederra,
> Hura duket auherra.

Si je prends une belle,
J'aurai celle-là paresseuse.

> Harteen badut gorria,
> Hura duket hordia.

Si je prends la rouge en couleur,
J'aurai celle-là buveuse.

> Harteen badut chouria,
> Hura beraz eria.

Si je prends la pâle,
Je l'aurai maladive.

Ezkhontdiac, ezkhontduric egon zaizte nigarrez.
Sobera dut Jincoari eskher nic hola egonez.

O mariés ! pleurez de vous être mariés.
J'ai trop à rendre grâces à Dieu d'être resté tel que
je suis.

> Errana da :
> Eder
> Auher.
> Andre ederra,
> Etchean guerra.

Il est dit :
   Belle,
   Fainéante.
Femme belle,
A la maison guerre.

Ezkhontza amorezco,
Bici dolorezco.

Mariage d'amour,
Vie de douleur.

Ezkhont-eguna
Aize izanaren biharamuna.

Jour de mariage
Lendemain de l'aisance.

Ezkhondiac, etc.

O mariés, etc.

Le Mariage forcé   *Ezkhontza bortchazcoa.*

Atharatce yaureguian bi citroin doratu,
Ongriagaray horrec bat du galdatu.
Errepostu izan du ez direla onthu,
Ontcen direnian batgno izanen du.

Dans le manoir de Tardets deux citrons ont jauni.
Ongriagaray en a demandé un.
Réponse lui a été faite qu'ils ne sont pas mûrs,
Mais que sitôt mûr l'un sera à lui.

Aita, saldu nauzu miga bat bezala,
Bai eta desterratu, oi, Espagnara.
Ama bici izan banu, aita zu bezala,
Ezkhontduren nintzan Atharatz Salara.

Mon père, vous m'avez vendue comme une génisse,
Oui, et exilée, hélas! en Espagne.
Si j'avais ma mère en vie, mon père, comme vous,
Je serais mariée à Salles de Tardets

Ahizpa, jantz ezazu erroba pherdia,
Nic ere yanteiren dut satina churia.
Ingoitie hor heldu da zure jaun gueia,
Botcez guita zazu zure sor etchia.

Sœur, revêtez la robe verte de l'espérance,
Moi aussi je revêtirai la robe de satin blanc.
Déjà voilà qu'arrive votre futur époux,
Quittez joyeuse votre maison natale.

Aita, juanen guira oro elearrekin;
Etcherat jinen cira chagrin handirekin,
Bihotza cargatua, beguiac bustiric,
Eta zure alhaba tomban chorteiric.

Père, nous partirons tous ensemble;
Mais à la maison vous rentrerez avec de grands
    chagrins,
Le cœur chargé, les yeux noyés de larmes,
Et après avoir descendu votre fille dans la tombe.

Ahizpa, zohaci orai Salaco leihora,
Ipharra ala hegoa den emazu guardia.
Ipharra balin bada, goraintei Salari,
Ene gorphutzaren cherca jin dadin sarri.

Sœur, maintenant allez vers la fenêtre de Salles,
Observez quel vent souffle, du Nord ou d'Est.
Si c'est le vent du Nord, mes compliments à Salles,
Et que tantôt il vienne chercher mon corps ina-
    nimé.

Atharratceco ezkilec bere motuz joten ;
Andere Santa-Clara bihar da phartitcen.
Haren peco zaldia urhez da celatcen ;
Hango chipi handiac beltchez dira bezlitcen

Les cloches de Tardets tintent d'elles-mêmes :
Mademoiselle de Sainte-Claire doit partir demain.
Le cheval qu'elle monte est sellé d'or ;
Mais grands et petits de là-bas s'habillent de noir.

DIALOGUE.   BITARTECO SOLASA.

Le Cagot, ou défense de   Agota, edo mintzatceco
parler.   *debecua.*

ARZAINA.

Argui ascorian ginic ene arresekila,
Bethi beha entzun nahiz noumbaitic zure botza.
Ardiac nun utci tutzu ? cerentaco errada
Nigarrez ikhousten deizut zoure begui ederra ?

LE BERGER.

Dès l'aube du jour, je suis arrivé avec mon trou-
    peau,
Toujours écoutant, désirant entendre de quelque
    côté votre voix.
Où avez- vous laissé les brebis ? d'où vient, dites-
    le-moi,
Que je vois votre bel œil plein de larmes ?

ARZAINSA.

Ene aitaren ichilic gin nuzu zouregana,
Bihotza erdiaturic, cihauri erraitera
Cambiatu deitadela ardien alhaguia,
Seculacotz defendatu zoureki mintzatcia.

22

LA BERGÈRE.

A l'insu de mon père je suis venue vers vous,
Le cœur brisé de douleur, pour vous dire à vous-
    même
Qu'il m'a changé le pâturage de mes brebis,
Défendu pour toujours de parler avec vous.

ARZAINA.

Gor niza, ala entzun dut ? erran ditacia
Seculacotz gin zaiztala adio erraitera ?
Et ciradia orhitcen guc hitz eman dugula
Lurrian bici guireno alcaren maitatcera.

LE   BERGER.

Suis-je sourd, ou l'ai-je entendu ? m'auriez-vous
    dit
Que vous êtes venue me faire vos adieux pour tou-
    jours ?
Ne vous souvient-il plus que nous nous sommes
    donné parole
D'aimer l'un l'autre tant que nous vivrions sur la
    terre ?

ARZAINSA.

Atzo nourbait izan duzu ene aita ametara,
Guc alcar maite dugula aien avertitcera,
Hurruntastez alcarganic fitez diten lehia,
Eztician junta casta agotarekila.

LA BERGÈRE.

Quelqu'un est venu hier vers mon père et ma mère,
Pour les avertir que nous nous aimions vous et moi,
Qu'ils s'empressent au plus tôt de nous éloigner
    l'un de l'autre.
Et qu'ils ne s'allient point avec une caste cagotte.

Arzaina.

Agotac badia dila badizut enzutia ;
Zuc erraiten daitadazu ni ere banizala ;
Egundaino ukhen banu demendren leinhuria,
Enunduzun ausarturen beguila soguitera.

Le Berger.

J'ai ouï-dire qu'il y a des cagots ;
Vous me dites que moi aussi j'appartiens à cette
   race ;
Si j'avais seulement une ombre de cagot ,
Je ne me serais point permis de lever les yeux jus-
   qu'à vous.

Arzainsa.

Gentetan den ederrena umen duzu agota :
Bilho hori , larrou zouri eta begui nabarra.
Nic ikhousi arzainetan zu cira ederrena :
Eder izateco, aments agot izan behar da ?

La Bergère.

Parmi tous les gens, le cagot est réputé pour être
   le plus beau :
Cheveux blonds, peau blanche et les yeux bleus.
Vous êtes le plus beau des bergers que j'aie vus ;
Pour être beau, faut-il au moins être cagot ?

Arzaina.

Soizu nuntic ezagutcen dien zoin den agota :
Lehen soua eguiten zaio hari beharriala ;
Bata handiago dizu, eta aldiz bestia
Biribil eta orotaric bilhoz unguratia.

Le Berger.

Écoutez . voici par où l'on reconnaît celui qui est
    cagot :
On lui jette le premier regard sur l'oreille ;
Il en a une plus grande , et l'autre, au contraire,
Est ronde et de tous côtés couverte de poils.

Arzaina.

Hori hala balimbada, haietaric et cira ;
Eci zoure beharriac alcar uduri dira.
Agot denac chipiago badu beharri bata
Aïtari erranen diot biac bardin tuzula.

La Bergère.

Si cela est vrai, vous n'êtes point de ces gens-là ;
Car vos oreilles se ressemblent parfaitement.
Si celui qui est cagot a l'une des oreilles plus
    petite,
Je dirai à mon père que vous les avez toutes deux
    pareilles.

L'Oiseau dans la cage.   *Tchorignoubat caiolan.*

Tchorignu bat caiolan.
Tristeric du cantatcen,
Duclarican cer jan
        Cer edan
Campoa du desiratcen,
        Ceren, ceren.
Libertatia hain eder den.
        Etc.

Un petit oiseau en cage
   Chante tristement,
Quoiqu'il ait de quoi manger
   Et de quoi boire ;
Mais il voudrait être dehors ,
   Parce que , parce que
Rien de plus beau que la liberté.
   Etc.

Le Rossignol   *Erresignoula.*

   Tchori erresignoula
   Udan da cantari ;
   Ceren ordian heitu
   Campouan janhari ;
   Neguian ezt agueri,
   Balinba ez ta eri ;
   Udan jin baledi,
   Counsola naite ni.

   L'oiseau rossignol
   Est chanteur pendant l'été,
   Parce qu'il trouve alors
   Pâture dans les champs :
   L'hiver il ne paraît point ;
Dieu veuille qu'il ne soit pas malade !
   S'il revenait à l'été,
   Je serais consolé, moi.

   Tchori erresignoula
   Ororen guehien ;
   Bestec beno hobeki
   Harc heitu cantatcen :
   Harec du enganatcen,
   Mundia bai trumpatcen.
   Ber'eztut ikhousten,
   Bai boza entzuten.

Le rossignol
Est le premier entre tous les oiseaux ;
Parce que mieux que tous les autres
C'est lui qui chante :
C'est lui qui séduit
Et enchante le monde.
Je ne le vois point lui-même,
Mais j'entends sa voix.

Botz aren entzun nahiz
Erraturic nago
Ni ari uillant, eta
Oura urrunago
Yarraiki ninkirio
Bicia gal artino ;
Aspaldi handian ,
Desir hori nian.
    Etc

Pour vouloir entendre cette voix,
    Je suis errant ;
Plus je m'en approche et
    Plus il s'éloigne.
    Je le suivrais
    Jusqu'à perdre la vie.
    Depuis bien longtemps,
    C'est le désir que j'avais.
        Etc....

Voyage d'un oiseau en   *Tchorignou baten bidaia*
Espagne.   *Espagnalat.*

Chorittoua, nourat houa,
Bi hegalez airian ?
Ezpagnalat jouaiteco,
Elhurra duc bortean : .
Algarreki jouanen gutuc
Elhurra hourtcen denian.
    Etc.

Où vas-tu, petit oiseau,
En l'air sur tes deux ailes ?
Pour aller en Espagne ,
La neige couvre les montagnes :
Ensemble nous irons
Quand la neige fondra.
   Etc.

La Dot perdue.   *Dote galdia.*

Aitac eman daut dotia,
Neuria, neuria, neuria :
Urdegno bat bere cherriekin,
Oillo corroca bere chituekin,
Tipula corda haiekin.

Mon père m'a livré ma dot,
Oui ma dot, ma dot, ma dot :
Une truie et ses petits,
Une poule et ses poussins,
Et avec eux une tresse d'oignons.

Otsuac jan daut urdia,
Neuria, neuria, neuria,
Acheriac, oillo corroca,
Garratoinac tipula corda.
Adios ene dotia.

Le loup m'a dévoré la truie,
Oui ma truie, ma truie, ma truie ;
Le renard, la poule et la couvée ;
Les rats, ma tresse d'oignons.
   Adieu ma dot.

Chant des buveurs.   *Edalen cantua.*

Mila zortci ehun eta hamalauian
Urriaren hilaren bederatcian

Umore houna nuien hoien cantatcian ;
Gazte eta aleguera, trankil bihotcian.
Ontarsuna franco badut interesian,
    Deusic ez etchian ;
Orai bezain aberax ninzan sortcian.
  Etc.

En (l'an) mil huit cent quatorzième,
Le neuvième de la lune d'octobre,
J'avais bonne humeur en chantant ces vers :
J'étais jeune et joyeux, j'avais le cœur en paix,
    J'ai beaucoup d'argent à intérêt,
        Rien à la maison ;
En naissant, j'étais tout aussi riche qu'à présent.
  Etc.

Autre.   *Bertce bat.*

Atzo tonto, egun tonto, bethi tonto guituzu,
Arno hounic den lecutic nekez yoaiten guituzu,
Zuhur izan behar eta bethi erho guituzu.
  Etc.

Hier étourdis, aujourd'hui étourdis, toujours étourdis,
Du lieu du bon vin difficilement nous nous en allons,
Nous devrions être sages et nous sommes toujours
  fous.
  Etc.

Prétexte d'une femme   *Emazte baten estacurua*
  pour boire du vin.   *arno edateco.*

Enun ez hounat gormantez jina.
Itho nahi nin sahexeco minac,
Lacricoun, la, re, ri, ra, re ;
Aplaca liron arno hounac.
  Etc.

Je ne suis pas venue ici par gourmandise.
Un mal de côté veut m'étrangler ;
Lacricon, la, re, ri, ra, re ;
Un bon vin l'apaiserait.
    Etc.

———

4. BASQUE DE LA HAUTE-NAVARRE OU NAVARRE ESPAGNOLE.	4. NAFARRA GORACO EDO ESPAGNIACO ESCUARA.

Mort de Roland ou chant d'Altabiscar (très-ancien et sans règle).	Errolanen hiltcea edo Altabiscarraco cantua (arras zaharra eta molderic gabe coa).

———   — —

En basque de la frontiè-re de Navarre.	*Nafarra fonteraco euscaraz.*

———   — —

Oihu bat aditua izan da
Escualdunen mendien artetic,
Eta etcheco yaunac, bere athearen aincinean chutic,
Ideki tu beharriac, eta erran du : nor da hor ? cer
    nahi dautet ?
Eta chacurra, bere nausiaren oinetan lo zaguena,
Alchatu da, eta karrasiz Altabiscarren inguruac
    bethe ditu.

Un cri s'est élevé
Du milieu des montagnes des Basques,
Et le maître de la maison, debout devant sa porte,
A ouvert l'oreille, et il a dit: Qui est là ? que me
    veut-on ?
Et le chien, qui dormait aux pieds de son maître,
S'est levé, et il a rempli les environs d'Altabiscar
    de ses aboiements.

Ibagnetaren lephoan harrabotz bat aguertcen da ;
Hurbiltcen da, harrocac esker eta escun yotcen
    dituelaric ;
Hori da urruntic heldu den armada baten burruma.
Mendien capetaric guciec errepuesta eman diote ;
Beren tuten seinua adiaraci dute ,
Eta etcheco yaunac bere dardac zorrozten tu.

Au col d'Ibagneta un bruit retentit ;
Il approche, en frappant à droite, à gauche, les
    rochers :
C'est le murmure sourd d'une armée qui vient.
Les nôtres y ont répondu du sommet des monta-
    gnes ;
Ils ont fait entendre le signal de leurs cors,
Et le maître de la maison aiguise ses flèches ;

Heldu dira ! heldu dira ! cer lanzazco sasia !
Nola cer nahi colorezco banderac heien erdian
    aguertcen diren !
Cer simiztac atheratcen diren hein armetaric !

Ils viennent ! ils viennent ! quelle haie de lances !
Comme les bannières de toutes couleurs flottent
    au milieu d'eux !
Quels éclairs jaillissent au milieu de leurs armes !

Cembat dira ? Haurra, condaïzac ongui.
Bat, biga, hirur, laur, bortz, sei, zazpi,
Zortci, bederatci, hamar, hameca, hamabi,
Hamahirur, hamalaur, hamabortz, hamasei,
Hamazazpi, hemezortci, hemeretci, hogoi.

Combien sont-ils ? Enfant, compte-les bien.
Un, deux, trois, quatre, cinq, six, sept, huit,
Neuf, dix, onze, douze, treize, quatorze,
Quinze, seize, dix-sept, dix-huit,
Dix-neuf, vingt.

Hogoi eta milaca oraino.
Hein condatcea demboraren galtcea liteke.
Hurbil ditzagun gure beso zailac, errotic athera
    ditzagun harroca horiec,
Botha ditzagun mendiaren patarra behera
Hein buruen gaineraino;
Leher ditzagun, herioaz yo ditzagun.

Vingt et par milliers d'autres encore;
On perdrait son temps à les compter.
Unissons nos bras nerveux et souples, déracinons
    ces rochers;
Lançons-les du haut de la montagne en bas
Jusque sur leurs têtes;
Ecrasons-les, frappons-les de mort.

Cer nahi zuten gure mendietaric Norteco guizon
    horiec?
Certaco yin dira gure bakhearen nahastera?
Yaungoicoac mendiac in dituenean nahi izan du
    hec guizonec ez pasatcea.
Bainan harrocac biribilcolica erortcen dira, tropac
    lehertcen dituzte.
Odola churrutan badoa, haragui puscac dardaran
    daude.
Oh! cembat hezur carrascatuac! cer odolezco it-
    sasoa.

Que voulaient-ils de nos montagnes, ces hommes
    du Nord?
Pourquoi sont-ils venus troubler notre paix?
Quand Dieu fit ces montagnes, il voulut que les
    hommes ne les franchissent pas.
Mais les rochers en tournoyant tombent; ils écra-
    sent les troupes.
Le sang ruiselle, les débris de chair palpitent.
Oh! combien d'os broyés! quelle mer de sang!

Escapa ! escapa ! indar eta zaldi dituzuenac.

Escapa hadi, Carloman erregue, hire luma beltce-
kin eta hire capa gorriarekin;

Hire iloba maitea, Errolan zangarra, hautchet hila
dago.

Bere zangartasuna beretaco ez du izan.

Eta, orai, Escualdunac, utz ditzagun harroca
horiec;

Yauts guiten fite, igor ditzagun gure dardac escapatcen direnen contra.

Fuyez ! fuyez ! vous à qui il reste de la force et
un cheval ?

Fuis, roi Carloman, avec tes plumes noires et ta
cape rouge ;

Ton neveu bien-aimé, Roland le robuste, est étendu mort là-bas.

Son courage ne lui a servi à rien pour lui ;

Et maintenant, Basques, laissons ces rochers ;

Descendons vite en lançant nos flèches à ceux qui
fuient.

Badoaci ! badoaci ! non da bada lantzesco sasi
hura ?

Non dira heien erdian agueri ciren cer nahi colorezco bandera hec ?

Ez da guehiago simiztaric atheratcen heien arma
odolez bethetaric.

Cembat dira ? Haurra, condatzac ongui.

Hogoi, hemeretci, hemezortci, hamazazpi,

Hamasci, hamabortz, hamalaur, hamahirur,

Hamabi, hameca, hamar, bederatci, zortci ,

Zazpi, sei, bortz, laur, hirur, biga, bat.

Ils fuient ! ils fuient ! Où est donc la haie de lances ?

Où sont ces bannières de toutes couleurs flottant
au milieu d'eux ?

Les éclairs ne jaillissent plus de leurs armes souil-
 lées de sang.
Combien sont-ils ? Enfant, compte-les bien.
Vingt, dix-neuf, dix-huit, dix-sept,
Seize, quinze, quatorze, treize, douze,
Onze, dix, neuf, huit, sept, six,
Cinq, quatre, trois, deux, un.

Bat ! ez da guehiago bihiric aguerteen.
Akhabo da. Etcheco yauna, yoaiten ahal cira zure
 chacurrarekin ,
Zure emaztearen eta zure haurren besarcatcera ;
Zure darden garbitcera eta alchatcera
Zure tutekin, eta guero heien gaincan etzatera eta
 lo itera.
Gabaz , arranoac yoanen dira haragui pusca le-
 hertu horien yatera,
Eta hezur horiec oro churituco dira eternitatean.

Un ! il n'en paraît pas un de plus ;
C'est fini. Maître de la maison, vous pouvez rentrer
 avec votre chien,
Embrasser votre femme et vos enfants,
Nettoyer vos flèches , les serrer avec votre cor, et
 ensuite vous coucher et dormir dessus.
La nuit, les aigles viendront manger ces chairs
 écrasées ,
Et tous ces os blanchiront dans l'éternité.

———   ———

Chansons du contreban-   Contrabandistaren can-
     dier.   *tuac.*

———   ———

Uharte, Arnegui, guero Altabiscar,
Hortic Ibanerat, gaur nic guei nuke sar.
Guardiec eznaude, aise escuelan :
Ezcuñetic ezbada, ihes izkerrean.

Uhart, Arnéguy, puis Altabiscar,
De là à Ibagneta, cette nuit j'aurai dessein d'entrer.
Les douaniers ne me tiennent pas aisément entre leurs mains ;
Si ce n'est par la droite, par la gauche je les fuirai.

Amac eni deraut : oi muthil erguela,
Cantuac dic algan traditcen iguela.
Orkhatzac menditan ezdioc canturic,
Artza ere badoha olhetan ichilic.

Ma mère m'impose silence et me dit : jeune étourdi,
Songe que son chant dans les joncs trahit la grenouille.
L'izard des montagnes n'a point de chants ;
L'ours parmi les troupeaux rôde silencieux.

Orkhatzac balimba, buruan adarra,
Eni bidarrian sortcen zaut bizarra.
Artzainen beldurrez artza da ichiltcen ;
Nic guardia gatic ez dut botza galcen.

Si l'izard voit sa tête s'orner de cornes,
A moi sur mon menton commence à croître la barbe ;
Par crainte du berger, l'ours se tient en silence ;
Moi, par crainte des douaniers, je ne perds pas ma voix.

Urtzo saldoari Ozcachen Sareac,
Guc ere menditan ditugu guardiac.
Zorro gaizo hunen ez aise galtceco,
Chenda berri cembait dakigu bideco.

Aux nombreuses palombes Oskik dresse ses pan-
  thières,
Nous aussi sur la montagne avons les douaniers.
Pour ne pas lâcher facilement ce cher havresac,
Nous connaissons plus d'un sentier nouveau sur
  la route.

Satorra lur barnan, kurloa gorati,
Ahuntza laparrez, arraina urpeti.
Sator, ahuntz, arrain, behar orduz nago;
Besoz behar bada, deitcen naiz Domingo.

La taupe a le sein de la terre, la grue les hautes
  régions,
La chèvre perce les broussailles, le poisson vit dans
  l'eau.
Taupe, chèvre, poisson, au besoin je me fais.
S'il faut jouer du bras, je m'appelle Domingo.

Oihanean huntzac hasten bere arrama,
Orai banoaci, ez beldurric, ama.
Yaincoac baguindu etchedun czarri,
Gogotic nekeion aitzurraz lurrari.

Dans les bois le hibou commence son ramage,
L'heure est venue, je pars ; point de crainte, ma
  mère.
Si Dieu nous eût faits possesseurs de propriétés,
De grand cœur j'aurais travaillé la terre avec la
  pioche.

Sorho, alhor dunac, larretan diraude ;
Guarden khausitceco gu goregui gaude.
Mendin artho guti et'ogui gutigo,
Guarden hastitceco arrazoina frango.

Les possesseurs de prés et de champs sont dans
   les landes ;
Nous, pour trouver les douaniers nous restons trop
   haut.
Sur la montagne, il y a peu de maïs, de froment
   moins encore,
Raisons suffisantes pour détester les douaniers.

Gau hun, enc ama, eguizu auhari,
Lo hun eguin dezan errozu aitari,
Aitoren sem'ez naiz, bai aitaren seme,
Makil hunec dio zoinen nizan hume.

Bonne nuit, ma mère, prenez votre souper,
Souhaitez pour moi bon sommeil à mon père.
Je ne suis pas fils de noble, mais fils digne de
   mon père,
Et ce bâton apprendra dans l'occasion de qui je suis
   issu.

————   ————

Contre un tailleur.   *Sastre baten contra.*

————   ————

Aspaldico demboretan penetan naiz bici.
Bi bertsu ecin pharatuz sastre okher bati,
Hobe nuke bada ez banintzan hasi ;
Nola phensatuco tudan , Yaungoicoac daki.

Depuis très-longtemps je vis dans le souci,
Ne pouvant pas façonner deux vers à l'adresse d'un
   tailleur borgne.
Peut-être aurais-je mieux fait de n'y jamais songer ;
Car, comment je les composerai, Dieu le sait

Guito, muthur cikhin, ahalgue gabia,
Norc uste duc duela hemen hire galdia ?
Hi erruncales baino, ni sena finetan.
Hobeki bezti niagoc, aldaia hunetan.

Bohémien à noire figure, homme effronté.
Qui crois-tu ici en peine de te voir ?
Mieux que toi en rouennerie, moi en soie fine
Je suis habillé , dans mon accoutrement.

Sastriac eman omen du bertsu neretaco ;
Arropa charrac dudala guizon prestutaco.
Ez die ez eguiten arropec guizona
Bere baitharic ez badu fundamenta ona.

Le tailleur, dit-on, a fabriqué des rimes contre
    moi ;
Il prétend que pour être honnête homme j'ai des
    habits misérables.
Apprends que ce ne sont pas les habits qui font
    l'homme ,
S'il n'a dans sa personne des mérites réels.

Iruñen nindagoelaric San Fermin feirian ,
Fermin portalepian, Nafarrerian ,
Sastre picaro hori han zagoen guardia ,
Gogoan beitcerocan picardia.

Me trouvant à Pampelune, à la foire de St Firmin ,
Sous la porte St Firmin, à Pampelune, Navarre,
Je vis ce perfide tailleur faisant là sentinelle,
Méditant quelque mauvais dessein.

———

Pélerinage   à   la   chapelle   San   Miguelaco   capillarat
            St Michel.   bidaia.

En basque de Pampelune.   *Iruñaco euskaraz.*

———

Nafarroaco erri,
Huart-arakillen,
San Miguela yuateco
Allegatu guiñen,

23

Bisita eguiteco
Desco audien.
Mendira igo gabe
Ez nuen yakii en
Aingueru cein ederra
Cegoen capillen.

Dans un village de Navarre,
A Uhart-Araquil,
Pour aller à Saint-Michel
Nous nous étions réunis,
De visiter ce saint
Dans un grand désir.
Sans aller à cette montagne
Je n'aurais pas su
Combien beau était l'ange
Dans sa chapelle.

Maiz eguin bear degu
Bertara bisita;
Asco consolatcen da
Gu an icusita.
Etchera badijoaz,
Graciaz biteta;
Consolatuco guera,
Ceruan sartuta.
Cantaren eguille
Miguel Berroeta.

Nous devons faire souvent
Là-bas des visites;
Il se réjouit beaucoup
De nous y voir.
Nous nous en retournerons à la maison,
Pleins de grâces;
Nous nous consolerons,
Nous irons au ciel.
L'auteur de ces chansons
Michel Berhouet.

Basque de Guipuscoa.   Guipuzcoango euskera.

Manière de vivre dans Erdal-herrico bici-modua
l'intérieur de l'Espagne.

—

Biscai eta Aragua, guero Castilla,
Diferenteiarie ez dute milla.
   Lecu cirteilla !
Xere alogateero lasto char billa,
   Humil-humilla ;
Han bici nahi duena itho dadilla.

Biscaye et Aragon, puis Castille,
De différence n'en ont pas mille.
   Séjour misérable !
Pour me loger en quête de mauvaise paille
   Très-humble ;
Là, qui désire vivre, que plutôt il se noie.

Erroneal'aldetican Billaberdera,
Hango yende garbien bisitateera,
   Izandu guera ;
Escutican hartu eta alojateera
   Lecu onera,
Gure ahuntzac adarrac dauzean aldera.

Des environs de Roncal vers Billaberde,
Pour visiter les habitants si propres de ce lieu
   Nous sommes allés ;
Pris par la main et pour nous loger
   Dans un beau gîte,
Du côté où se tournent les cornes de notre chèvre.

Handic Balmacedara urren buelta ;
Han mudatu nituen hirur buleta
   Onac izan ez eta,
Lastaira char batekin, ai que pugnela !
   Balago erre eta
Berriz ez ibilteeco zorriz bethe eta.

De là à Balmaçon il y a loin ;
Là j'avais échangé trois misérables vêtements
Qui n'étaient plus bons
Contre une misérable maute, aï que pugnela !
Si elle se brûlait (au moins) et
Si elle se remplissait de poux pour ne plus la
porter.

Han egon bacindake urthe batian,
Bat icusico ez cinduke kilhua guerrian,
Zure bician ;
Nahiz iduki senharra larru gorrian,
Negu erdian :
Horra cer andre diren eldar-herrian.

Là, quand vous resteriez un an,
Vous ne verriez pas une femme la quenouille au
côté,
De votre vie ;
Voulant laisser son mari avec la peau nue,
Au milieu de l'hiver :
Voilà ce que sont les femmes en Espagne.

Nolaco emaztia halaco senharra,
Berez alfer handia eta zakarra
Cikintsu zarra !
Salaco cilo ican bere beharra
Tirri eta tarra.
Ochala ! lehertu balitz, puerco zarra ?

Telle épouse, tel mari :
De lui-même grand paresseux et vilain,
Ignoblement sale,
Par l'ouverture de l'appartement ses besoins na-
turels
Il satisfait en éclatant.
Que n'est-il crevé, vilain pourceau ?

Hango sukhal bazterrac ikhustecoac;
Larateican batere, falta hauseuac;
    Alki senduac
Hirur edo laur harri kintalecoac.
    Hango zocuac
Eztkhonduz gueroztican garhitecoac.

Là il y a des foyers remarquables;
Point de crémaillères, il manque le soufflet,
    Pour sièges solides
On voit trois ou quatre blocs de pierre chacun
  d'un quintal.
    Là les divers recoins
Depuis le jour du mariage sont à balayer.

Etchean sarthu eta hango gracia !
Carajo eta puguela, solas gucia,
    Oi cer bicia !
Burhasoee ttikitic eracutsia
    Filosofia !
Aphostu ez dakitela Ave Maria !

Dans la maison une fois entré, là quel accueil
Les jurons carajo et puguela sont tous leurs
  propos,
    Ah ! quelle vie !
Leurs parents dès l'enfance leur ont appris
    La philosophie !
Je parie qu'ils ne savent pas l .

Nere lagun Manuel berez Nafarra,
Egoitzaz ez hangoa, gorritiarra,
    Ez muthil charra,
Ederki bazakien yotcen guitarra
    Cirri eta zarra ;
Aldamenetic pharraz esker-zakarra.

Mon compagnon Manuel était Navarrais d'origi-
ne,
Mais non de là quant à son domicile, qui est à
Gerriz,
Ce n'était pas un jeune homme de peu de valeur,
Très-bien il savait jouer de la guitare,
Grate-ci, grate-là ;
Mais par malheur il était mauvais gancher.

Nere lagun hori cen asco ikhusia,
Lehen ere bazakien cer cen zorria
Casta naguia !
Behatzaz ukitu eta gueldi-gueldia,
Faltso zuria,
Malecia asco duen animalia.

Ce mien compagnon avait beaucoup vu,
Il savait aussi autrefois ce qu'était le pou,
Espèce lente à marcher !
Qui, touché par l'ongle, reste immobile,
Faux surnois,
Animal consommé en fait d'astuce.

Vive le Basque.   *Biba Euskera.*

Espanan da guizon bat
Beardaguna maita,
Francisc'Aizkibel jauna,
Escualdunen aita.
Chit da guizon prestua
Eta chit jakinsua :
Errespeta dezagun
Gure maisua.

Il y a en Espagne un homme
Que nous devons aimer,
Monsieur François Aizkibel,
Le père des Basques.

C'est un homme très-probe
Et plein de savoir :
Respectons en lui
Notre maître.

Ogueita aimheste urtelan
Bici da Toledon
Izar-aizco semea.
Ez da bethi lo egon ;
Liburuen gañean
Lanean gau ta egun
Gure euskera maitea
Galdu ez dezagun.

Depuis plus de vingt ans
Vit à Tolède
Le fils d'Izaraizco.
Il n'a pas toujours dormi ;
Sur les livres
Il a travaillé nuit et jour,
Pour que notre basque bien-aimé
Nous ne perdions pas.

Arabe eta Ebreo
Danac danac dera
Nere adiskideac.
Biba, biba Euskera !
Biotcean gurutza,
Escuan bandera,
Esan lotsaric gabe :
Euskaldunac guera.

L'Arabe et l'Hébreu
Sont tous deux
Mes amis.
Vive, vive le Basque !

La croix sur le cœur,
Le drapeau à la main,
Disons sans découragement :
Nous sommes Basques.

Pakhean bicitecco
Gure mendietan,
Euskera iteeguin bearda
Batzarre danetan ;
Ta Euskaldunen icena
Gueroco eunkietan
Famatua izango da
Alde guztietan.

Pour vivre en paix
Sur nos montagnes,
Il faut parler basque
En tous lieux ;
Et le nom des Basques,
Aux jours à venir,
Sera renommé
Partout.

Ce que fait le vin.   Ardoac cer eguiten duen.

Guizon bat ardogabe
Dago erdi illa,
Marmar dabilza tripac
Ardoaren billa,
Bañan edan ezkero
Ardoa chit ongui,
Guizonic chatarrinac
Valiyo ditu bi.

Un homme sans vin
Est à moitié mort ;
Ses entrailles murmurent
Demandant du vin ;

Mais après avoir bu
Du vin en abondance,
L'homme le plus chétif
En vaut deux.

—

BASQUE DE LA BISCAYE.   VIZCAICO EUSKERA.

—

La mort de Lélo; la   Leloren ilcea, Erroma-
guerre des Romains.   noen guerra.

—

Lelo ! il Lelo ;
Lelo ! il Lelo ;
Leloa ! Zarac
Il Leloa

O Lélo ! mort est Lélo ;
O Lélo ! mort est Lélo ;
O Lélo ! Zara
A tué Lélo.

Erromaco arotzac
Aloguin eta
Viscaiac daroa
Cansoa.

Les étrangers de Rome
Arrivent ici se loger, et
La Biscaye élève
Le chant de guerre.

Octabiano
Munduco jauna,
Lecobidi,
Vizcaioa.

Octavien est
Le seigneur du monde ;
Lecobidi,
Celui de la Biscaye.

Itchassotic
Eta leorrez,
Imini deusen
Molsoa.

Du côté de la mer
Et du côté de la terre,
Octavien nous a envoyé
Une grande armée.

Leor celaiac
Bereac dira,
Mendi tansaiac.
Leusoac.

Les plaines du rivage
Sont à lui ;
Les bois de la montagne,
Les précipices sont à nous.

Lecu ironean
Gago-zanean,
Norc-berac sendo
Dau gogoa.

En lieu favorable
Nous étant postés,
Chacun de nous ferme
A le courage.

Bildurric gutchi,
Arma bardinaz ;
Oramaia, zu
Guexoa !

Nous avons peu de crainte
A armes égales ;
Mais, ô notre huche au pain ! vous
Etes mal pourvue.

   Soyae gogoria·
   Badirituiz ,
   Narru billosta
   Surboa.

Dures cuirasses
Ils portent eux ;
Les corps sans défenses
Sont agiles.

   Bost urteco,
   Egun, gabean,
   Gueldi bagaric ,
   Bochoa.

Cinq ans durant,
De jour, de nuit,
Sans aucun repos ,
Le siége dure.

   Gureco bata
   Il badaguian ,
   Bost amarren
   Galdua.

Quand un de nous
Eux nous tuent,
Cinq dizaines d'eux
Sont détruites.

   Aec aniz, ta
   Gu gutchi-taia ,
   Azken indugu
   Lalhoa.

Mais eux sont nombreux, et
Nous sommes une petite troupe;
A la fin nous avons fait
La paix.

Geure lurrean
Ta aen errian
Biroch ain baten
Zamoa.

Dans notre territoire
Et dans leur pays
Il y a une manière de lier
Le fagot.

Tiber lecua
Gueldico zabal.
Uchin tamais
Grandojo.

La ville du Tibre
Reste étendue.
Uchin....
Est grand.

Haudi arichac
Guesto sindoaz
Bethigo maiaz
Nardoa.

De grands chênes
La force s'use
Au grimper perpétuel
Du pic.

L'Arbre de Guernica.   *Guernicaco Arbola*

Guernicaco arbola
Da bedeicatua,
Euskeldunen artean
Gustiz maitatua.
Emanda, zabalzazu
Munduan frutua :
Adoratcen zaitugu
Arbola santua.

L'arbre de Guernica
Est béni,
Parmi les Basques
Aimé de tous.
Augmentez, étendez
Votre fruit dans le monde,
Nous vous adorons,
Arbre saint.

Mila urte inguru da
Ezaten dutela,
Jaungoicoac aldazuan
Guernicaco arbola.
Zaude bada zutican
Oraino da dembora,
Eroritcen bazare,
Arras galduac guera.

Il y a environ mille ans,
Dit-on,
Que Dieu avait planté
L'arbre de Guernica ;
Restez donc debout
C'est à présent le moment :
Si vous tombez,
Nous sommes complètement perdus.

Ez cera erörico,
Arbola maitea,
Ongui portatcen bada
Viscaico juntea ;
Laurac arluco degu
Zurekin partea,
Pakean bici dediñ
Euscaldun gentea.

Vous ne tomberez pas,
Arbre chéri,
Si se comporte bien
La junte de Biscaye ;
Les quatre provinces nous prendrons
Appui avec vous,
Pour que vive en paix
Le peuple basque.

Bethico bici dediñ,
Jaunari escatceco,
Jarri gaitecen danec
Laster belaunico ;
Eta biotz biotcetic
Escatuez kero,
Arbola bicico da
Orain eta kero.

Qu'il vive à jamais,
Et pour le demander à Dieu
Mettons-nous tous
Vite à genoux ;
Et quand de tout notre cœur
Nous l'aurons demandé,
L'arbre vivra
A présent et dans l'avenir.

Chant du Matelot.   *Itxasturuaren canta.*

Jeiki, jeiki etchencoac ;
Arguia da zabala :
Itchassotti mintzatcen da
Cilharrezco trumpeta ;
Bai eta're ikharatcen
Olandesen ibarra.
     Etc.

Debout, gens de la maison, debout ;
Il fait grand jour :
Déjà résonne sur les mers
La trompette d'argent ;
Déjà aussi tremble au loin
La rive hollandaise.
     Etc.

ERRATA.

Page	Ligne	Lisez	Au lieu de
10	dernière	Arkangoice	Arcangoiz
12	16	Uztaritce	Uztaritce.
14	15	Donaphaleu	Donaphalen
18	12	markisa	martrisa
27	7	lurpea	laupia
18	31	errienta	erreienta
31	24	gueia	guzia
32	29	gueia	gaya
42	13	zauria	zuaria
44	17	mainhu	mainu
46	11 et 12	aphainduraz	aphintduraz
46	29	les lunettes	la brosse
46	30	la brosse	essuie mains
46	31	l'essuie-main	les lunettes
49	15	cocina	cozina
49	17	mehea	mehia
50	3	cemberanoa	zemberanoa
51	28	harrasiac (ou)	murruac
52	9	sukhaldea (ou)	cocina
52	32	ohecoac (ou)	mihiseac
53	9	sukhaldeco (ou)	cocinaco
58	19	chispa (ou)	arkahoza
59	8	bota-aldea	buta-aldea
67	14	marrumaz	marzumaz
76	19	handizkichagotto	handizkichagotto
93	19	daitzu	daitzu
141	dernière	arrats	arratz
143	29	horra	horro
145	2	bai dezazukete	baiteza zukete
145	12	yaits	yaitz
151	8	zaitezte	zaiteste
155	17	zuen	zure
155	21	yaisten	yaizten

24

Page	Ligne	Lisez :		Au lieu de :
159	19	daiteke	(ou)	ditake
159	24	guti zaut		deus ez zaut
161	8	bilha	(ou)	galdez
161	27	ostatutic		odstatutic
162	31	banoha		banoka
163	15	supprimez bai		
165	2	atherbean		atatherbean
169	4	phusca		phusce
171	6	yaits		yaitz
173	5	naiteke		nintake
178	25	hara banchet		haranchet
179	4	arras		arraz
181	3	lakhetcen		lakhentcen
182	16	batez		bathez
183	14	zatzu		zazu
183	19	mintzatcera		minzatcera
184	9	arraintzaren		arrantzaren
184	24	eguerdi		eguardi
185	2	arraintzalat		arrantzalat
185	7	yostatu		yoztatu
186	12	lerra-araztean		lerraraztea
187	19	gueroztic		guerostic
193	17	bakezco		bakhezco
197	23	hori		horri
198	10	mila esker		mil esker
198	23	eguiazki		eguiaski
200	11	luzazki		luzaki
203	23	senhar		senar
204	12	baitezbada		baitesbada
206	26	umezurtz		umezurtza
207	3	non		nun
207	21	ereguintzac		eregintzac
209	7	nondic		nundic
210	26	gaztiguac		gastiguac
211	26	ezkila		eskila
214	28	frogatuco		progatuco
215	1	arras		arraz

Page	Ligne	Lisez	Au lieu de
215	dernière	daiztatzu	daitatzu
217	29	zaukidan	zakidan
218	31	grigua	griguan
226	28	guticiatcen	guticiacen
226	29	ez	e
227	8	diezadatzut	zaitzut
230	17	duzu	du
230	dernière	diezadazut	dezadazut
232	25	ongui	ungui
236	dernière	daitecen	ditecen
242	17	dietzadazut	daitzut
243	5	bilha (ou)	eske
245	21	medicua	medicu
247	6	zombait (ou)	cembait
250	3	cintzazkete (ou)	zaituzkete
250	31	eguiteaz	eguitea
251	1	zure	zurer
252	16	escasia	escasi
252	dernière	yardetsia (ou)	yautsia
253	dernière	izar	isar
256	7	retranchez har	
256	13	bethiereco (ou)	bethiericaco
256	19	dituzte	dute
258	8	atseguin	atsegui
258	27	lezakezuken	liezakezuken
259	12	lakikete	dakikete
262	22	nahiago	nahigo
262	23	contcienteiaco (ou)	contcienteiaren
270	26	araura	arraura
270	28	erortcen	errortcen
283	14	legueac	leguac
285	6	iracurtzaileari	izacurtzaileari

TABLE DES MATIÈRES.

PREMIÈRE PARTIE.

Vocabulaire.

CHAPITRE I. — *Les Nombres.*

CHAPITRE II. -- *Du Temps.*

CHAPITRE III. — *Les Noms propres.*

AURKHITEGUIA.

CHAPITRE IV. — *Les noms des Substantifs*
les plus usités.

IV. CAPITULUA. — *Maicenic aiphatcen diren gaucen icenac.*

TROISIÈME PARTIE.

Sujets et modèles de billets ou lettres.

QUATRIÈME PARTIE.

CINQUIÈME PARTIE.

Choix de poésies basques prises dans les six dialectes du pays Basque.

FIN.

HIRURGARREN PHARTEA.

Billet edo letra gueiac eta moldeac.

LAURGARRREN PHARTEA.

BORTZGAREN PHARTEA.

Escuarazco cantu berechiac, escual herrico sei mintzaietan hartuac.

AKHABANTZA.

BAYONNE.—IMP DE Vᵉ LAMAIGNÈRE, RUE CHEGARAY, 39